每一本书,都有它的灵魂

总有相似的灵魂,正在书中相遇

献给

被动地来到这个世界

主动奋斗的我们

图书在版编目（CIP）数据

水硕 / 同生著 . -- 北京 : 北京联合出版公司，
2023.7

ISBN 978-7-5596-6888-2

Ⅰ.①水… Ⅱ.①同… Ⅲ.①长篇小说 – 中国 – 当代
Ⅳ.①I247.5

中国国家版本馆 CIP 数据核字 (2023) 第 075234 号

水硕

作　　者：同　生
出 品 人：赵红仕
出版统筹：李小含
责任编辑：牛炜征
责任印制：耿云龙
特约编辑：段年落　高继书
封面绘制：十　指
版式设计：邱兴赛
装帧设计：程景舟

北京联合出版公司出版
（北京市西城区德外大街 83 号楼 9 层 100088）
北京联合天畅文化传播公司发行
北京美图印务有限公司印制　新华书店经销
字数 200 千　880 毫米 ×1230 毫米　1/32　9.75 印张
2023 年 7 月第 1 版　2023 年 7 月第 1 次印刷
ISBN 978-7-5596-6888-2
定价：52.00 元

版权所有，侵权必究
未经许可，不得以任何方式复制或抄袭本书部分或全部内容
本书若有质量问题，请与本公司图书销售中心联系调换
电话：010-65868687　　010-6425847-800

同生 —— 著

水硕

北京联合出版公司
Beijing United Publishing Co.,Ltd.

前言

　　这本小说的萌芽来源于我儿时的经历。

　　小时候课间全班同学经常自发组织演话剧，通常是把前一天晚上播放的电视剧的人物和台词复刻一遍。全班最漂亮的两个女孩演两个女主角，最帅的男孩子演唯一的男主角，其他男生虽不屑加入我们的表演，但会在一边用余光打量着。长相普通的我通常演路人甲乙这种存在和不存在没有区别的角色。演了好几次，我开始思考新的定位。最后我成为班里唯一的编剧，每天都用课余时间写新的剧本。在旁人看来，这种活儿很费力气，因而只有我一个人做。小学二年级的我乐在其中，在《还珠格格》和《倚天屠龙记》的基础上改编各种续集，其他同学都很惊讶我写出来的剧本，纷纷传阅只有一本原件的手抄版剧本。

　　好景不长，这本手抄版剧本传到了班主任老师的手中。老师读着剧本，连连翻页，看到最后一页时强忍着笑。即便如此，老师还是没收了我的剧本。如此一来，课间同学们就没有剧本，只能即兴发挥，场面一度混乱。一部分读过我的剧本的同学提议按照我创作的情节来演，而那些没来得及读剧本的同学则坚持演电视剧的内容，两边起了争执，一幕剧还没演完就上课了。

真正开始动笔是在留学期间。我年少时赴澳洲留学，在异乡绵长的独孤中有幸接触到许多中国现当代小说，印象深刻的有钱钟书先生的《围城》、郁达夫先生的《沉沦》、鲁迅先生的《阿Q正传》、茅盾先生的《林家铺子》、林海音女士的《城南旧事》、余华先生的《活着》、王安忆女士的《长恨歌》……

偶然想起儿时未完成的作品，燃起创作的热情，遂即开始动笔写作。写作的灵感来源于生活中发生的事、遇到的人，却会为现实中的不圆满而遗憾，也会想象在岔路口如果选择了另一条路会发生怎样的故事。于是逐渐脱离现实世界，进入想象的空间，信步徜徉。

创作陪伴我度过许多艰难的时光，也愿这本小说可以给许多跟我一样在坎坷之中前行的人一些灵感和慰藉。

生命的开始是被动的，大概率也会被动地结束。

而从开始到结束的整个过程中，我们可以主动做点什么。

目录

v · 推荐序1

vii · 推荐序2

1 · 第一章　海外实习

19 · 第二章　听故事的人

55 · 第三章　游了归来

75 · 第四章　职场初探

89 · 第五章　理想与现实的鸿沟

101 ・ 第六章　一波三折

119 ・ 第七章　行差踏错

141 ・ 第八章　神秘的行业——同声传译

159 ・ 第九章　水硕的反击

163 ・ 第十章　海外高中

181 ・ 第十一章　校园二三事（上）

205 ・ 第十二章　校园二三事（下）

227 ・ 第十三章　围城中的磨炼

241 ・ 第十四章　九曲回肠

273 ・ 第十五章　被动之中寻求主动

279 ・ 跋

推荐序1

初见《水硕》这个题目，我完全不明就里。在同生的文字里沉浸漫溯，直到第三章，终于看明白了这是指出国镀了个金的"掺水硕士"的简称，不禁哑然失笑，这样一位本性单纯、对学业与职场都特别努力的小姑娘，居然把这个词作为小说标题，这个内心真是足够强大。

小说的主人公从悉尼大学硕士毕业，又经历了海外实习、归国求职以及初入职场的种种历练，有委屈，有彷徨，有气馁，有不甘……

一次次自我觉知，一次次修复调整，这个历程以第一人称视角那样鲜活细腻地描述出来，完成了一个成长中的生命样本表达，恰如扉页上的那句话"献给被动地来到这个世界、主动奋斗的我们"。

我愿意把这本真诚的小说推荐给同生的同龄人或者学弟学妹

们，这些充满诚意与勇气的细节可以胜过太多的说教。

期待着更多初入职场的新人可以续写这本小说，迎接主动奋斗的未来。

于 丹

2023 年 5 月 19 日

推荐序2

每位求职者都应写一份丰富的"经历"，
而不仅仅是"简历"

受老友委托，利用两天时间读完小说《水硕》，颇为感慨！这是一部清新明快的小说，作者在工作和学习之余的精心之作，展示了当代年轻人的风采；这又不只是一部小说，伴随着人物和情节分享了专业学习和职场小白的工作经历；这显然是一部小说，因为它让我们仿佛看到了一个个青年从少不更事到渐入社会的精彩故事。

刘小波在《长篇小说：要细节，而非堆砌》中谈到，长篇小说是一门建构艺术，是通过语言建构故事、情感以及社会人生，好的长篇小说提供给人的是一部荡气回肠的心灵史、人生史和社会史。

这部小说的作者有着长达八年的海外留学生活，回国以后又经历求职就业的种种不适以及融入职场的过程，正是源于作者的真实感受，我们看到小说的主人公郑欣然海外求学、异域实习的经历，更读到她回国后的职场写实。那些陌生的海外场景和学习经历在作者轻灵、流畅的笔下是那样地清晰、有趣，又令人回味；回国后的求职场景和工作镜头又是那么地熟悉和令人感触。

沿着一个个情节和写实的风格，我们看到在海外学习的一幅幅生动而又艰苦的画面，尤其是专业学习的艰苦过程，打破了许多人曾经认为海外学习轻松、自在的偏见。

比如下面这一段：

我和 Eva 各自泡好方便面，秦雨吃着沙拉拌千岛酱，此刻三人都各怀心事，食之无味。

秦雨神情涣散："欣然，你论文写得怎么样了？"

我边吃着面边含糊地说："还剩一篇神经学的，不好写。"

本来同病相怜的人还能正常交流，一经过比较，秦雨瞬间如临大敌："你们的论文怎么这么少！我们又有考试又有期末论文，简直没法活！"

我哭笑不得："秦公主，谁不是四五门考试加上四五篇论文？我提前一个月早上六点起床写论文，最早凌晨两点睡，有一次写到第二天三点半，心跳快得我差点以为自己犯心脏病了，这紧赶慢赶才写完四篇。"

…………

当然，我们不否认有一些留学生的学习可能是轻松的，但我们也要承认无论国内还是国外，任何希望获得好成绩并对自己负责的学生都必然付出艰苦的努力和不懈的坚持。

令人印象深刻的情节是留学期间的实习。透过主人公服务的对象，我们看到了许多国人在改革开放的今天如何认识，寻求更好的生活以及国外的人们怎么看待、对待华人。可以说，海外游子们的努力、希望、喜悦、苦闷和不甘让我们从一个侧面了解了世界，也更加了解自己。在国际关系和国际交往的当中，如果没有过硬的实力、艰苦的努力、对民族的自豪感和对自己的自信心，无论身处何地，都不是幸福的保证。

求学只是发展的基础，职场才是事业的检验。从求职过程中，我们可以看到一个个司空见惯的情节，海投简历、疯狂面试、无助等待，更有面对"内卷"，咬牙坚持，调整心态；从不切实际、自以为是的高期望，到慢慢放下身段，愿意从基础岗位做起，再到领导、同事的帮助，通过自己的努力，一点点成熟起来，没有说教，没有夸大，一切都似在社会环境、用人单位、求职经历的事情当中，不知不觉、自然而然地走到那一步。

最精彩之处，还是作者独特的语言和独到的文笔。读着"单凭一个人单枪匹马就开始横穿马路。一个金发小姐姐观察着车流，根据车的速度、大小、行驶角度、后续车辆的数量、车主有无缓行让她从前面穿过的意图等多个因素快速分析做出判断，当停则停，绝不冒进；当过则闯，毫不犹豫，整套动作果敢敏捷，平安到达对面，这场景实在值得配上一句：我乃常山赵子龙"这样的长句加上中国的俗语，令人不由得在头脑中浮现出那幅过马路的生动画面，还有面对职场的"歧视"。在以前的小说当中，我们曾读到性别、年龄、学历、地域等等方面的职场歧视，而在这篇小说中，我们第一次看到对海外学历的某些歧视，具体而言，就是某些海外一年制的硕士文凭被戏谑地称为"水硕"。无论是否准确，也可能引起争议，但是作者大胆地掀开了社会现实的一角，无疑是充满了责任感。

其实，我想说知易行难，实践为王。美学大师朱光潜在《写作练习》中谈到，研究文学只阅读决不够，必须练习写作，世间有许多人终身在看戏、念诗、读小说，却始终不动笔写一出戏、一首诗或是一篇小说。

作为曾经主持过三档职场类求职节目，陪伴过数千名求职者的主持人，我推荐大家阅读这部小说，虽然作为同生的第一部作品，难免存在一些青涩的地方，但是一个20多岁的年轻人，在紧张的学习、工作之余能够写出12万字的精彩故事，属实不易。

最后，从职场出发，我特别建议每位求职者不仅要有一份"简历"，更要记录一份丰富的人生"经历"。人生的很多关键环节都好似电视节目中的求职场景，要求你在十几分钟的时间里尽可能展示自己的素质、能力、绩效，如果没有提前地准备，认真地总结，很难把握机会，脱颖而出。因此，每一个对自己负责的人都应该描绘一幅丰富的人生画卷。

李响

2023 年 5 月

第一章 海外实习

七月的南半球正处冬季。

悉尼依山傍海,夏天炎热到让人怀疑后羿是否真的将九个太阳射了下来,除每年春秋必至的狂风暴雨外,气候倒是宜人,冬天市区不下雪,寒风与阳光和谐共存。

冬日的暖阳照在举办过无数届悉尼大学开学和毕业典礼的古建筑 The Quadrangle(方院)上。

与以往不同的是,这一次是我的毕业典礼。

钟楼上的钟声敲响了几下,我站在阳光和微风中,穿着厚重庄严的硕士毕业袍,外面还披着院系的标志——白色羊毛披肩,在室内室外之间不停奔走。

等拍了无数张毕业照后,早已满头大汗,

精心粉饰了一个小时的妆容更是被冲刷得黄一块白一块，早知道就免了手忙脚乱忙活一番了。

可这并不影响那一刻的美好。

我叫郑欣然，寓意高兴的样子，恰好又姓"郑"，把高兴变成了现在进行时。名字对人的性格或许存在影响，我算是谨慎乐观型。从懂事起就明白自己外貌的资源禀赋极其普通，在学习成绩好的人当中勉强还算清秀。所幸早已觉悟只有读书一条路能走，因此心无杂念，破釜沉舟。十五岁时，收拾行李远渡重洋，一鼓作气考上悉尼大学本科，又保送了本校硕士研究生。历尽坎坷艰难后，即将从院长手中接过硕士学位证，还是Distinction（优秀）毕业的学位证！

穿着新买的高跟鞋，小心地走在学位授予仪式的红毯上，两旁观众席上坐满了毕业生的亲友，目光满含善意和祝福。

说来难以置信，这次领学位证书，居然是第一次与文学院院长见面，一时间激动不已，努力试图微笑，可嘴角却有些紧张地抽搐，面部表情紧张中又有些许怪异。

走到离院长两米远的地方，我先深鞠一躬，以表来自中华民族礼仪之邦尊师重道的态度。由于此前的毕业生在学位授予红毯上表达谢意的创意层出不穷，有人翻跟头，还有个人跟院长握手的时候玩石头剪刀布；这一鞠躬，自然引起了院长的警惕，只见他本能地后撤半步静观其变。

其中果然有变。

许是这一深鞠躬过于虔诚，使得头上的学位帽冷不丁掉了下来。全场鸦雀无声，随后传来一阵先是努力压制后来却爆发得更加热烈的笑声。

整个人手忙脚乱，一边提起学位袍，一边蹲下伸手去捡帽子。而院长愣了一秒后，连忙上前两步伸手扶起我。在他宽容的目光中，慌忙戴好帽子。还好，人群中一位善良的陌生人带头鼓掌以示鼓励，场上大多数观众的掌声也渐渐跟上，在全场最热烈的掌声和祝福中，我双手接过了包装精美得像工艺品一样的学位证书，微微低头，院长含笑拨了穗。

在学位授予仪式上帽子掉了这个视频片段在留学圈疯传开来，原本平淡的故事又被添油加醋地传了一圈，最后到了我本人耳中。所幸视频拍摄者的录像距离相对较远，并不能看清面部特征，没有给我带来什么困扰。但每每想起，又忍俊不禁，留学九年一直盼着毕业典礼走红毯的这二十几秒钟，没想到竟是以这种戏剧的方式度过。

仪式过后，当地的毕业生纷纷和到场的亲朋好友一起合照。

而我？在这热闹里形单影只。

父母工作忙碌，没法请假过来。在悉尼生活了九年，身边的好友也不过二三人。室友秦雨已在国内找好工作，功德圆满，衣锦还乡；另一个室友 Eva 正在毕业旅行的路上，这一站应该是澳大利亚的心脏乌鲁鲁。于是，毕业典礼成了一场由我自己担任女主角和唯一观众的表演。

站在凋零的蓝花楹面前，想象它盛开时的样子。

而它给出了答案，大好时光不该沉沦在孤独和荒凉中。

想及此，立刻积极地打破现状，跟远在北京的爸妈视频通话。接通后，我举起手机在视频中360度展示了刚拿到的学位证，激动地冲着屏幕大喊："我拿到毕业证了！顺利毕业了！以后请叫我郑硕士！"

可能是声音太大，引来周围原本和谐的人们纷纷侧目。连忙退到一旁的角落，继续跟爸妈讲起仪式上不可预见又让人啼笑皆非的小意外。

人群渐渐散去，喧闹过后的悉尼大学在一片寂静中只剩下它自己。

在这寂静中，我像第一次入学时那样从正门走进来，有些恍惚，在这恍惚中穿越了重重时光，隐约看到1850年刚建校不久的悉尼大学，道路上有充满绅士气质的男同学穿着正装乘坐马车来上学，进门就开始交谈马上要提交的论文是否写好；又看见十九世纪八十年代，学校录取了第一批女同学，她们妆发精致裙摆飘飘地走过长廊，那些男生假装不在意，却在擦肩而过时悄悄回头一望；看到"一战"时期没有被炮火波及的校园，学生们还在熬夜背书准备期末考试，也有人被英国"支援母国"的宣传影响，递交一纸《延期考试说明》后，便满腔热血结伴奔赴欧洲战场，这一去，许多人再也没回来。为了纪念他们，学校每年都会在The Quadrangle前的草坪上插几排白色木制的小牌子，每个牌子上都是一个没回来的人。

推开国际关系理论课教室的红木门，在平时固定的第二排中间位置坐下，看着木质桌子上刻满的形状各异、大小不同的字，在诸多字迹中，其中最多的便是年份，最早的时间是1958年，还附有名字，并缀着简单的留言，抱怨某一堂历史课实在无聊；亦有表白，"我对你一见钟情"，此外，还有一些简单的圆圈和三角之类的图案，可能是上课游离时的涂鸦之作。

以前还总埋怨在这张凹凸不平的桌子上写笔记实在不方便，手中的笔尖经常将一张薄纸戳破；此刻要走了，心境竟有不同，既然这已经成为一个约定俗成的行为，多少还有点正当性。不如我也写一个，给后来的人看吧。我写的相对较俗，却是发自真心，"2018年，祝福每一个人"。

在两次世界大战中，那些失去生命的年轻人匆匆走完短暂却风云激荡的一生。有人成为民族英雄，被后人所纪念；有人在战争的掩盖下犯了滔天罪行，接受正义的审判。如今，生逢盛世的我们，有足够的时间平凡度日，或许是害怕彻底平庸，也怕风过无痕，雁过无声，百年之后无人纪念甚至无人记得，于是便通过各种方式主动地在这世间的任一角落留下一些痕迹，以证明自己路过人间。

出了教室，就到后门了。看着牌匾上"The University of Sydney"（悉尼大学）几个大字，只一瞬间，无数个画面重叠在一起朝我涌来，眼泪夺眶而出，猝不及防，怎么也止不住。偏偏手边没有纸巾，狼狈之下只能用羊毛学位袍的袖子擦眼泪。

2018年，我研究生毕业了，虽历经千辛万苦，但觉得十分值得。

从悉尼大学硕士毕业那一刻起，由校园步入社会，以为生活会充满雾霭、流岚和虹霓，一不小心走进了《致橡树》的意境里。

硕士毕业后，签证还有几个月才到期，我在悉尼市中心几栋大楼的前台分发了自己的简历，希望能找到一家有缘分的公司实习。原本只是内心希冀，谁知竟真的如愿收到一份offer（录用通知），是一家位于希尔顿酒店旁的律师事务所。

物理距离十分临近的两栋楼，却属于两个世界。

律所在主街拐角处一座没有电梯的老式楼房的顶楼，职务则是给律所的高级合伙人安东尼·李律师当代班助理。

安东尼·李律师，中国香港早期移民，平日里主要承接多背景、多元化的移民案子。他的助理准备把年假和产假攒在一起长休三个月，如此一来，这个职位迫切需要一名临时工代替，但绝无转正的机会。

可能是我的中文或翻译特长说服了他，他同意让我留下来任职。得到确切消息的那一刻，只想高歌一曲《我和我的祖国》。但最终理性还是战胜了冲动，作为一个思想深邃、行为成熟的研究生，我表面平静地开始办理入职，决定出了大楼再唱。

迫不及待地与同年毕业但尚在寻找实习和工作的同学们分享自己为数不多的经验，还不忘站在"过来人"的角度，友情提示大家：毕业生众多，工作岗位有限，一定要主动采取行动才能顺利找到工作。

几位同学听了我的分享后，共同展现了本硕六年都没能培养出的默契，异口同声地哀号道："你以为我们没找到工作，是因为不主动？"

接着场面开始逐渐走向失控，大家纷纷表示，这个幸运的求职案例根本没有任何参考价值。这还没完，接着，他们又挨个跟我描述了留学生在当地找工作的辛酸历程。

毕业的留学生，先要把简历如天女散花般撒到上百家公司，接着便是漫长的等待，往往只能得到十几家公司的回复，其中还有不少开头就是"unfortunately"（很遗憾）的婉拒，好不容易才有机会进入几家公司开始笔试与面试。经过重重挑选，幸运的话，可能会同时收到两三个公司的 offer，再快乐地行使反选的权利；没那么走运的，简历可能投过去后就石沉大海，奈何，不幸的版本往往更容易出现。

有时人们并非强求万事如意，往往只是想要一个答案而已。他们好奇，为什么不选我？可生活偏偏不给你一个答案。遗憾的是，生活中不幸仿佛是常态，因此才有常想一二的道理流传下来宽慰从古至今的人。

刚入职的第一天，特意早起了一个小时，少有地准备了充满仪式感的全英式早餐。除培根煎煳了一面，煎蛋时不小心掉进去一点点蛋壳，牛奶用的是两天前泡好的柠檬水代替外，其他方面都很完美。

早上的时间分配格外容易出问题，到最后，从容的上班计划总会变成争分夺秒的竞走现场。像动作片的主人公一样飞速换上一套黑色 Full Business（全套西装）正装，拎起提前收拾好的托特包快速夺门而出，开始和时间赛跑。

闯红灯，一直被诟病为中国人独有的陋习，甚至还有人发明了"中国式过马路"这一短语，将一个国家或地区与特定的不良行为相关联，污名化的意味不言而喻。国际社会批判中国人闯红灯时，又不时对比发达国家遵守规则和秩序。对此，刚刚毕业，对于社会科学方法论课程印象尚且深刻的我只想说一句：没有实地调研，就没有发言权。

发达国家闯红灯的现象实则屡见不鲜。经过留学九年悉心观察，可以得出结论，悉尼群众在闯红灯这件事上十分讲究技巧。譬如：对面尚处红灯状态时，根本不用攒够一群人一起过马路，他们不会通过群体效应给自己增加安全感，而是单凭一个人，单枪匹马就开始横穿马路。

就像现在，一位金发小姐姐观察着车流，并根据车辆行驶速度、大小、行驶角度、后续车辆的数量、车主有无缓行让她从前面穿过的意图等多个因素快速分析做出判断，当停则停，绝不冒进；当过则闯，毫不犹豫，整套动作果敢敏捷，平安到达对面，这场景实在值得配上一句："我乃常山赵子龙。"

深知自己身在异乡，和悉尼的车辆丝毫没有默契，以及有一次因时间紧迫，加上主观的侥幸心理，横穿没有人行道的马路时，当场被喝着咖啡颇有钓鱼执法之嫌的交警喊停，并罚了72澳元。这一横穿，可谓开创了留学圈行人被罚款的先河。自此，从过去的错误中吸取教训，遵章守纪，小心谨慎地过马路。尤其是眼下刚刚研究生毕业，必须加倍珍惜生命，确保自己能无虞地走向即将到来的人生巅峰。

终于熬过了空调温度冷得像冰箱一样的城铁，一路行至公司楼下，一抬头才发现，竟有十多个人跟我穿着一模一样的衣服。顾不得太多，小跑几步上前，高跟鞋极细的鞋跟被体重冲击得摇摇欲坠了几下后勉强保持平衡。

我毫不违和地融入队伍中，跟着组织有序前行，边走边跟其中面带笑意的女生搭话，同她介绍自己是新来的实习生，而对方也友好地放慢脚步跟我并肩而行，并表示欢迎我的到来。

走着走着，到了一家房屋中介公司，而一路同行的他们正是在这里工作，茫茫人海中，和售楼小分队初次见面就有这样的默契实属缘分。与他们道别后，我继续拿着手机，按照地图导航上所显示的路线，在悉尼极不规则的路之间兜兜转转，终于成功抵至律所所处的办公楼。

事先设想过，初来乍到可能会出现的不同情景，有计划地设计了好几种开场白。但等到真正站在这里时，才意识到，根本没人会注意到办公室新增了一个相貌平平的路人。

我在行色匆匆来回穿梭的律师之间左躲右闪生怕挡路，迫切想要找个地方落座，叵又担心错占了别人的位子，最后，只得在角落的一台打印机旁略显尴尬地站着。

这时，那位数日前从我手中接过简历，还好心帮忙复印证件办理实习 offer 的年轻男律师走了过来，正准备打印资料，一眼便瞥见了打印机和打印纸中间唯一的非办公用品——我，他放下手头的资料，将我领到第一排靠过道的工位上。

刚脱下大衣，拿出电脑，就发现了这个工位的不妙之处：不管是预约了哪位律师的访客，一旦走入律所到访，首先与访客打照面的一定是我；见到访客就要负责开门关门，就此承担律所半个保安的工作职责；开门后必得按照澳洲人传统的习惯展开寒暄，又要问此行是找哪位律师，也就顺便负责起行政的引领接待、端茶倒水的工作……

幻想着以后多个工作场景的同时，打开电脑，下意识地回头一看，十多个在大开间办公的年轻律师都在后排，一抬头便能将我电脑屏幕上显示的内容一览无余。我顿时明白了，要处理诸多杂事只是这个岗位微不足道的弊端之一；更艰难的是，要在8小时以上的工作时间内，每时每刻都习惯接受人民群众的检验，身处特殊位置，必须严于律己，以保证无论任何人何时投来目光，即便是从360度进行观察，电脑上永远都是与工作相关的内容。

律所多数的业务范围都是在澳大利亚国内，因去年管理层制定了国际战略，拓展了一部分国际业务，于是便名义上覆盖美国、中国、欧洲、新加坡、日本等多个国家和地区，现由两个高级律师和两个律师助理组成的团队负责。

只听背后传来一位男子的独白："国际业务这边真的很难做耶！有个大客户要从英国曼城直飞北京，问题是，曼城到北京有直航吗？好像没有吧！客户是让我给他造一架飞机，还是造一条航线出来？客户是上帝没错！可我不是！可不可以不要在这个时候把我想象得无所不能！"这位律师助理大哥的语言特点有港剧和二十世纪五十年代译制片相结合的感觉。

"有的。"我听见自己微弱且缺乏自信的声音，特意清了清嗓子，仿佛这样更有权威性，"前年才开通的，英国曼城飞北京的首航仪式的翻译是我的老师刘展。"

听到回答后，那位同事这才发现坐在角落里的我，用略带戏剧腔的港普稍显夸张地说："Brilliant（绝妙）！那你帮我订票吧，给我个邮箱，我把客户信息发你。"他边收邮件边抬头问我，"是新来的同事吗？你好，叫我小伍就行。"

我乖巧地点点头，扶了扶本就好好待在原位的眼镜，毕恭毕敬地回应："小伍老师好，我是安东尼·李律师的实习助理，我叫郑欣然。"

上班后只一个感受，即便工作任务不多也常感觉疲劳，而午休成了上班族的精神支柱，支撑我们走过上午的漫漫长路，这一点跟之前上学没有什么本质上的不同。

整个上午，忙于翻译几位移民客户发来的申请文书，终于挨到了午休，这才意识到早已饥肠辘辘。

澳洲地广人稀，外卖事业并不发达。一部分同事三两成群外出吃饭，更多人还是选择准备便当。几位年轻律师凑在一起吃便当之余，免不了指点江山，讨论国际大事件。

一位蓝衬衫、戴金属框架眼镜的男律师突然问："你们谁能说全中亚那几个什么斯坦的国家吗？"

我在一片沉静中缓缓抬起头，推了推眼镜，出于本能地答道："哈萨克斯坦、塔吉克斯坦、乌兹别克斯坦、吉尔吉斯斯坦和土库曼斯坦。"

周围依然沉静，此刻我想给自己加一束追光。

把我从幻想拉回现实的是一位陌生的访客。

"请问李律师在吗？"说话的人在门外探进半个身子，抬眼看去，是一位将头发绾成发髻的中年女性，双目有些失神，面部神情憔悴。

我连忙放下手中的饭盒走上前去，开门迎她进来。

此时，整个律所都在午休，走廊灯光昏暗。

走在客户的斜前方，我一路将她带到会议室，不时回头暗暗打量她，以此来快速预判她要办理的业务，猜测是离婚还是移民。

因为实习安排的仓促，也就没有什么就职前的培训，只好按照电影里所看的上班族来开展工作，待人顺利抵至会议室后，请她落座在沙发上，接着给她倒了一杯柠檬水，随后便开始询问她的基本情况和预约信息。

访客姓周，暂且称她为周女士，比预约时间早到了一小时。西方国家有一些约定俗成的规矩，比如预约不能迟到，但过早到场，实际上也会影响被探访者前面的安排。

一番对谈后，已大致了解周女士的情况，但也只能请她稍等。随后起身走出会议室，大步朝李律师的办公室迈去。

李律师充分发扬了香港前辈艰苦奋斗的精神，从不午休。经我简单讲述后，他快速整理好仪表，起身大步走向会议室。我只得三步并作两步地跟上，推门落座，一气呵成。

周女士开门见山："我想带孩子移民过来。"

李律师大概已经见惯了这场景，埋首快速翻阅着手边的基础材料，同时向访客了解情况："孩子多大？"

周女士回答："4岁半。"

"在澳洲有其他亲人吗？"

"没有了。"

"经济状况如何？"

周女士双目下垂，有些局促和紧张，几次欲言又止。

李律师和善地微笑："没关系，周女士，您可以跟我说真实情况，这样才能让我更好地帮助您。"

周女士犹豫再三，还是开了口："支付了这笔律师费就没有什么钱了。"

"那您个人呢？是否有一技之长，可以读书或工作？"

"我高中毕业，英语都不会，但是我能吃苦，什么都能干。"

执着地想移民却不符合任何官方条件，投奔直系亲属、用财富转变国籍的投资移民、靠一技之长技术移民、先读书再就业都不行，眼看着这个案子处理无望，余光瞟了一眼李律师，他似乎对此并不意外，一副波澜不惊的样子。

只见李律师将文件合起，随手推至一旁后，缓缓抬头看着周女士，温和又有力量地说："是这样，我建议可以让您的孩子先过来。孩子也需要监护人，到时您再跟着过来就行了。不过，在申请办理期间，您要和孩子分开一段时间。"

周女士立即否定："绝对不行！我的孩子不能离开我！"

"这是您目前唯一的选择。您如果有顾虑的话，不妨咨询一下别家律所，看看它们是否有更高明的建议。"李律师回道。

周女士听完这一席话后，把头埋得更低了，而两人的谈话也随之陷入了长长的沉默中，眼看难有进展。这位周女士不想跟孩子分开,也不想放弃渺茫的移民希望。

还是李律师打破了僵局,他说:"周女士,我建议您可以再考虑一下。当然,我知道这个决定对您而言,可能很难,也有很多 uncertainties(不确定因素),比如不确定您和孩子什么时候可以团圆,又比如你们多长时间才可以自由离境。而我呢,也确实不敢跟您保证这个选项操作的过程中是否会出现什么意外。但如果您决定好了,我可以以多年的经验向您承诺,结果有很大概率是如您所愿,帮助您留在悉尼的,只是具体还要看为了这个结果,您能否接受代价。如果您想好了,有答复了,可以随时联系我的秘书。"说罢,李律师起身离去。

我愣在原地,直觉认为自己应该做点什么,可毕竟才到公司一天,极怕出错,几次张口却不知到底该说些什么才能让情况变好一些。

斟酌再三后,鼓起勇气走向周女士,找了一个使她难以拒绝的切入点展开对话,直接问道:"周姐,是您孩子想来悉尼生活吗?"

周女士叹了口气,声音有些无力:"孩子还小不懂事,难道大人也不懂事吗?是我做主,一定要给孩子一个更好的条件。"

果然如我所想。

见周女士仍有沟通的意愿,我又接着问:"那您以为,在悉尼长大真的是更好的选择吗?他还那么小,连保护自己的能力都没有,跟您分离这么长时间的话,即便您此前如何妥善计划和安排,都无法规避很多危险因素。"

周女士突然变得激动起来:"你以为我愿意跟他分开吗?我还不是为了他好!移民过来的话,他至少能成为一个和平、安全的发达国家的公民!等他长大了,他会感谢我的,是我亲手改变了他的命运!"

"周姐,您还活在鸦片战争的时候吗?还是《九国公约》的时候?我们此前被帝国主义打到毫无还手之力的时代,已经过去很久了。现在,中国可以保护好每一个公民,这点您应该也很清楚。而且,像您这样的情况,即便勉强完成了移民,到了悉尼之后,本地人会接纳你们吗?大概率只能做边缘的人。最重要的是,您让孩子从小远离自己的国家,他的种族、肤色、习惯,甚至是语言,在悉尼都属于少数人,先不说其他人,他的同学甚至都可能会因此排斥他、歧视他。跟您说这些,是因为我自己就是十五岁来悉尼读的高中,不论我怎么努力,从始至终,我都觉得自己没有被这个地方真正接纳过。您真的以为,这样的环境对孩子的成长更好吗?"

"你已经被洗脑了。"听完我的话,她直接回道,完全未去思考,仍待在自己的频道。

我耐着性子,继续说道:"周姐,人不能一直活在自己想象的世界里故步自封,要看看真实的世界。只要您读书、上网,平时观察周围的事物,再想想其中的原因,就不会被偏见蒙蔽。恕我冒昧,您在悉尼做清洁每天能赚多少钱?您知道我家楼下一个最简单的早餐摊一天的流水是多少钱吗?他们家有两个孩子,上的是全区最好的小学。您知道经常给我住的那个区送快递的小哥赚多少钱吗？工作三年，他就在老家买房子了。只要勤劳、奋斗，不需要远走到所谓的发达国家，一样能生活得很好。当然，在哪里做事都会遇到困难，但是在咱们自己的国家，永远都不用担心被排斥、被边缘化，咱们始终是有托底的。有了托底，才不用担心哪一天自己会被歧视、被欺负，更不用成天想着，要怎样才能保护自己和孩子的安全，我们只需要安心往前跑就行了。"

语毕，看向周女士，此刻她的头偏向了一旁，看不清楚是何表情，但也只是片刻过后，便听她开了口，她说："你刚大学毕业吧？"

我不明所以，如实回答："刚研究生毕业。"

周女士轻轻摇头："怪不得。刚毕业，没吃过半点儿苦，都是这么天真。寻常老百姓过日子不容易，不是说段历史、讲个道理就能解决的，你不懂。"

原来这是一场理想主义和现实主义之间的论战。

或许我们终究无法说服对方。

长长的沉默后是三下短促有力的敲门声，接着小伍推开门，目光扫过周女士，最终看向我："小郑，金律师五分钟后要用会议室。"

我下意识地答应，机械地送周女士离开。内心里想再跟她聊聊，等她改变决定，但迫于时间和规则也只能作罢。

目送周女士离开的路上，二人一言不发，直到她的背影在长长的走廊里消失，我都没能等到一个答案。

也是，生活中哪有那么多答案明确的事。

刚送走周女士，转身看见一位留着短发的女律师脚踩高跟鞋风风火火地朝我的方向走来："这位新同事，帮我扫描一下这两本护照，盖章的都要扫！"

话音刚落，这位女律师已经从我身边经过，而两本护照已经塞到了我的手里，甚至都没来得及看清她的正脸，更无从知道她的姓名，扫描好了怎么找到她呢？

先扫描了再说。

拿着护照走到复印机旁边，这才猛然发现，我根本不会用这台复印机！

这台机器功能很多且极其复杂，抬头环视一圈，大家都在一如既往地表演着忙碌，我也实在不好意思拆穿，只好硬着头皮仔仔细细地观察这台机器。

研究了半天，才终于弄清楚节能开关、复印扫描在哪里。然后便开始悲催地一页一页进行扫描，每扫好一页就要掀开沉重的机器盖子，翻到下一页再把盖子合上，继续扫描。

一个研究生来做这种打印复印的杂活，实在是管理者没有解读员工的灵魂密码，因而没把我们放在适合的位置上。

再看这护照的主人经历极其多元，两本护照满是印章，就没几张空白页！

护照不能连续扫描，只能一页一页进行，如此开开合合机器无数回，好不容易才扫描完，大臂到小臂都出现了不均匀的酸痛，突然意识到打印机自动设置保存至 U 盘，而我竟没插 U 盘！

再三检查能否在最后一步改成发送邮件，或者重新插入 U 盘保存,可无论怎么折腾,现有的东西竟无法找到一个可存储之处,只好一切重来。

　　栽倒在这样一件小事上,还一直幻想成就大业。

第二章 听故事的人

入职律所后，通过数日的打杂，端茶洗杯子、订会议室、接电话、打印复印扫描，不知不觉中熟悉了许多律师，他们似乎也逐渐习惯了我的存在。由于工位面朝大门，进来的人一眼便能看到我有没有到岗。只得提早半小时抵至公司，在他人到来之前开门开灯，打造出一片繁荣的景象，迎接陆续上班的律师们。

合伙人不用打卡记考勤来约束，上下班时间相对自由，李律师到的时候经常能看到我双目炯炯紧盯电脑屏幕，手指有力地敲击键盘，或者正忙中有序地给文档排序。

这一天和往常有些不同，李律师走过我的工位，没多会儿又折返，谦和地招招手："小郑，帮我头儿杯咖啡吧，一杯美式不加奶不加糖、一杯冰美式、一杯拿铁，还有两杯茶，多谢！"

我连忙答应，并起身朝咖啡馆出发，一路上都在默念着李律师说的那几个咖啡，出门匆忙没来得及写下来，只得通过联想来记住咖啡的种类和数量要求，李律师有高血压，不能加奶和糖，天热时需要一杯冰美式，而女生喜欢喝拿铁，剩下的就是两杯茶了……

一路上念念有词，生怕买错。

忽然灵光一闪，入职律所以来，李律师通常都是自己买咖啡，或是让小伍代劳。这一次让我来买，是不是意味着他已经初步肯定了我的工作？！

越想越开心，一路护送着被放置在一个大托盘中的咖啡和茶，觉得自己并不是律所的实习生，而是身骑白马手持银枪的常山赵子龙，怀里抱着的是主公的骨肉，一定要亲手交到主公手上才不辱使命。

刚回到律所，就见小伍冷不防一个箭步冲上来，眼看着就要撞到我手中的咖啡，只见他及时来了个急刹车，停在距我不到二十厘米的地方。

而我，生怕手中的咖啡有闪失，连忙背过身，护好手中的咖啡。小伍不以为意，他似乎忙得乱中有序，还没平复气息，就急忙开口道："快去打……打给维修的，楼上漏水了！"话音刚落，他已然离开原地。

做个深呼吸，越是紧急情况，越不可有任何错乱，必要稳住。先将咖啡送到会议室，再将托盘上的咖啡依次取下，呈一字长蛇阵摆放在会议桌上，全程尽量不动声色，随后退出门外，这才连忙加快脚步赶往漏水现场。

这消息虽来得突然，可在匆忙之际也预测了多种可能，快速捋清了处理方案。当下，首先应紧急处理的是漏水问题，得避免蔓延，同时，得跟楼上的租户沟通漏水的情况，如此才能尽快找到漏水的源头。排查摸清之后，再请维修师傅来修，这样应该能把损失降到最小。

赶到现场，环视四周之后，这才松了口气，还好，不是预测中最坏的场景，尚没成水帘洞。但情况也不容乐观，漏水最严重的地方紧挨着档案柜，而负责档案柜钥匙的两个HR，一个生孩子休了产假，另一个正在休年假，屋漏偏逢没钥匙，只能发挥人多力量大的精神，男律师们纷纷脱下西装，挽起袖子，开始将重如泰山的铁皮档案柜移走。

一片忙碌中，我拿起拖把，决定先将现场的漏水清理干净。事毕，又去杂物间、洗手间和茶水间，将能找到的颜色、尺寸不一的水桶全部搬到现场，来接从房顶蔓延下来的漏水。

应急处理之后，三步并作两步上楼。位于律所楼上的，是一家做移动支付业务的互联网公司。行至前台，急迫又不失礼貌地告知对方我司漏水的情况，对方一脸惊愕后，便迅速带我去漏水对应的位置，这才发现，原来是水管漏了。

查明了原因，是打给修水管的师傅，还是装修的师傅，又或是物业？

联系修水管的师傅，可直接对症下药，但要收一笔不小的维修费用；而装修公司有一定的保修时间，后续可免费维修，律所成立时间不长，应该还在保修范围内；而物业嘛，对于房屋的突发状况，理应也有处理政策与责任，但发达国家的物业效率不高，十有八九都处于阳光灿烂、啥活不干的状态。

简单跟小伍汇报后，他气得差点一个白眼翻到快昏过去："物业和保修都太慢了，你赶紧联系修水管的师傅呀！天啊，你懂不懂？效率比省钱重要十倍！"

得此回复，只得照办，回到工位后，快速联系了三间维修公司。悉尼各个区域维修公司的收费方式好像达成了全市统一：自接单后，维修工人出门的那一刻便要开始计费，其他款项则是，上门费、服务费、小费，还须报销来回车费，对方还不保证可以妥善处理与解决！

一筹莫展时，突然灵光一现，迅速登录了悉尼最有名的华人论坛，很顺利地联系到了一位口碑非常好的华人师傅，90澳币 cover（够付）一切。

难怪悉尼人会上街游行，抗议华人抢走了他们的工作机会。曾经历辉煌的盎格鲁－撒克逊人啊！所有人都已处于全球化的背景下，个体可以自由地在世界范围流动，还不想做出改变适应环境，确实难以在竞争中生存。打破原有规则的从不是华人，而是不断变化的外部环境，一味怨天尤人，并不会让形势变得好一些。

逐渐习惯上班，开始接受这份工作的不尽如人意之处。即便于律所就职，也没有想象中复杂多变的刑事案件和庭审辩护，每日的工作大多都是在固定的时间和地点处理一些琐碎的事务：翻译移民申请者的资料、预订会议室和做会议记录。

想来，人生或许本该如此。

多数人年少时都有英雄梦想，而比之更多的，是终要面对平凡。当一个人开始习惯并试着接受平凡时，即便生活单调乏味，但仍可从中挑拣出二三趣事聊慰人生。就比如，翻译文件之余，期待着来访的客户坐在会议室讲述他们的故事，这些故事与我并无联系，却也增添了对于生命的间接体验，当一个听故事的人也很有趣。

今日李律师的访客中有一位年轻女孩，登记的名字是 Lisa Liu，留着一头中短发，刘海和脸颊两侧垂着的头发都很长，遮住了大半张脸，以至于很长时间我都看不清她的长相。

见到李律师后，Lisa 没有任何客套的开场白，而是直截了当地说："我的要求是留在悉尼，听说你是这家律所最好的律师，你能办到吗？如果不行的话，就别浪费我的时间，我再去找别人。"

听到如此傲慢且始终以自我为中心的措辞发言，我几乎耗尽毕生的修养，才忍住没有翻白眼。深吸一口气，在心里默念：客户第一、个体不同。

而李律师却丝毫不受影响，得体地回应："请先介绍一下你目前的具体情况。"

Lisa 愣了片刻："我大学毕业以后没找到工作，签证上个月也已经过期了。"

李律师扬了扬眉："所以，Lisa 小姐，你现在是非法滞留在这里吗？"

"是，那又怎样？"Lisa 第一次把头抬起来，眼神充满攻击性，

"你如果敢举报我,我什么事都干得出来!"

面对这样非理性的威胁,李律师依旧波澜不惊:"您放心,我们律所会严格保护委托人的信息,不会在当事人不知情的情况下有任何泄露。"

看到对方的脸色略有缓和,这时,李律师又轻描淡写地道上一句:"但前提是,当客户的行为不会威胁到他者人身安全的情况下。"

Lisa继续垂着头,不知道是否听懂李律师的言外之意。

入职之后,经过几十个移民案例的洗礼,几乎可以预判到二者接下来的对话方向,大概是:女孩子孑然一身无亲无故,执着地想要留在悉尼,哪怕没有合法的身份,没有正式工作,成天提心吊胆东躲西藏,也在所不惜。

此时是下午两点钟,阳光透过会议室的落地窗洒进屋里。看向窗外,穿过对面19世纪风格的小楼,看到了阳光下的Darling Harbour(达令港)。回过神来,Lisa和李律师的谈话已经接近尾声,只听李律师客气地说:"抱歉,我可能没办法帮您。"

Lisa坐在座位上发呆,毫无反应。

李律师跟我交换了一个眼神,又看向门的方向。

凭借这段时间朝夕相处,再加上我单方刻意揣摩养成的默契,李律师大约意在先行离开,后续的事情交由我处理。

得此眼神后,我郑重其事地点头示意,果不其然,随后李律师便起身离开。会议室内只留下我与Lisa,一时之间,二人面面相觑。

沉默良久，我忍不住开口："Lisa，你知道苏格拉底吗？"

她擦干眼泪："小姑娘，你瞧不起谁呢？我也是悉尼科技大学毕业的。"

与她交谈，自然不是看不起她，而是另有目的。我接着问："你知道苏格拉底为什么死吗？"

Lisa 默不作声，我继续说："他本可以不死，完全可以逃到其他的城邦继续生活。但他认为人一旦离开了自己的城邦，就将会失去公民的身份，如果没了公民的身份，也就没有了构成人的其中的一个属性，那又为什么要活着呢？因此，他宁愿遵守荒唐至极的投票结果，最终被处死，也不愿离开自己的城邦。当然，是否认问苏格拉底的死因，都有你自己的道理。现在我们来聊聊你吧，如果你没有合法的身份正当地留在悉尼，那就意味着，没有作为一个公民的基本权利，你也清楚，这会让你无法从事合法的工作，只能非法打工；要面临的是，即便休假也无法外出旅行，再也不能看望你在国内的亲人，无论什么样的情境下，也无论他们多么需要你，你都没办法回到他们身边；还有，你生病了，又或者你结婚生子，都不能去医院看病或生产。简单地说，即便通过非法的方式最终留在这里，可往后的每一日，你都不能去任何需要核实身份的地方，每日都活在惶恐之中，永远担心自己被警察发现。好好的一个姑娘，读了不错的大学，本应前途光明，为什么要选择过这种见不得光的日子？"

Lisa 陷入沉默。

许久，她喃喃自语："我没想那么多，我没想过以后。"

在漫长的沉默中，我也反思自己是否过多干涉了他人的决策。毕竟，决策带来的影响、风险，还有那些将会迎来的未知变化，都要当事人承担。

每逢悉尼进入冬天，寒风与暖阳同行总是常见。

这日，来访的新客户是一位房地产行业内富甲一方的港商的女儿，李律师让我务必到楼下亲自接待。

说好对待所有客户都应秉持平等原则，怎么到了财富面前，就出现差别了？虽不想违背公平正义的原则，但仍要遵守上级指示，只得在接收指令后，披上大衣默默下楼。访客暂未抵达的间隙，在楼下东张西望来回踱步，不时掀起大衣的袖子看看腕上手表。

已经过了十分钟了，但客户还没到，实在太过反常。恐怕我比李律师还着急，生怕自己错过了上级与客户其中任何一方的信息。

大约十五分钟过后，只见一辆加长的豪车平稳地缓缓驶来，最终，车子停在律所不远处。没多会儿，车门打开，就见一位脚蹬 Jimmy Choo（周仰杰）限量版高跟鞋的妙龄女郎走出车厢，这位女子的皮肤呈蜜糖色，芭比娃娃一样精致的卷发，鼻梁上架着的一副墨镜遮住了半张精致的脸。

如此看来，没有铺红毯迎接她，实在失礼。无须求证，她一定就是今日的访客——Coco。

将杂念暂收起来，连忙微笑着迎上前去。令人意外的是，Coco 小姐并不像传闻中那样高傲冷漠，她朝我轻轻点头，用粤语打招呼："你好。"

引路的同时，我努力试图打破尴尬的气氛，可又有顾虑，担心自己哪句话说得不够得体，反而失了本意惹到了大小姐。

正当左右为难之际，便听到Coco的声音从身后传来："没电梯吗？"

后背猛地一僵，随后快速反应过来，这不是自己的错。想及此，我转头略显尴尬地看着她，笑着回应："是的Coco小姐，这个大楼有些年头，并未安装电梯。"

Coco听后面无表情，而我则盯着她脚上的那双精致的细高跟鞋快速头脑风暴：待会儿，是否需要先上楼给她拿一双拖鞋？再或者，干脆我跟她上楼时换鞋？要是她嫌弃我的帆布鞋，又该如何是好？如果大小姐因大楼未设电梯而翻脸拒不上楼，要跟李律师如何交代？

越想越多，越想越怕，几次欲言又止。

人都一样，多思必乱，乱必出错。如此，唯有不说，静观其变才是最好的应对方式。

Coco小姐不带感情的粤语再次响起："走吧。"

我如蒙大赦，一路引领Coco小姐上楼进门，所幸她走楼梯似乎并不吃力，即便踩着高跟鞋也如履平地，并无任何抱怨。

今日迎接贵客的李律师格外注意形象，头发用发蜡打理得一丝不乱，身着深蓝色暗格西装套服，搭配的是经典款鞋子，一眼看去，就像是刚从伦敦时装周的红毯上走下来。

看到Coco小姐进屋后，李律师连忙起身迎接，问候，两人握手结束之后,他绕到 Coco 小姐身后将椅子拉出,待到 Coco 落座,李律师才绕到桌子的另一端坐下,一套动作下来,尽见其绅士,同时也万分自然,恰到好处。

相比之下,我僵硬做作的笑容,简直惨不忍睹。

几乎忘了,这位出身高贵、优雅自信的名媛,今日来访是为咨询离婚。豪门千金的寻常小事都会被媒体捕风捉影,争相报道。无意间看到一些相关报道,大概知晓关于 Coco 小姐婚变的故事。

但那些到底是铅字印于报纸上的,是由他人手握揣测之笔所写就,其中真假各有比例,不可尽信。没有想到,真实的故事比从任何一个媒体上看图臆测的版本更有戏剧性。

Coco 想要结束的这段婚姻,始于一场精心设计的骗局。

故事的开头有多美好,结局就有多令人唏嘘。

Coco 在上海看画展时,和一位年轻英俊的男子在一幅满是繁花的油画前戏剧性地相遇。那位男子端着香槟跟 Coco 撞了满怀,香槟洒在昂贵的名牌裙子上,意外的浸染,成了展上的另一幅油画。

男子彬彬有礼,再三道歉,并一再追问 Coco 所住酒店地址和房间号码,男子说,一定要买同款衣服予以赔偿。

这位男子,就是 Coco 的现任丈夫——黄先生。

起初,黄先生自称是一间船舶公司创始人的长子,但他志不在此,不愿继承家业,于是便自己创办了一间旅游公司,愿景是通过旅游消除不同地区里人与人之间由于不了解而产生的误解,减少不同文化之间的隔阂。

他说着,她听着,同时也在思考。Coco 觉得,黄先生的家世背景和自己也算相配,而最致命的吸引,是黄先生表现出一副"山无陵,江水为竭,冬雷震震,夏雨雪,天地合,乃敢与君绝"的样子。未窥情意真假,未知情意各自占了多少,仅此,对于从小生活在父亲的朝三暮四和母亲的怨念中的Coco而言,便已有了十足的功效。

这也是为何,两人才刚认识一个月,Coco小姐便和黄先生闪婚。

婚后两人居于黄先生的住所,那是位于上海黄金地段的顶级豪宅,他们在此度过了近乎完美的新婚时光。

但近乎完美背后的不安定因素一旦暴露,就一发不可遏制。

Coco发现,接连数月,黄先生都在频频使用她的信用卡支付各类款项,而消费的数额也直线飙升。紧接着,美好的谎言宛如阳光下的泡沫一样接二连三被戳穿。

所谓豪宅,并非黄先生的资产,而是短租的;画展香槟撞怀,并非偶遇,是他精心设计;就连让她当时感动到昏了脑的求婚,也是请了几个朋友友情出演的一幕"豪门求亲"。

什么家世背景相配,什么豪门婚礼,事实上,黄先生只是旅游公司的一名普通员工。千谎百计的真相,无非是想通过偶遇豪门千金以此改变命运。

真相浮出水面时,Coco已经怀孕,正处备产状态,但Coco面对谎言怒不可遏,为此,她同黄先生大闹一场,随后愤然离去。

Coco小姐出身不俗,家中在悉尼亦有资产,这使得她有足够的时间,住在傍海的别墅里调整心情。人虽被骗,可她还是准备生子，毕竟孩子无辜。

孩子出生后，黄先生便提出了离婚，除争夺孩子的抚养权外，他还索要一笔十分具有分手费性质的巨额抚养费，理由是：Coco出入夜店、行为偏激异常，并不具备抚养孩子的资格。

而 Coco，对于孩子的抚养权也十分坚持，不肯让步。

李律师不卑不亢地询问："Coco 小姐，我想确认的是，对于抚养权和抚养费的决策，您是否真的决定坚持争取抚养权？还有，您愿意给对方多少抚养费或者赔偿金？"

"是，我一定要亲自抚养我儿子，跟着他重新再活一次。实不相瞒，李律师，我爸爸前后有过三个太太,他忙于生意,忙于情场，但我并没有被关爱过。从小到大从没有人教过我做事，无人同我讲何为对错，一切但凭我自己领受。如此长至成年，当下再看，虽坎坷，却是我应当承受的。读大学时我被学校开除，交了不少男朋友，经常饮至大醉，也做了一些错事，只怪那时候我太年轻。而现在我已明白对错，对的我将继续，错的我则会改。当下，我只一个愿望，只想好好抚养儿子长大，至于我前夫，无论他要多少钱，我都可以给他。"

李律师听后，理性地同她分析："Coco 小姐，根据你的描述，我几乎可以预判，首先，黄先生的诉求必是金钱补偿，而孩子的抚养权，则是其次。当然，也不排除还有另一种可能，那就是……黄先生会将孩子的抚养权作为他同你谈判的筹码，而目的，也只是为了可以从你这里得到更多的金钱补偿。如果 Coco 小姐愿意在金钱方面做一些让步以此满足黄先生的诉求，那我可以代表你跟黄先生进行视频通话，我跟他谈一谈，应该能争取庭外和解。"

Coco那双漂亮的眼睛瞬间一亮，但很快，又恢复常态，郑重地向李律师道谢。

对于视频通话中如何与黄先生博弈，李律师缄口不提，于是我自然也不好多问。

后来，许多人从媒体中看到了最终结果。十亿港币天价分手费一次性付清，两人的故事虽走向终篇，却也难免成了豪门恩怨。我只是见证了一个小插曲，并不能贸然评论巨大的物质财富和幸福是否是因果或正相关关系。

只记得那日她作为访客抵至律所，坐在会议桌前。从头到尾，没见Coco小姐笑过，一次也没有。

她笑起来一定很美。

悉尼仍处冬季，这日又是寒风和细雨。

李律师还在进行视频会议，他写了张纸条，示意我去接待下午预约的客户。

这位女士叫兰宁，我走了出去，就见到门口一位身着白衣的年轻女子，人如其名，她身形纤细，乌发雪肤，静静立在那里，像兰花--样优雅宁静。

我在前方引路，和她一前一后进入会议室。

看到门缓缓关上后，兰宁立刻冲上前拉住我的手，眼中蓄满了泪水："求你救救我，我不知道该怎么办了，只有你们能救我！"

我本能的反应是逃避，害怕这个恳求沉重到令我无法接受，而眼下，最完美的借口是等李律师来再从长计议。但看着她夺眶而出的眼泪和绝望中，又似有抓住一根稻草的意味，一时间，顿觉胸中生出浩然之气，脱口而出的是："别着急，你先坐下来，咱们慢慢说，我们一定尽力帮你。"

兰宁一瞬间泄了劲，坐在离我最近的位置上，缓缓开口："我受到了性侵害，还有家暴。"

我大吃一惊："快报警呀！这种人不能姑息！"

兰宁睁大眼睛连连摇头："不能报警，我们是假结婚，我们根本不熟悉，没有感情。我给他五万澳币，跟他办假结婚，再申请移民。"

时间好像凝固了，事态远比我想的复杂。

一般这种情况发生，如果警察介入，一定会上报到移民局，届时，怕也只落得两败俱伤的局面。但施暴者正是笃定认为兰宁不敢报警，所以才有恃无恐地作恶。而如果她一直隐忍不发，两人将会陷入一种恶性循坏，怕是永无宁日。

一时间想不到解决方法，踌躇之际，恰好李律师推门而入，连忙起身迎接，仿佛看到了救星，期待着李律师能救兰宁于水火之中。

兰宁口述的情况有些混乱，费了好大力气才理清楚事情的来龙去脉。

兰宁，出生于江苏的某个县城，考上了一所普通的民办大学，毕业几年后，遇到了专程回国找对象的澳洲华侨老何，也就是后来跟她假结婚的施暴者。

为了通过假结婚进行移民，兰宁不仅拿出了自己的全部积蓄，还借遍了所有沾亲带故的亲友，这才终于凑齐了老何要求的五万澳元。

将钱给老何之前，兰宁曾提出，她希望能把支付五万澳元和确保获取澳大利亚公民身份的事落在纸上，她与老何双方必须签字为证，否则口说无凭。但老何说，移民局会到家里来调查，一旦合同被发现，白纸黑字一定会断送了兰宁的移民梦，兰宁信以为真只能作罢。

起初，兰宁拒绝和这个只有契约关系的陌生人同吃同住，但奈何人生地不熟，语言又不通，更没有亲友可以让她投靠，再加上老何反复描绘移民局会突然登门检查两人的生活用品，从而核实两人是否真的居住在一起，也不排除会在半夜给一方打电话再请伴侣接听。

兰宁移民心切，也只能和老何住在一个屋檐下。

之后，就发生了被侵犯被施暴却不能报案的惨剧。

李律师听后微微抬头，措辞十分谨慎："您和您先生的行为，都已构成不同程度上的违法，可鉴于您是家庭暴力的受害者，您是否考虑在空间上隔断侵害和暴力？比如，暂时搬出去，以夫妻感情不和为理由。"

兰宁不假思索地回应："不行，我连英语都说不好，在这里无依无靠，离开他，我连去超市都困难！"

李律师轻轻叹了口气："兰小姐，你是否考虑过拿到了澳洲公民身份后的生活呢？最终，您总要独立去工作和生活的。"

兰宁瞪大双眼，沉思良久："我没有，我觉得只要在澳洲就好，在这么发达的国家，无论做什么都会很好。"

"兰小姐，或许你对这个国家有过许多美好的幻想，但实际上，这个地方并不完美，很难就业，物价和平均收入相比非常高，在这里工作、生活也十分艰难。坦白地讲，如果您没有长久的打算，不管到哪里都会举步维艰的。"李律师回道。

又是长长的沉默。

打破沉默的仍是李律师："兰小姐，作为一名律师，我的职业道德不允许我参与到委托人的违法行为当中，万望理解。但我也衷心希望，你能在保障个人安全的情况下获得幸福。如果日后有什么需求的话，您还是可以寻求我们的帮助。"

看着李律师关上的门，心中生起一股凉意。

李律师竟和西方典型的冷漠疏离的所谓绅士并无差别。他没能帮助兰宁，甚至，吝啬到没有给这个肉体和精神同时遭遇不幸的年轻女子些许宽慰。

这些天都在给李律师打辅助，李律师工作时有条不紊，一切尽在掌控之中，很多时候我并不需要动脑，只要按照程序迎来送往。而此刻，掌舵者离开，逼得我大脑开始高速运转。

国际关系中，国家间的不对称冲突也可以应用在个体上。在双方博弈过程中，兰宁处于劣势，那么，如何才能使得当事人在双方实力不对称的情况下保全自己，甚至反败为胜？

有机会。

博弈过程中，双方实力是在动态变化的，想要在短期内增加兰宁的实力并不容易，更何况，她在悉尼也并没有盟友可以依靠。

想来，最快速的办法，也只有寻找对她有利的证据，同时找出对方的弱点，再进行交涉。

我开口道："兰女士，其实此事并非无法应对。如果您觉得可行的话，我建议您可以先去医院进行验伤，这样的话，您便会有一份医生开具的受伤证明。还有就是，开具证明之后，您可以再去精神科或心理诊所接受治疗，如此一来，您就能获得精神受到创伤的证明，届时，可以拿着这些证据去警察局举报他。"

"可是，他说了，如果我敢去警察局，他就把我非法移民的事情告诉警察，大不了鱼死网破谁也别想好过！"兰宁依然眼神怯弱。

"我预判他也只是说说而已，并不敢真这么做。第一，他也是非法移民的直接参与方，这意味着，你们二人要承担的风险是差不多的；第二，理性的决策者通常都会衡量成本和收益，他对你进行家暴，已经构成违法行为，首次被举报的话，如果他认错态度积极，并能得到你的谅解，那么，他将面对的应该是罚款，再进行一定时间的社会工作即可。但是，如果他面临被指控的除家暴与性侵外，还有参与非法移民，那就是罪上加罪，可能不止罚款那么简单了。"

"那我需要录音吗？"兰宁抬眼望向我，问道。

我想了想，回答："不需要。录音录像中如果出现暴力的内容，只能说明暴力再次发生过，你就又要受一次伤害。我们的目的是让自己不再受伤，同时又能威慑对方。"看着兰宁犹豫不决的眼神，加了一句，"如果有需要的话，我可以在非工作日陪同。"

兰宁同我道谢，然后起身离去。

很快，我们又见面了。

临出门前，对着镜子将自己的头发梳成低马尾，又从衣橱里择了一件蜜糖色的加厚大衣，搭配的是一只纯黑色文件包，如此，只为了尽量让自己看起来成熟稳重一些。

来到悉尼九年，这还是第一次去警察局。

今日是周六，警察局大门紧闭，目光所及并未瞥见人影。

在门口研究了半天，这才找到门铃，门铃上方的牌子印着："Please Ring The Bell"（请按门铃）。

将手指按在门铃上，连续响了五秒后，我和兰宁都下意识地开始各自整理着装。过了好一会儿，大门依旧纹丝不动，并没有人前来。

只好继续按门铃。

片刻过后，一位典型的悉尼中年女警猛地打开门，目光将我和兰宁扫了一遍后，以标准的澳洲口音厉声责问："你们知不知道，按铃后要在原地等候，非请勿入？又知不知道，什么是礼貌？难道牌子上写的字你们看不懂吗？"

身着警服，在其位，本应是为民服务，然而却未见半点和善之举，更看不出作为警察的专业素养。

但我并不惧怕，即刻反击："女士，我按照指示按了铃后就一直等在原地，即使等候很长时间没人开门，我们也始终没有进门。等候时间过长，不确定是否有人听到响铃，所以这才按了第二遍，但我们依然是在原地等候，直到您出现。请问，以上有任何违反规则的地方吗？"

兰宁惶恐地拉着我，不想顶撞警察。

之所以不惧，是因早已悟出一套华人在西方应对危机的策略。

面对冲突进还是退，主要取决于发生冲突的对象。身在异乡，如果对方是需要严格遵守法律和职业规范的人群，例如警察、律师等，一旦己方受了无端的委屈，可以大胆据理力争，力争的结果往往是保全个人权利，还直抒胸中怨念，既伸张正义，又让自己免于委屈，还让对方明白——中国人并不软弱可欺。

但，如果对方是青年混混或神志不清的路人，大可快速撤离现场，保障个人安全。因为这样的非理性行为体不能在成本和收益之间做出理性判断，很可能做出过激的行为将事态的严重性扩大，同时危害到己方安全。

结果不出所料，这位中年女警察听到我的回应后，先是扬了扬眉毛，显得有些吃惊，渐渐变得不耐烦，翻了个白眼。但幸好她也没再继续纠缠此事，而是开始进入正题，问明我们的来意。

兰宁详细地交代了移民悉尼后遭遇家暴，无法忍受之后选择报警，我在一旁原原本本地翻译。警察寥寥几笔就算做完了记录，随后抬头问兰宁："有任何可以证明你所言属实的证据吗？"

我充当了翻译的角色两边传话，兰宁回应："有照片，还有医院的验伤报告。"说罢，兰宁把手机里存的几张照片呈给警察，几张照片触目惊心，白皙的手臂上有大片淤青，大腿上有好几片淤血，脸上也有明显的红肿，一只眼睛严重充血……格外刺眼。

那女警看过后脸色一沉，又问："有任何证据可以证明这些伤是你丈夫直接造成的吗？录像、录音、目击证人，这些都可以。"

兰宁低下头，小声回答："没有。"

女警稍微犹豫一下，又道："澳大利亚的法律，是保护每一个公民的个人权利不受侵害，但是，因为你的报案缺乏直接证据，所以不能立案。我可以和你一起回家对你的丈夫进行警告，如果再有家庭暴力出现的话，还请你一定要收集好证据以便立案，我和我的同事都会帮助你。"

我连忙看向兰宁，微微点头示意她不要慌张。

警察的这一反应并非猝不及防，无论是向当事人取证、警告或是拘留，都是正常程序。

沟通至此，我问兰宁："如果我们努力之后，你这个名义上的丈夫仍没有任何悔改，又或者是他不做这笔生意了，把你们假结婚的事情告诉警察，那你可能要面临的最坏的结果，就是回国。但是这意味着你的人身安全可以得到保障，可以接受吗？"

兰宁再次陷入犹豫："如果回国，我就一无所有了，前面的努力和牺牲都白费了，我就成了亲戚朋友眼中的笑话了。"

我谨慎斟酌之后开口："兰宁，别人怎么看你是次要的，首先你要保证自己的个人安全，才能安心工作生活。不然，即便你留下来了，但每时每刻都将活在恐惧中，长期下来，身心都会受到很大的伤害。这个选择已经让你受伤了，及时止损是件好事。"

话音一落，又发觉自己干涉太多，终究不能替别人的决策负责，于是又补充一句，"当然，以上都只是我的个人建议，无论您最终的决定是什么,我都会尽力帮助您。"

高大的女警带领我和兰宁上了一辆警车,一路开到了兰宁家中。下车后,女警三步并作两步冲到门前,砸门砸出了狂风暴雨的气势。

我和兰宁连忙小跑跟上,静观其变。

老何开门之后,看到警察的那一刻,短短一瞬,脸上的表情从极不耐烦变成惊愕,再变成畏畏缩缩的惊慌,随后眼睛下垂,目光暂时没有触及到警察身后的兰宁和我。

警察居高临下,确认过老何的身份后,充满威严地开口质问:"何先生,我们接到当事人的举报,当事人举报您对她进行了家庭暴力,我在此为你违法,并且违背道德的行为提出严重警告,你有什么要解释的吗?"

老何先是震惊,本就矮小的身材越发瑟缩,接着他磕巴地回答:"是的。哦,不是不是……我没有家庭暴力,我和我妻子只是吵架了,我们已经和好了。"

警察目光如炬:"请你诚实回答问题!我已经看到你妻子的伤了,绝不是普通吵架!你做出了这样不理性的事,是否为自己的行为感到自责或后悔?"

荒唐!这时候不讲证据、不询问动机和过程,居然是询问施暴者的良知是否受到谴责!如果犯罪者有德行,他又怎么会犯罪呢?

这时候,老何的目光越过警察,落在兰宁身上,他似乎并没有想到从来懦弱的妻子竟会报警。

老何继续辩解:"不是的,我们就吵了架,可能是我不小心碰到了她,真的,警察女士!"说着,老何试图越过警察拉扯兰宁。

警察看到有攻击性的行为后,果断迅猛地推开老何,大声呵斥道:"先生,请你不要擅自轻举妄动!否则将构成袭警行为!"

这一番争吵引得邻居纷纷出门或开窗关注,我心里默默祈祷,老何可千万不要有过激的行为。待老何明白过来事情的原委,渐渐恢复狡猾的本性,无论警察如何再三追问什么,他都一概选择默不作声。最后警察无法,不得不先行离开,临走前,只丢下一句:"先生,如果我们再发现你有这样的行为,你将面临刑事责任。"说罢,警察开着车离去了,只剩下我们三人站在原地面面相觑。

执法人员离场,即使再想帮兰宁脱离苦海,也要理智地保障个人安全,如果老何失智,连我一块儿打,要以什么路线才能快速逃跑?

好在周围有不少邻居和路人驻足围观,我与兰宁暂时安全,只是无论任何情况都不能进入老何家里,剩下的随机应变。

我略显夸张地环顾四周,引得老何也注意到了围观的人。围观人群中有不少都是邻居、熟人,而华人圈又很小,他更要顾及脸面。这是 B 计划,既然目前法律无法保障兰宁不再受伤害,那就用舆论的力量让老何有所忌惮。

老何面色铁青,瞪了一眼兰宁,随即转头看向我,目露凶光:"你是谁?找来警察是什么意思?"

我强装镇定回道:"我是兰宁小姐代理人的助理,帮助她处理被家暴的事件。"

老何压低了声音："你知道这里头的猫腻！有什么话进来说。"

自然不能冒险随他进屋，我留在原地大声回应道："何先生，有什么话，我们在外面摊开来说清楚。第一，你对妻子家暴证据确凿，现在还有机会改过，如果以后再犯，将会面临婚姻破裂、巨额罚款和刑事责任，你也知道澳大利亚法律上对于施暴者的惩罚和对于女性的保护……"

果然，老何听后面部扭曲，愤怒地用食指指着我，仿佛要用"一阳指"把我戳倒："你给我闭嘴！"

老何的一声怒吼打断了我事先演练好的台词。他狰狞的面目也让原本对此将信将疑的邻居恍然相信，这个人前老实的老何背地里的分裂和阴暗，但所有人都仍站在原地，并无一人上前帮忙。

路见不平替人出头，却无人声援，还要自己保证全身而退，我从未像此刻一样觉得自己像个英雄！

说时迟那时快，我连忙后撤拉开一段安全距离，跑到离马路比较近的地方，以便在老何恼羞成怒的时候快速撤离。

我赶紧把还没说的话一股脑全抛出来："第二就是，不管你和你妻子有什么口头协议，只能说明你们双方都是参与者，而收益与风险，也都是两人应该共同分担的！也就是说，无论发生什么事，你都是直接相关的人！"

周围的人听此不明所以，但是老何明显愣了一下，他大概明白我指的是假结婚的事情。随后，老何便怒不可遏地冲向我作势要打，我按照刚刚计划的路线掉头就跑，跑出几步后再回头看，跟老何之间的距离越拉越远，处于安全状态。

然而祸不单行，我猛然回头，迎面就与一辆疾驰而来的自行车相撞在一起，骑行者人仰车翻。与自行车相撞的一瞬间，我避无可避，索性也就放弃了挣扎，条件反射地紧闭双眼，只感觉身体被重重一撞后再不受控制，就像被抛出去的东西一样，掷地有声。

我不敢睁眼，在地上躺了一会儿，感觉率先着地的后背和右臂传来真实的痛感时，这才敢慢慢睁开眼睛，发现右胳膊肘破了一块，血肉模糊，后背的衣服也破了，应该难免有擦伤。

彼时，我躺在地上，朦胧之中，侧头看到自行车的两个轮子依次从眼前经过，一去不返。而周围的人脚步十分慌乱，却没有一个是奔向我的。

平时总觉得，背井离乡其实并没有古诗中写的那么荒凉，一个人在外反而自由。可当下发生意外，下意识里只想打电话给爸爸妈妈，想及此，用左手在兜里和身边摸索了半天想找手机，却一无所获，一颗心猛地坠下悬崖，现在连救护车都叫不了。全身传来的痛感让我挣扎数次都没能顺利坐起来，又怕牵扯到伤口或骨头，只会让情况更严重，于是也只得继续维持被撞倒后的姿势躺在马路边。直到这个时候，我才真真切切地理解了什么叫"不可轻举妄动"。

前所未有地开始相信，在意外面前，个体力量是有限的。

就如此刻，想打电话叫救护车，也想抓住或许是无心撞倒我却一走了之的人，却只能躺在地上，甚至连胳膊都抬不起来。悲观地想，研究生毕业第一年，我可能就这样静静地消失在世界上。

可生命不该这么脆弱。再次睁开眼时，我看到兰宁朝我扑了过来，她边哭边喊着我的名字。

我轻声告诉兰宁打电话叫救护车，兰宁哆哆嗦嗦地拨通了000，拨通电话后却不知所措。

在澳洲，无论是遇到火灾、抢劫，还是车祸等一系列的紧急情况，一律要拨打000，拨通之后再选择转接到警察局、消防或是救护车，这三个单词分别是：police（警方）、fire brigade（消防队）和ambulance（救护车）。兰宁只认识第一个，并怀疑是自己拨错了。

我用仅有的力气告诉她要选ambulance（救护车）。只见兰宁哆哆嗦嗦地拿着手机，边哭边努力地以英文跟对方描述着我出了车祸需要救护车。我听到救护车和案发地点这两个关键信息传递正确无误时，虽躺在地上，却有了一种莫名的心安。

说来，与兰宁也才认识不足一个星期，却已经患难与共。我为解决她的问题而出意外，受伤之后，也只有她想办法救我。

或许，这就是同胞之间的信任和安全感吧。

到了医院，在支付出动救护车所需的700澳元时，大脑瞬间清醒了不少。如果不是"贪生怕死"，准确地说——是珍惜生命，又怎么会斥巨资召唤救护车。

护士先将摔伤的右臂固定好，接着用镊子夹起酒精棉球开始清洗右臂和后背的伤口，伤口被戳到的疼痛指数简直比摔倒在地时还要疼。又加上这位护士极其尽心尽力，伤口的每个角落都不放过，这让痛苦变得更加强烈而绵长。

我眼泛泪光，紧咬着牙一声不发，觉得自己像个英勇的战士，敌人的胁迫丝毫撼动不了坚定的信仰。

伤口消毒后，又跟随一位穿着白大褂的中年男医生去拍了X光片，随后便按照他吩咐的，坐在等候区等待医生的最后结果。

片刻，一位男医生推门而出，仔细辨认他是否就是负责我的那位医生，却没能得出一个准确的结果。直到他目标明确地向我走来时，才敢肯定。这位医生如同小说里写的一样，长相普通，身材中等，放在人海中丝毫不会引起注意。

医生面无表情地递过来一叠诊断报告，我谨慎地用尚能活动的左手接过，第一页上面是一组骨头的照片，底下配着长短不同的文字和缩写，看得似懂非懂，还间歇性怀疑这几行文字是否为英文。

医生见状，将一叠报告上的陈述浓缩成了一句大白话，简明扼要地同我讲："右手臂骨折，其他的没有问题。"

听后才稍稍觉得心安。

未曾料到人生中第一次找警察，第一次出意外，第一次需要救护车……都是在澳大利亚。

事已至此，无意思考过多，只得完全听从医生的安排，跟随医生去给右臂打上石膏，结束后便立刻回家。没有留院观察的原因很简单直接，医院没有床位了。

悉尼冬日的夜晚，阵阵凉意袭来。

用银行卡支付完跟一门课程差不多高昂的医药费之后，和兰宁一起搭乘城铁回到我租住的公寓。

一路上我们二人都保持沉默，或许是都被意外吓得惊慌失措，或许是兰宁与这次意外有间接的关联，一时之间都不知道怎么开口，如此过了五六分钟也就继续默契地沉默着。

不时地看着站点，再下意识地看向手机，这才想起，悉尼城铁里的信号时常若有若无，于是也只好盯着屏幕上走动的时间。

几次转头看向坐在斜对面的兰宁时，她飞快地避开我的目光看向别处。

好不容易度过了这漫长的沉默，一路行至公寓门口，下意识地想要掏钥匙，才忽然发现，如今右手已经不能自由活动了。

钥匙就在右边的裤兜里，用左手换了几次角度，都没能顺利取出钥匙，以极其扭曲的姿势继续翻找，可泪水已经流到嘴边。

身后传来兰宁哽咽的声音："对不起。"

快速擦掉泪水后，我转过身来，尽量平静地对她说："兰宁，可以帮我把右边口袋里的钥匙拿出来吗？"

兰宁纤细白皙的手从我的裤兜里取出钥匙，双手递给我。我用左手不太灵活地开了锁，推开门，把站在门口的兰宁请进来。

兰宁皮肤极白，脸庞清瘦，脸上的泪痕还没干。原来这就是梨花带雨，想来古人诚不我欺。

担心兰宁再哭，我故作轻松地给她看了看右臂上石膏，笑着开口道："瞧，我都这样了，就不亲自给你倒茶了，你想喝什么的话，只能 help yourself（自便）。"

此刻我即便脸上带笑，却肯定不如往日欢快热情，必定是笑得僵硬又扭曲。

兰宁听此后，不知所措，时刻紧绷的弦突然松下来，接着双手掩面,"哇"的一声痛哭起来:"对不起,真的对不起!把你连累成这样,我真的不知道会这样!"

我组织语言尽量安慰她:"兰宁,你真的不用自责,今天纯属意外,既然是没人能预测到的问题,当然也就没法预防。又或许是我命中注定有此一劫,与你无关。你瞧嘛,这点小伤很快就能好的。而且肯定对我也没什么影响。再说了,只有年轻时多克服一些困难,这样等到老了才有的回忆。"

后来,记不清自己到底絮絮叨叨说了多少,又说了些什么。

天色渐晚的时候,送走了兰宁。直到关上房门的那一瞬间,我要面对的只有自己。

受伤的起因是出于保障弱势群体的安全,按照一切章程,先寻求执法部门帮助,得知处理不了后,只得采取威慑,而背后的目的属实正义,所用手段也合法合理。

可为什么结果却伤成这样?

直到深夜,整理好思绪,群发邮件简单告知李律师和其他同事自己右臂受伤的原委,考虑再三,最终还是没有选择请假。

此刻,并不需要静养。

选择告知大家是因为骨折这件事瞒不住,去公司以后,领导和同事们看着我手臂上的石膏,或出于担忧、共情、好奇、礼貌,都必然会询问伤情,遮遮掩掩不如坦然告知。无论出于何种原因的询问,都带有一种被关爱,至少是自己与他人有关联的感觉。

最怕的,反而是独自度过那些漫长且孤独的日日夜夜。

受伤后,好像有了不早来晚归的正当理由。

清晨，随便吃了些从超市买来的袋装吐司，特地避开上班高峰期，然而，还是提早五分钟到了公司。或许是因右臂上的石膏实在过于显眼的缘故，一上午，律师们但凡路过门口，都必会前来慰问，大家言辞一致地安慰，年轻人伤口愈合得快。而我受宠若惊频频起身回应，以至于造成一些尴尬瞬间，其中经典一幕是，对方原本只是出门，并无意问候，我却已经起身微笑，眼看着对方从我身旁走过，只好假装若无其事的样子坐下。

右臂受伤后，只能使用左手敲键盘，工作效率难免有些下降。但颇为意外的是，并没有对律所的工作进展造成影响，只是在接到翻译材料的时候把提交时间往后延一些。发布任务的律师也好，与我直接联系的客户也罢，他们似乎都不在意延迟的原因，甚至许多人并没有察觉有所延迟，原本准备好的一套充分的解释始终没能派上用场。

果然，在学校或是工作岗位，艰苦奋斗又或是浑水摸鱼，太阳一样照常升起，公司也照常敞开大门。但这一生并不漫长，出生长大，读书识字，念完大学又念研究生，然后成家立业，在自己的领域有所贡献，几十年倏忽而过。不论功德圆满或是心存遗憾，都不能重来。为何要潦草地度过一生？

想及此，积极地研究起了如何使用左手确保正常生活和工作，研究完毕后，便是具体执行，从简单的接水、打电话、写便条，到有一些难度的翻译材料、安排会议室、复印扫描。这些平日里看似简单的事，少了右手的配合，当下做起来时都极其不顺，虽有力气，但就是使不上。一时间手跟不上大脑的指令免不了急躁，一气之下把写错了的纸揉成一团丢在地毯上，好在只发出微小的摩擦声，并没有引起周围同事的注意。鲜少如此失控，愣了几秒后，又默默地将纸团捡回来，用左手展开，深呼吸调整一下心态，再把废纸上写到一半的内容抄在新的纸上，并继续写完余下的内容。

欲速则不达，平复心情后，像刚学会写字一样用左手拿起笔，落于纸上的一笔一画都充满庄重感。

忽然想起刚上初中的时候，后桌的男生是左撇子，我经常转头假装拿书包里的作业本，漫不经心地看他一眼。回家后，悄悄用左手临摹字帖，好像这样一来，两人之间就多了一个共同点。等将来机缘巧合的某一天，可以装作恍然大悟，大喊一声："原来你也习惯用左手写字！"

那是很多年前的事了。

日子并没有想象中的艰难。

几周的时间，习惯了使用左手做事，一切按部就班正常进行。

周五下午的气氛总是格外放松，基本完成了一周的翻译和打杂的工作，其他律师也没有安排新任务。大家都默契地在等待6点的到来，午休时间有同事还哼起了"It's Friday"（星期五之歌）。

下午，照常给李律师买好咖啡，送到时，李律师不同于往常地抬起头："欣然，下班有安排吗，请你吃个晚餐？"

我略感惊讶，但仍下意识地回答："好啊。"晕晕乎乎地出门后才开始思考，上下级之间的晚餐就是工作的延续，极有可能是慰问身残志坚的员工的工作和生活情况。

回到工位后,开始写工作总结,提前梳理一下工作内容,以免晚餐交流时被问个措手不及。

下班后的李律师没有了平日里的严肃,仿佛表情管理系统从职场切换到日常模式。面前的他像个温和的长者,一字一句:"欣然,虽说是在休息日,但毕竟是在我们律所的实习期间出了意外,我和其他同事都很不愿听到这个消息。"停顿片刻,李律师接着说,"听说你是去上次那个被家暴的客户的家里才出了意外,这是一件值得总结的事。不建议跟客户走得太近,并不是因为我们冷漠无情,而是很多像你这样的年轻人太过理想主义,满腔热情地想拯救世界,结果往往让自己受伤,追悔莫及。"

看着李律师温暖的目光,我没有像往常一样附和,而是鼓起勇气说出了真实的想法:"谢谢您的指点,但我觉得这次受伤跟帮助兰宁没有因果关系。因为我当时慌乱没看车就往车道上跑,从根本上轻视了交通安全,所以才受伤了。以后多注意交通就行了。"

李律师一愣,神色很快如常:"你后悔做这件事吗?"

"不后悔,如果重新选择一次,我仍然会帮兰宁威慑她的丈夫,让她丈夫不敢再为所欲为。"

长长的沉默。

李律师大概没有预期听到这样的答案。我直率而言:"李律师,我感觉我们能做的很少。"

这一次,李律师似乎不感到意外:"你是在怪我没帮到他们吗?路终归是要自己走的。我们都不是神,只能自保,度不了他人。"说着,他在我惊讶的目光中喝了一小口酒,眼神直直地看向窗外,仿佛穿过了岁月的长河,有了归途。

"每个人都不容易,我本科就读了八年。刚到澳大利亚的时候,就只有一个小行李箱,浑身上下就一百澳元,是7:1的汇率换来的。我白天在新州州立大学读 political economy(政治经济学),下午要去香港餐馆端盘子,一直工作到凌晨一两点。一个学期后,辛辛苦苦端盘子赚的钱还不够交学费的,只好延期一学期,白天黑天都在打工。累到极致忽然明白 political economy 是有钱人家的小孩读的,对我以后找工作也没有太大的助益。听同学说法律专业毕业后的收入很好,所以就转了专业,读半年再延期半年去打工,赚到了学费再继续读。"

李律师继续喝了一口酒:"我卖过保险,站过柜台,送过报纸,做过装修,数不清做了多少份工作,终于熬到了毕业。我是荣誉毕业生,全校只有五个,我又是其中唯一的外国人。毕业后却没有律所愿意收留,只因为我是外国人。万不得已,只好找一位澳洲女同学结婚。在海港大桥边,我拿着超市买来的几枝玫瑰花说自己很爱她,她收下了。可现在回想起来,这样做很大一部分原因是为了留在悉尼,自欺欺人罢了。"

场面再次陷入沉默,但这一次打破沉默的是李律师:"欣然,法律不是无所不能的。法律不能约束道德,法律只能确保一个 bottom-line(底线)。"

在沉默中吃完了剩下的晚餐。

人类社会已经不再是霍布斯描绘的丛林法则、强者生存,个人有了德行，国际社会上有了平等与正义。如果对于弱者没有怜悯、同情和帮助，那人和兽又有什么分别呢。

上下班必然经过伊丽莎白街，从城铁出来后左转，经过两个红绿灯，通勤的路早已印在脑子里，没有任何惊喜，日复一日。这一天，翻译完客户有关移民申请的文件，抬头一看，才晚上八点，周围的两排工位已经空空荡荡，整个律所格外安静。

一瞬间，街上的灯全亮了，映着道路两旁十九世纪的古建筑和现代的摩天大楼。街上的人大多西装革履而行色匆匆。听说这里五十年前就是这样，没什么变化。

有些害怕办公室里这极度的静，急急忙忙收拾好东西，检查灯和窗是否关好，准备锁门离开。隔着过道看到茶水间里有亮光，轻轻推开门，四下无人，正疑惑着，一低头吓了一个跟跄，小伍背靠着橱柜坐在地上，左手拿着一瓶所剩不多的65度的伏特加。

他好像没注意到我的存在，自顾自点了根烟，一言不发地抽着。

我们二人这些天虽然经常见面，但并不熟悉。不知道这一场面的前因后果，自然无从劝起，可当作什么也没有看到转身离开，又太过冷漠。我指了指墙上"禁止吸烟"的标志，提醒他："小伍哥，这儿不让抽烟，烟雾报警器会响的。"

小伍大概没想到我会用这样的方式开场，哭笑不得："我早把报警器拆了。"

"小伍哥，不管发生什么事，总要想开点啊。"

小伍的口中继续吐出一圈烟雾："我女朋友今天领证了。她说过要等我三年的。"

因为工作原因，我这几天集中看了很多个移民案例，颇为自信地认为自己能解决一些复合型的问题，可眼前的倾诉好像超纲了。是背叛吗？恋爱时的双方自主自愿，没有立下什么受法律保护的条款，即使一方背叛了，也不会有任何惩罚机制。当然，并不是所有的背叛都要被斥责，还要看其中的原因。如果理由合情合理，背叛者也有可能被世俗看作正义的一方。

"常有的事，很多事明明说好了，可就有人做不到。"我也不知道自己想表达什么，只是想给予一点安慰，好令他从颓然的状态中清醒过来。

显然，这毫无头绪也没有说服力的安慰没起到什么作用。小伍突然双手掩面，眼泪顺着指缝源源不断地淌下来，手指间夹着的没抽完的半根烟毫无征兆地掉落在地上。我不确定这样是否会引发火灾，但还是轻轻上前踩灭火星，再继续看向小伍。

小伍转头随便抹了把脸，用衬衫袖口擦擦眼睛，伸手把他的手机递给我："帮我把她删了吧。"

我面露难色，连连摆手："这个还是您自己来吧。"

"一万五千多条信息！六百多张照片！六年啊！我要是能删得了，还要你干什么？"

从小伍颤抖的手里接过手机，屏幕上显示女孩的微信头像，是一张精致的侧颜，聊天记录显示的最后几条消息都是长时间的通话，可通话时间却是大半年前了。这大半年的时间，长到足以让其中任何一方开始新的感情和生活，而另一方连问一个理由的资格都没有。我的手停在半空,进退两难,被抛弃的一方难免睹物思人,当断则断,挥慧剑斩情丝,可眼前的小伍看似毫不在意的神情与哭红的眼睛、脸颊上的泪水形成戏剧性的反差,他现在可能是一时冲动,如果删了,即使后悔也难再挽回了。我点击几下屏幕,作势要删,小伍一把夺过手机,紧紧拽在手里,一口有些嘶哑的港普:"你真删了?"

这一刻,港片中的文艺与真实照进了现实,我实话实说:"没删。我觉得你可能还想看她。"

两行新泪夺眶而出,小伍点点头:"我就想看看她结婚的样子。"

那天晚上小伍借着酒劲絮絮叨叨讲了很多,坦白说自己不是香港人,而是广州一个小山村里长大的。他勤奋学习,考上了广州大学法学系,成全家人的骄傲。再跑到了澳洲昆士兰大学读研究生,用一部分奖学金、全家人七拼八凑的钱和做兼职存的钱交了学费。研究生期间,认识了手机里这位已觅得良缘的前女友。毕业后,他因为喜欢悉尼,辗转到了这家律所,一干就是三年。女朋友回到广州,考上了公务员,很快有了稳定的生活。浪漫如初,他们也有过盼望,要么等小伍再奋斗三年,在悉尼有了立足之地,女朋友就义无反顾地奔赴而来;要么拿这几年的积蓄回广州买房子。只是,想象到的是浪漫,预判不到的是变化,六年的感情说断就断,约定好的说变就变,连一个完整的解释和体面的道别都没有,甚是荒诞,可也并非罕见。

我虽初入成年人的世界,对其中的规矩也略知一二,看到别人崩溃的瞬间千万不能"分享"出去，否则传言极有可能被添油加醋地接力传播，越传越离谱，对小伍的事情也自然三缄其口。第二天再遇到小伍，一切如常，两人仍然保持着客气又陌生的交流，这就是西方职场常见的氛围。

临近实习期结束，右手的石膏本打算在悉尼拆下，可预约排队的热线不是长期占线，就是被告知已经约满。尝试数次，未果，只得回国拆。最后一天上班，带了一盒巧克力去律所，和同事们简单道别，只是没再见到小伍。听说他先一步辞职，打算去广州找工作。终究是回家了。

在悉尼的实习经历也算圆满，领导和善，同事包容，客户也大多谦和有礼，当然是看在李律师的面子上，可距离我理想中的职场相差甚远。海外的留学生在求职的那一刻就受到诸多限制，工作岗位和工作机会有限、签证时间有限、用人单位根深蒂固且难以打破的偏好，导致许多留学生根本没有机会从事与本专业相关的工作。

在悉尼平淡度日也不失为一种选择，可雄心壮志未能实现难免心有遗憾。空留遗憾是最痛苦的，我毫不犹豫地买下了回国的单程票，从此天高海阔。

第三章

游子归来

　　回国进入倒计时,右手打着石膏搬不了行李,只好一切从简,把大部分东西都留给了这间小公寓未来的主人。带着两个二十八寸的箱子回国,和九年前一样,可又有些不同。九年前我一无所有,归去时装着悉尼大学的本科和硕士研究生的荣誉毕业证,终不枉年少离家,在异国他乡浮沉、挣扎这么多年。

　　回国的班机上,特意选了一个靠窗的座位,看着飞机慢慢离开地面,缓缓斜线上升,眼里是《围城》中那艘过了红海,开往故乡的船。

　　告别了悉尼的冬天,下飞机的一瞬间,还没来得及感慨月是故乡明,就已经感受到北京盛夏的炙热。穿梭在人群中,迅速找到洗手间,脱下悉尼的"冬日三宝"——棉衣、绒裤、雪地靴，回归到盛夏之中。在T3航站楼，远远看见爸爸妈妈站在人群中，直直地盯着人流涌动的方向。妈妈锁定我打着厚厚的石膏的右手，眼圈红红的，眼泪差点没掉下来，她连忙穿过人群飞奔过来，接过我左手里的推车，上演了一幕"大团圆"。

北京还是北京，和从前一样，好像我没有离开过很多年。

像是从西天取经回来一样，回家后第一件事就是把层层包裹的学士和硕士学位证藏在家中最稳妥的地方，防水防潮又防盗。大事已了，一头栽倒在床上昏睡了好几天。

一千个留学生有一千零一个倒时差的方式。美国和欧洲与中国的时差过于显著，意志坚定的人们哪怕困得要命也要撑到北京时间的晚上再睡觉。这其中又分好几派，"积极坚定派"靠看书写字支撑，"安逸坚定派"靠打游戏刷视频被动地熬过去，"循序渐进派"则每一天都把睡觉时间往前调整一点点，过个几天就自然回到了正确作息。恕我不能感同身受，因为澳洲和中国的时差只有两三个小时，大可忽略不计。唯一不同的是吃饭时间，我另辟蹊径，采取随遇而安的方式，想吃就吃，可没想到生物钟反而更紊乱了。顺其自然总没有什么坏处，这是乐观的自我安慰。

名校本硕毕业，找一份好工作是自然而然、水到渠成的事，这样根深蒂固的错觉促使我在写论文期间屏蔽了一切干扰因素，只专注于学业。导致作为一个毕业生，一度认为来学校摆摊招聘的公司过度占用了公共空间，给与此事无关的人们生活带来不便，甚至把学校求职中心发到我邮箱里的招聘信息设置成垃圾邮件免打扰。

人为地隔绝世间的纷纷扰扰，在"洞穴"里专心修炼，专心写论文，按部就班完成实习，自以为练得学术能力和工作经验双重神功护体，毕业后能轻松就业，可届时发现再想回到世间找工作却无从下手，只好在一些企业的平台上注册账号提出求职申请，或者把简历发到联系人的邮箱，结果都是杳无音信。

与假设相差甚远的偏差足以让人警醒，于是全神贯注、全力以赴地开始谋求一个理想的职位，踏上了求职之路。

行动之前，延续了研究生时期培养的优良习惯——思考和规划。思考出明确的目标后，再根据规划达到目标，事半功倍。思索许久，目前的问题回归到——找一份什么样的工作？

不求扶摇直上九万里，但希望这份工作的社会地位高，不可替代性强，从而带来成就感和满足感；希望这份工作的薪水高，有固定休假，工作环境既安全又干净，工作氛围既单纯又有爱，而且通勤时间不能太长。

目标很明确，接下来如何规划呢？自然不能在空想中执迷不悟、闭门造车，立刻想到比我早几年步入职场，现已是名企IIR的表姐高菲，她耐着性子听完，面无表情地总结道："有一个职业完全符合。"

"什么？"我喜出望外。

"宇航员。"

这个建议没有任何建设性，却将我打回现实。求职的核心是双向选择，目前就业市场的现状是毕业生的数量远远多于与之匹配的空缺岗位，也就迫使诸多刚写完论文的研究生放弃理想国的建设，在现实中做出妥协和调整。

开始参加各种免费、付费的求职工作坊；修改了至少二十遍中英文简历，保证丰富完整的同时也尽量简洁明了。最终，投了四十多家公司，包括中国日报英语新闻岗位、网易有道的翻译、华为的翻译岗位，大多都是和语言、文字相关的工作。这些岗位的要求和我的情况完美匹配，如国内985或211高校的本科学历及以上，或海外同等学历，以及英语或其他相关专业、国内外英语等级或成绩。

投完简历，盘腿坐在沙发上，一边吃着薯片，一边自信地等回复。倒也没有完全被动地等待，在这期间我对于海投简历的企业已经有初步的一个排序，等收到一些回复之后再做调整，从中选择一个最合适的工作，然后就可以华丽变身上班族。至此，心里安稳，万事俱备，只欠东风。

一个月过去了，东风还没有来。

每天不定时地刷新邮箱，却刷不到任何一家企业的回复。无数次怀疑电脑是不是坏了，又或者网络出了问题，可不时收到的广告和新闻总让我打消这些念头。按捺住本能的心慌，给表姐打电话问问情况。

问完之后，莫名的心慌被确定的忧伤代替。原来自己引以为豪的名校本硕只符合名企的基本准入要求。那些被录取的同辈中都有一两个与岗位匹配的亮点，包括但不限于有两年实习经验、去过十多个国家当志愿者、熟练掌握三门外语、被评为国家一级运动员。相比之下，原来我如此平庸，却后知后觉。

表姐直率地说:"近些年有非常多海外硕士归国,起初我们抱有很大期待,结果连连失望。后来总结规律,有些海外硕士学习时间短、学术水平差、工作能力低,看起来就像假硕士。掺水成分太大,我们都叫这些人'水硕'。"

听君一席话,本就暴露在寒冬的心冻成了冰雕。但仔细想想,我的学习时间不短,学术水平尚可,未必是大家口诛笔伐的"水硕"。

表姐又补充道:"你们澳洲留学回来的硕士在鄙视链的底端,澳洲学校的申请门槛、学术也好,英语也罢,普遍都比欧美名校低。前几天我还面试了几个澳洲回来的硕士,居然连英语都说不利索,也不知道出去学了些什么。最搞笑的是一个男生,英语面试时不论回答什么问题,开头都是'I think',口语水平比'英语九百句'好不到哪去,干脆管他叫'think 哥'了。"

听完后,心间五味杂陈。

一年制的研究生、不知名的大学、线上授课,都不是导致学术能力差的原因。缺乏独立思考的能力、没有学习和研究的意愿、不坚持解决困难、逃避或转嫁责任,才是"水硕"这个概念的内涵。

留学九年,见过各种各样的留学生,有能力不足的害群之马,学习能力不行,学术诚信不好,让人想不通是怎么考上的,被录取之后又不珍惜,旷课、代写、替考,一样不落;可也有起早贪黑的老黄牛,不谈恋爱,不去旅行,每天三点一线,先学英语,再学专业课,晚上去 24 小时自习室通宵写论文,朴实无华得像个科学家,没有生活,只有活着和学习。

海归硕士虽在简历上的教育背景相似,但实际上的学术水平天差地别。只因同是海外学习的经历而统一被称为"水硕",是件多么荒唐的事。

在硕士期间最重要的收获并不是一纸文凭,而是对一个问题的研究和探索,寻找合适的分析框架和研究方法一步步验证自己的假设。在日后工作时,也可以用同样的研究方法探索新的问题,只是现在竟没有用武之地。

虽是盛夏,不免心灰意懒。直到在一长串订阅杂志、广告、会员通知等无用邮件中发现一封来自互联网公司"神笔翻译"语言岗位的笔试邀请,内心世界才稍稍恢复了些色彩。

这场笔试让人重返十八岁,可返老还童也不见得都是花好月圆,记忆中毕竟还有做不完的卷子、放不下的忐忑和无法磨灭的紧张。强装镇定翻开试卷,有中译英和英译中两篇文章,篇幅不长,内容是关于投资并购与人工智能的发展和应用。往后翻两页是30道单选题,各种图形推理,在我眼中就是一堆鬼画符;判断真伪好歹是文字,文科生一眼望过去就很亲切,但读着读着这些题成功地让我怀疑自己是否有文字理解障碍。

答题时间只有两个小时,肯定做不完。怎么办?灵光一现,笔试岗位是翻译,图形推理的正确率并不重要,重要的是翻译的质量。这样一想,决定把主要精力放在翻译的雕琢上,争取达到"信、达、雅"的标准,在原文和译文的转换中跳一支优美的舞蹈。

如我所愿,笔试通过!紧接着是面试,不留喘息的余地。面试官是一个中年男子,说话的语速极快,却吐字清晰,或许他可以挖掘一些脱口秀或相声表演需要的语言艺术方面的才能,说不定职业生涯另有精彩之处。

他手中拿着我笔试的试卷，飞快浏览，不时勾勾画画，一套动作让我产生了一种紧张等待老师揭晓分数的错觉。他的一举一动极其符合高效能人士的一心二用原则，翻完试卷后，又看起我的简历，问："你研究生得Distinction（优秀）的六门课程都是什么？"

事实性的问题的目的是考察是否存在简历造假，不用过于紧张，如实回答就好。Distinction的课程都是奋斗了无数个日日夜夜，修改过无数遍的课程论文，记忆十分清晰："六门分别是国际关系理论、外交学、翻译理论、翻译实践、亚洲近代史和人权研究。"

面试官轻轻点头："你有翻译证书吗？"

这一句话让我背后发凉，慌张地说："老师，我是国际关系专业，选修的翻译，没有证书。"

面试官面无表情地把简历放在一边，开启聊天模式："近些年我们收到了不少海外名校毕业生的简历，入职之后良莠不齐，有的综合能力特别强，有的却差得一再突破我们的心理防线，真不知道国外都在教些什么。"

他稍有迟疑后，打量我一眼后，继续开口："你这澳洲本硕的履历并不突出，自身也没什么令人印象深刻的特点，找不到一个非选你不可的理由。你对我们公司的互联网翻译平台了解多少？"

这个问题很宽泛，没有超出我准备的范畴，思考了几秒钟，尽量自圆其说，表达出我对翻译专业的理解，同时体现一种积极向上的心态："贵公司的线上词典和翻译比很多同类型的产品要好，很多留学生也在用。神笔翻译很有优势，因为语料库足够大，许多词汇和表达都能查得到，但有一些机器翻译的劣势也很明显，例如选词和搭配的灵活性远不如人工，像是翻译这一段环保材料中的'打造绿色建筑'，机器的直接翻译是 construct green building（建设绿色建筑），可结合文章的背景，这并不是最好的表达，更好的选择是 environmentally friendly building（环境友好的建筑）或 eco-friendly building（环保的建筑），重点突出环保这一层意思。"

面试官听完，简练地回复："green building 也是正确的表达，为什么还要改呢？"

问得我措手不及，一时语塞，脑海里疯狂搜寻翻译实践课上学的内容，勉强拼凑回答："中文的一个词语或短语可以对应英文的两三种翻译版本，但要根据背景、译文受众等因素选择一个最恰当的版本。机器没办法像人一样，通过上下文分析选择一个最合适的版本，它能做到正确，但目前还无法做到恰当。举个例子就能说明问题，机器只会从字面意思寻找最对等的词汇，曾经有一场国际论坛把"One Belt One Road Initiative"（一带一路倡议）翻译成"一条皮带和一条公路的倡议"，出现这种严重的错误。"

面试官微皱眉头，目光凝视着斜下方的桌子，看上去既严肃又痛苦："像你这么字斟句酌，怎么保证翻译的效率？"语毕，他抬头看了我一眼，补充了一句，"你这个岗位的任务是一天内保质保量翻译三千字。"

我抓住关键信息，反问："这个团队有多少人呀？"

面试官一脸疑惑："什么团队？"

"每天完成三千字翻译的团队。"

"一个人。"

时间并没有静止，静止的是我们。

我从静止中缓过来，认真地说："一个人一天翻译三千字，还要审校，是不可能高质量完成的。"

面试官的脸上看不出任何情绪，说："很遗憾，这是客户的要求，也是我们的规则。只能遵守，不能破坏。祝你好运。"

话音刚落，面试官开始整理文件，准备起身送客。我见状也赶紧起身，直到离开，他们也没有再做任何挽留，才确认最后这句没有任何"拒绝"字眼的回答，拼凑在一起就是不留余地的拒绝。

在学校里想象未来求职时，会坚定地选择自己最喜欢或者最适合的工作，因为只有真心喜欢，才会付出一切，不计任何回报。可真正走向职场才发现这世间没有理想的工作，现实是要权衡利弊与得失，做出妥协和调整。妥协，看似是一种退让，却能让我和客观事实达成一致并向前一步，避免在理想的世界中停滞不前。不得不进行调整，用客观的衡量标准重新评价自己，换一种方式达到理想与现实的平衡。

又重新投了两轮简历，把求职目标调整到语言文字类，中文和英文都行，同时也降低了对岗位和收入的要求。果然，很快就收到了两家公司的笔试通知。一家是外企 DC 传媒公司，走主流媒体的路线，岗位是新闻编辑，把一手的国外新闻翻译成中文，再编写整合，内容跟 *China Daily*（《中国日报》）和《参考消息》相似；另一家是 YF 教育，近年来炙手可热的英语教育企业，分校和教学中心的数量在全国范围差点超过肯德基，岗位是文秘，主要负责写材料、领导发言稿和会议记录。

DC 传媒和 YF 教育的笔试时间很接近，两者相比，我更喜欢传媒公司，氛围多元化，提供的岗位也能发挥我的中英文读写能力，虽然这个能力逐渐由特长转变为基础技能，每人必备。大部分时间和精力都用在准备传媒公司的笔试上，YF 教育的笔试就听天由命了。

虽然不知道确切的考试内容，但大概应该是中英文写作和翻译、逻辑判断等，我像准备笔译课的期末考试一样，听英语新闻，练口、笔译，全力以赴准备一战。

DC 传媒在周围实用型的大楼之间显得非常醒目，整栋楼外墙都是玻璃材质，非常典型的外企建筑风格。面试当天，拿着临时出入卡，穿过层层关卡，到了十楼的会议室，这一场少说也有几十个人参加考试。百分之九十的求职者都穿着一整套黑色西装，瞬间感觉到呼吸困难，不知道是眼前的黑色西装迅速蔓延成密密麻麻一片，又或者是许多人共同呼吸产生了太多的二氧化碳，还是同辈之间不由自主形成的压力。穿越过一排座位到了窗边，想要打开窗，呼吸新鲜空气，但我很快就后悔了。整面墙都是玻璃材质，哪有什么把手和拉门，无知的我在一块玻璃前上下摸索，始终找不到开窗的方式。虽然是考笔试，但依照惯例，目前求职者的一举一动都被列入考察范围，做事无功而返一定是减分的行为，只好尴尬且积极地继续在窗前推拉一番。但越是坚持就越引来人们对于这件事的关注，我就越不能退缩。于是送考卷进来的员工看到了非常怪异的一幕，整个会议室的求职者正襟危坐，但都侧目看向右边的窗户，一个年轻女子在玻璃墙边来回观察、摸索、敲打、推拉。

忘了自己是以怎样的姿态回到座位上，过于丢人的瞬间也不必记得。这段啼笑皆非的小插曲实在值得总结经验教训，在陌生的环境里一定要谨言慎行，先观察再行动，切忌鲁莽，否则极易骑虎难下。

笔试的内容不陌生，有逻辑判断、句子翻译、篇章翻译等题型，但题目眼熟和结果理想没有显著的正相关关系，忌讳盲目乐观。时间还没过半，有一个短发女生提前交卷了。这个看似与他人无关的行为实际上对我的心理状态和答卷节奏造成了干扰。看着女生离去的背影，平复心情，心中默念"他强由他强"，再默默加快速度，完成就是完美。

考完后，好像用光了所有的力气，神志不清地坐上公交车，一路上反复分析，根据题目难度、自己的发挥情况，与其他人的相对实力、运气，这些一个比一个接近玄学的指标预测自己能否进入面试。越梳理反而越乱，索性不想了，转头看窗外车水马龙。

北京下午六点，晚高峰悄然而至，公交车走走停停，艰难前行。

所幸没有出现"路怒症"这类不安定因素，乘客大多看视频或者听音乐打发时间，车内一片安静祥和，这大概是现代科技促进社会和谐的正面案例之一。

算了，人事已尽，到如今只好听天由命。

天命总是难以捉摸。一带而过的 YF 教育先递来了面试的橄榄枝，而用 90% 的时间和精力全力以赴的 DC 传媒目前杳无音信。可能是执念过于强烈，DC 传媒的面试通知终于姗姗来迟！

面试 DC 传媒的前一天晚上，检查了五遍身份证、临时通行证、钱包，确保手机和电脑都充满了电，辗转反侧，不知不觉就到了天亮。

为了避免被淹没在人群中，我特意买了一套宝蓝色西装，胸前别了一枚珍珠花环的胸针。这一次，轻车熟路，去往十楼会议室的路也显得亲切。

进公司后就被安排到了等候区，里面已经有了四个与我年龄相仿的人。面试采用的是小组形式。还没明白小组面试是什么意思，就有人直接宣读面试流程，先抽题，五个人再各自陈述观点，接着依照次序相互点评发言内容的优缺点，然后自由讨论，最后商量一个统一答案，选一个代表总结汇报。

飞快地记下要求和流程，一边在脑子里联想可能涉及的要求和场景，一边隐藏慌张，在被询问是否听清楚时故作镇静地点了点头。职场上藏拙是必要技能，毕竟如果让面试官或者一同求职的竞争对手知道我完全没有经历过，甚至没有听过小组面试，那我极有可能被看作孤陋寡闻，并且不会随机应变的人，印象分狂跌，甚至提前出局。

五位求职者一同入场，在面试官面前坐成一排。我抽到了五号，这个顺序很占优势，在其他四位求职者依次陈述时，有充分的时间整理自己的思路。

几位求职者同时翻开桌上的题签，题目长到没办法一气呵成地读完：

一则由互联网程序员引发的新闻登上热搜——一名程序员在GitHub社区上建立了一个"996.icu"（即工作996，生病ICU）项目，披露部分互联网公司"996"工作制现象，引起了不少"996工作者"的共鸣。

所谓"996工作制"，是指员工每天早上9点到岗，一直工作到晚上9点，每周工作6天。这样算下来，"996工作制"的周工作时间最低也达到了72小时。

"996"工作制引发了热烈的讨论。面对"996"，有人心存怨念，有人甘之如饴；有人口诛笔伐，也有人左右为难。请问你如何看待"996"工作制？

从头到尾读完题干，惊觉前面都是可有可无的背景，只有最后一句问题是重点。来不及大呼上当，立刻专注思考答案。前四位求职者侃侃而谈，我没有仔细听，而是摒除一切杂念，高度集中注意力，在头脑中搭建一个答题框架，为了避免由于紧张忘记关键信息，还把框架和重要论点的关键词写在草稿纸上。

轮到我了，开门见山立论："'996'工作制不符合《中华人民共和国劳动法》的规定,这一制度看似提升了个人和企业的短期利益,但却无法保障长期利益。"为了体现思维的全面性,我欲抑先扬,先抛出这一现象存在的原因,再话锋一转回到核心观点,灵活创新了国际关系经典的层次分析以支撑自己的观点,从个人、企业、国家和国际社会四个层次展开论述,尤其在论证"996"工作制对国际社会的影响与危害时,进一步上升到全球可持续发展的高度,观点明确、逻辑清晰。

陈述完毕后,暗自松了一口气,本科和硕士这六年做报告、展示、答辩的锤炼能保证在高度紧张的情况下有稳定的输出,过去默默无闻的积累都是有意义的。直到结束,才想起跟面试官进行眼神互动。目光所及,几位面试官的表情都不明朗,有的面无表情,有的眉头微皱,似有似无地轻轻摇摇头。可能是压力测试,我立刻收回注意力,不愿让对方略显消极的反馈影响自己的信心。

第二个环节是小组讨论,我脸上洋溢的假笑逐渐凝固。大家需要评论和总结其他求职者第一轮的回答。但上一轮只忙着整理自己的回答,根本无暇顾及别人的答案,从何点评?心里像连续击鼓一样,鼓声越来越大,越来越密,越想越慌。深呼吸稳住心态,当下只能根据其他求职者这一轮的评论,以及对他们模糊而断续的印象猜测观点。不出意外,我的评论宽泛而模糊,为了拉长时间,在末尾只得硬着头皮又一次强调了自己的主张。这下都不敢跟面试官有眼神交流。只要面试还没结束,就有翻盘的可能,期待着自己在第三个环节主动出击,力挽狂澜。

第三个环节是自由讨论,吸取了之前的教训,认真听了别人的评论，思考如何反驳其他求职者的观点。千篇一律的答案容易落入窠臼，独特的观点才能让面试官眼前一亮。其他四位求职者的观点有不少相似甚至雷同之处，都认为"996"工作制有许多可取之处，小到可以激发个人的潜能，大到可以让企业更具有竞争力，跟我的观点恰好有本质上的不同，此乃天助我也！

观点冲突是展示自己独立思考与创新精神的良机，组织好语言正要抬头发表时，发现话题一下子就过去了，好不可惜！随后加快思考速度，可还是找不到加入讨论的契机，就像狗追着自己的尾巴，怎么也追不上。随即改变策略，多多表达，先把发言数量提高上去。出现了一个新的论点，我立即表示支持并进行补充，或者反驳加以论述，但此举收效甚微。我声音小，轻易就被其他求职者盖过。又坐在最边上的位置，积极地探出半个身子倾听，想要加入讨论，但其他求职者好像默契地缩小了讨论范围，经常忽略我的存在，甚至有几次我已经开头，那边的讨论仍然热火朝天，丝毫没有停下的意思。

有那么一瞬间，感觉自己陷入一个陌生的世界中，周围嘈杂，用尽全身力气但就是说不出话。内心的演变从故作镇定到积极争取，到按捺不住内心的焦灼跃跃欲试，到最后明白已经无力回天了，却仍然如坐针毡地等待这漫长的一小时过去。

我与一颗沉到海底的心一起关上了会议室的门，转身离开。

这一次结果显而易见，无须再继续等几乎不可能的消息，可心里偶尔会涌出压抑不住的难过，有时难过像洪水一样从眼睛里流出来，用纸巾摁也止不住，但更多时候还是哽在心里，惶惶不可终日。

如行尸走肉般转了两班地铁,来到海淀黄庄的YF教育大楼里参加面试,进楼的那一刻深呼吸几下,勉强打起精神应对。历经各种出乎意料的事后,已经完全不把自己的预判当回事了。坎坷才是常态,一切皆有可能,唯有见招拆招。

这次是一对一的面试,面试官和我年龄相仿,胸前的工牌上写着——人力资源-陈欣怡。她翻看了我的简历,第一个问题就语出惊人:"国际关系专业的本科和硕士,为什么不去外交部工作,要来我们这儿面试文秘?"

如果是刚回国时被问到这个问题,毋庸置疑,一定自信满满,说出类似"为天地立心,为生民立命,为往圣继绝学,为万世开太平"这般信心满满、气势磅礴的话。可此时,先后历经了求职无门、简历石沉大海、面试连连被拒,自信起码打了个五折,但好在还为数不多可圈可点的优点——真诚与诚实,说我所想:"外交部的要求非常高,我的教育背景和个人能力目前还达不到要求,所以想找一份在自己能力范围内的工作,再慢慢学习,完善自己,在岗位上做力所能及的事。"

陈欣怡连连点头:"也是,毕竟澳洲大学都产业化了,批量生产硕士,学历的含金量越来越低,毕业后再回流到本土,给咱们国家的人才市场造成了很大的干扰呢。"

人总有护短之心。虽然我和同学也经常调侃母校的录取标准日渐降低,为五斗米折腰,把教育产业化,可见到外人指摘母校,难免心中不忿,嘴开始不听脑子指挥:"陈老师,因为一部分害群之马就得出整个学校或地区的教育水平差的结论,实在不够严谨。悉尼大学世界排名前五十,我们学校的很多师生都为社会发展做出了巨大贡献,黑匣子、B超、Wi-Fi都是我们校友发明的。如果没有这些东西,今天的社会绝不会是现在的样子。"

陈欣怡满不在乎地耸肩一笑,忽然换了个话题:"你是哪里人呀?"

"北京人。"

"父母在哪儿?分别是什么工作?"

"父母都在北京,父亲是外企高管,母亲是国企办公室主任。"

"你目前未婚,打算什么时候结婚生子呢?"

一问一答,双方坦诚,并无冒犯的意味,但总觉得哪里不对。如果把这段对话的背景切换到小区花园或公园相亲角,就十分自然了。作为面试者,也不能保持沉默,只能如实回答:"我想趁年轻奋斗事业,暂时没结婚的打算。"

陈欣怡点点头,笑着说:"我们公司正在筹备一个'YF香港上市组',需要熟练掌握中英文的文秘。目前成立上市组属于保密内容,请你不要对外传播。这个岗位可能会有去香港的短期出差任务,薪资是普通文秘的1.5倍,就是9000元,出差有额外的差旅补贴,年终根据绩效发奖金。你愿意接受吗?"

我最多思考了一秒,立即回答:"愿意。"

陈欣怡老练地捋齐资料的边角,挤出一个职业化的笑容:"恭喜你啊,回去准备一下,明天或后天来办入职手续。期待以后的合作。"

什么？就这样被录取了！

不知道是巧合，还是陈欣怡十分肯定我没有其他 offer，因此笃定地通知我办入职手续。确实，也没有其他选择，虽然 YF 教育并不是最佳选项，但幸好也是成功的双向选择。从郁郁寡欢中醒过来，或许生活是在经历坎坷不平之后再坚持一下，可能会有意外的惊喜。尽管这惊喜可能是 the second best（次优的），但也远胜过一无所有。

少年时天真地以为，一定要选择自己最喜欢的工作，终其一生在这一领域中欢喜地探索，可生活的复杂之处往往在于将主动选择和被动接受相结合，得出一个折中的选择。

理想主义破灭的那一刻并不是世界末日，也无须绝望叹息，而应在混沌当中蓄势等待涅槃。

第二天下午，整装待发赶到 YF 教育集团总部。公司总部位于一座外观普通、简约实用的 U 形大厦，1—5 楼是商场，6 楼是多家餐厅的集合，目标群体就是这栋楼里来自五湖四海的数量庞大的上班族，7—14 楼是 YF 教育的办公区域。

办公区域内部装修奢华，7 楼的大厅宽敞明亮，地下铺着红毯，墙上是一行烫金大字"北京 YF 教育科技发展股份有限公司"，旁边是一幅价值连城的油画，画中是黄绿相间的田野上一片丰收的景象。走廊两旁的照片装在蒂芙尼的相框里，全是董事长与各界名流的合影。

合影中的所有嘉宾几乎都家喻户晓，唯一一个陌生面孔，又出现多次的中年男子，应该是我们的董事长陈胜强先生。大厅的旁边是主会议室，整体采用金碧辉煌的欧洲宫廷风，跟达西庄园的风格相似，大约能容纳四五百人。旁边有一些稍小的会议室，供各部门平时使用。

8—9楼是业务部门，10—12楼是职能部门，13层楼高管办公室和高管触手可及的财务部和行政部，以及刚增设的上市办公室，也就是我即将入职的部门。14楼是一个广阔的玻璃阳光房，摆着许多健身器材和与工作无关的闲书，也是唯一一处可以让员工卸下重担、放松片刻的徜徉之所。站在窗边，还可以俯瞰周边的景致，包括但不限于对面规模相似的几栋大楼，远处的天桥、密集的住宅楼，还有来来往往的车流和人群。

初次见到我的直属领导——上市组组长沈玫时，她正坐在一间小会议室的沙发一侧，深棕色微卷的发丝，质感极佳的连衣裙，RV方扣高跟鞋，精致优雅。我小心地一点一点推开门，略显瑟缩局促地左右张望。

沈玫姐跟电影中的职场女性一样，无须描述的美与毋庸置疑的干练。没有多余的寒暄，直接交代工作内容，包括按照模板起草协议和会议文件、修改协议、翻译英文财经新闻、做会议记录，还有一些没有技术含量却要满怀热情且注重细节的打印扫描、布置会场、订餐订票等。幸好，这些杂事对我而言并不陌生，在悉尼律所实习期间已经被磨炼得游刃有余。

新员工基本资料一律要求手填。对自己的字尚有自知之明，妄图争取填电子版，还列举了诸多好处，如清晰、易读、规整，便于保存等，但申请未果，只好硬着头皮一笔一画地写，牺牲速度保证质量。

拿着艰难填完的通篇小学生幼圆体的资料表放在文件盒里，好奇地往里瞧了一眼，最上面的一张资料表的字迹行云流水，笔画间顾盼呼应，笔断意连，真是一手好字。

几年后，有时会想起这一天，如果没有往盒子里多看一眼，很多故事就都不会发生了。到底年轻，对这个世界充满好奇，眼见四下无人，轻轻拿起表格细看，此人职务是行政部行政专员，入职日期和我同一天，姓名是陆亦舟。

见字如面。

第四章 职场初探

　　从上班的那天起，正式加入了地铁早高峰大部队。做了一路心理建设，鼓起勇气毅然挤进地铁。这一站上车的人行动路线极其相似，纷纷快速找到地铁里的犄角旮旯把自己塞进去，只是前方排队的人过多，不知道出了什么情况队列不再前进，我在后边排队急出了一头汗，只好边推前面的人边艰难往前挪动。一辆早高峰车里的人，都理解对方的处境，深知如果这一班地铁挤不上，可能就会迟到，但又本能地不喜欢陌生人紧挨着自己，大多都内心纠结，只能在有限的空间里面无表情地看手机来分散注意力，缓解当前的尴尬，还能让时间过得快一点。一到站，车里就有无数人拥挤着出来，只要跟着前面的人就能顺势跟跟跄跄地下车。每次都会有一两位不下车又刚好站在门口的同志，被后面挤出来的人冲击得东倒西歪，却仍然坚强地顶在门口。

刚下车，赶紧大口地多吸几口氧气，马不停蹄地走出地下通道，在扶梯缓缓上升的间隙，缓了缓神。阳光洒落到身上，短短的几秒里，我产生出一种华丽上班族的错觉，优雅地将垂在额前的一丝头发捋好，自信地踏出了扶梯，好像电影女主角一路过关斩将，从职场小白蜕变成行业精英之后的样子。没走几步，就看到肯德基玻璃窗上映出一个年轻的长发女子，她头发凌乱，眼镜滑落至鼻尖，以至于不得不微微仰着头才能透过镜片看清这个世界。条纹长围巾有一半在颈肩上搭着，另一半已经拖到地上了。大衣和裤子有些褶皱但勉强还算正常。皮鞋不知道下车时被谁踩了一脚，鞋面上留下了半个脚印，鞋带还开了。实在不愿意承认，这个狼狈的身影，是我。

刚走进公司大门，一班电梯正好到达，门还开着！抑制住内心的雀跃，看似脚步轻快实则拖着围巾跟跄地跳上了电梯。上班高峰期为了提升电梯运行效率，电梯统一直达10楼，而我的办公室在13楼。下了电梯就迅速打开楼梯间的门，开始爬楼。

此时的北京已是深秋。入职后赶上了秋季新员工培训，一共五天时间，上午一起学习企业文化，了解部门分布，熟悉公司制度。下午练体能和团队协作，最后留出一个下午测评。

同事们排成两队登记领取迷彩服。环顾四周，迫不及待地想和新同事聊聊天，建立熟悉感。可大家都默契地低着头玩手机打发时间，前面的同事在玩"愤怒的小鸟"，后面的同事在看电视剧，通过断续的对白隐约可以猜测出是古装宫廷剧。只好放弃交流,掏出手机看看新闻。

领取了小号的迷彩服,登记时余光瞥见了陆亦舟的名字,名字后打着一个普通的对钩。原本平淡的情绪由此生出了一些欢喜,欢喜的情绪呈指数增长,逐渐填满了心里的世界。嘴角忍不住开始上扬,走起路步子也变得俏皮轻快,一转身有一缕阳光照到脸上,眼镜反光,瞬间有些看不清前方的路。

上午我坐得笔直端正,目不转睛地盯着讲台,听一位副总裁讲企业文化和公司发展,同时满心期待着自我介绍环节,期待看见陆亦舟。这个人写得一手好字,也许字如其人,帅气潇洒。又或者人无完人,所有天地之精华不会集中体现在一个人身上,字写得好也有可能相貌平常,但内涵丰富。

通过各种角度,越过人群看完了三百多个新员工做自我介绍,还是没等来陆亦舟,精气神瞬间泄了一半。开始自我安慰他只是临时请假,没准体能训练的时候就来了。打起精神走到训练场地,本来还期待能有一些创新性的训练内容,增强同事之间的互动,结果内容就是最传统的军训三部曲,队列训练、踢正步、跑步。从初中军训到入职的体能训练,十年不变的也只有这个活动了。

队列一如既往按照身高排位置,我个子中等,站在中间,可以借着向右看齐的机会往高个子的阵营里瞅瞅。没有看到在茫茫人海中惊鸿一瞥的人,或许陆亦舟只是一个身高相貌都平平无奇的普通人。幻想一个人具备所有的美德时就该警惕,当现实的光照进来,往往是要失望的。

客观来讲，队列训练的运动量不大，但对宅女来说，能让人切身体会到筋疲力尽。想到后面还有晚自习，迈着沉重的步子，缓缓地挪进茶水间，灌了一杯咖啡。

　　茶水间向来是交换信息的好地方。有时是分享秘密的基地，有时是东窗事发的现场。依稀听到几个关键词，新员工陆亦舟和某某相比，谁才是公司的司草。自动忽略了另一个候选人的名字。原来字如其人，陆亦舟真的很好看！真是奇怪，只是听到别人赞美一个与我毫无关联的陌生人，心里又添了一分欢喜，就像有人发自内心地盛赞自己一样。

　　新员工培训的第二天一早，议程安排陈胜强董事长讲话，果然是讲师出身，随随便便就能撑起两小时的大课。

　　入职之前，大家多少都对陈董事长白手起家的励志故事有所耳闻，三百余人精神抖擞地坐在会议室里，准备悉心领会董事长的风采神韵，之后勤加学习，说不定能创造出另一个商业神话。

　　9点钟，陈董事长准时到场。戴着金丝边眼镜，身量中等，行走起来有明显的力量感。他不疾不徐地走到讲台中央，目光炯炯环视现场，一开口，通过话筒传出的是让群众猝不及防的温州普通话。周围的同事和我面面相觑，像考托福听力一样聚精会神地聆听，却很难听出一句完整的话来，不是听不明白主语就是听不清动词。只好借助语言逻辑和想象力把听不清的信息尽量补充上，结果难免张冠李戴，跟原话相差甚远。

　　虽然一直没见陆亦舟真容，但从茶水间同事们的对话中不时听到他的名字，不知道是他本人引起人们的关注，还是我格外留心捕捉到了所有关于他的内容。听说他被借调到上海参加分校的招生活动，可惜，直到培训结束也没能见到这个人。

入职培训结束后，我被分配到了13层上市办公室最里侧的一个工位。办公室的面积适中，只有三个人办公，略显空旷。工位正对着沈玫姐的桌子，旁边坐的是董事长秘书，一位相貌端正、喜欢穿条纹休闲西装的男青年，名叫贺青峰。办公室隔壁是行政部，对面是总裁办公室，出门去洗手间和茶水间都要比平时更加小心。楼上有个露天大阳台，视野辽阔，空气好的时候能眺望到远处的香山。有了一个工位，好像身心都有了归属。

正式入职后，公司规定早上8:30之前必须到岗，晚上6:30下班，但根据实际情况，下班时间可能无限期延后。从家到公司往返需要两小时，如此漫长的通勤时间在北京屡见不鲜，普遍到前脚刚在知乎上抱怨，立马就能有十个人回应：这个时长简直不值一提，同时还会详细陈述自己家在燕郊，单位在东城，每天来回通勤四小时的励志故事。看完回复，虽然实际问题没有得到解决，但精神上受到一丝慰藉，自己并不是孤身一人，在北京还有成千上万的陌生人一起上下班，由于人数过于庞大，形成了早晚通勤高峰。这个群体有各种各样的名字，上班族、打工人、社畜、社会主义建设者……

经过几周早晚高峰的洗礼，在通勤的路上已经游刃有余，可以准确地找到离换乘车站的扶梯最近的门上车，到站后第一个冲上扶梯，大步前进。再走到离出口最近的车门上车，下车后穿过地下通道。排队刷脸进入公司,在电梯门即将关闭的一瞬间,飞快地按下按钮,整个人还因为惯性又往前冲了几步才勉强站稳。电梯门再次缓缓打开,不敢面对电梯里人们不耐烦的目光,局促又充满歉意地低头快步挤进电梯,好像节约一两秒钟就能减轻里面多数人对我的责备,顺便降低自己的负罪感。

怀着在工作岗位上发光发热、不辱使命的心情,我在椅子上干坐了一上午。其间两次请示沈玫姐,有什么需要我做的尽管吩咐,意愿一次比一次强烈,然而得到的都是官方的回应:"目前我都可以处理,等有任务的时候会发给你。"

沈玫姐干练地整理股东的投资信息,公告写得极其标准。而我连股东名字都认不全,也没有完整读过一次公告,只得默默回到工位上端正坐好。虽然屋里加上我也只有三人,但总感觉其余两人的目光时不时会扫向我。只得在半公共场合僵硬地维持一种符合礼仪标准的坐姿,其间好几次想看手机,都被强大的意志力遏制住了。刚学过的员工守则和约定俗成的规范都不允许员工在上班做与工作无关的事,手机的诱惑真是当代上班族需要克服的一大障碍。一上午过去,明明脑力和体力都没有劳动过,却像挖了三天三夜的煤一样累。原来努力工作和浑水摸鱼的疲劳程度是一样的。

中午,小心地询问沈玫姐和贺老师是否愿意一起吃午饭,沈玫姐有约,贺老师面无表情地答应了,以示对新同事入职的欢迎。于是我和贺老师在些许沉默和尴尬中开始吃饭。

作为新人,我有责任率先打破尴尬气氛。看了看贺老师的鸡胸肉黄瓜拌饭，瞬间找到了话题的切入点："贺老师，您吃健身餐呀？好健康。"

"啊？是的，最近健身。"贺老师眉毛微微一扬，显得有些意外，好像听到了幼儿园级别的"提问＋赞美"句式。还好他及时回复，没有让尴尬继续蔓延。

贺老师这种一句话结束聊天的水平，几乎可以想象在公司业绩不佳时召开股东大会上，他面对股东和记者提问一副无可奉告的样子，果然是董事长秘书，在人岗匹配方面达到了一定的高度。

我重新开启话题："贺老师，听说您在英国留学过，是在哪个学校呀？"围绕对方展开话题失败后，试图寻找两人之间的共同点，可以是空间上的共同点，比如都在海外读过书。

贺老师咽下一口鸡胸肉，不疾不徐地说："是，我在格拉斯哥大学读的本科和硕士。"

话题到了我擅长的部分，开始畅所欲言地聊起去苏格兰旅行的经历。和导师一起去格拉斯哥大学参加论坛时，参加了传统的苏格兰婚礼，男生穿的是苏格兰格子裙。贺老师的面部表情生动了许多，好像回到了读书时的天真和纯粹。沉默的人突然打开话匣子，他从苏格兰和平与冲突的历史讲到在格拉斯哥大学上课时的趣事，当地同学操着浓重的苏格兰口音和标准山东口音的他展开激烈的辩论，彼此都认为对方说的不是英语，还聊到由于现实原因从热爱的小提琴专业转到了金融专业，刚转系就连挂两科，不得不发愤图强，在不熟悉的领域夜以继日，勤能补拙的往事。

一顿工作餐下来，仿佛和贺老师是相熟已久的朋友。午饭快要吃完,贺老师欲言又止,最后还是开口:"小郑,你眼里要有活,不然整天待在那里头脑就待废了。"

我怕对方误会自己没有干活的能力和意愿,急忙辩解:"贺老师,今天上午我问了沈玫姐两次,她说暂时没有需要我协助的工作啊。"

贺老师无奈地摇摇头:"哪会有人手把手教你做什么,没安排任务的时候你自己要主动找活干。"

我十分错愕,这个建议合情合理,但我却一直没想到,一直在被动地等待别人分配任务。或许是多年的学习生活形成的固定思维模式,习惯于先了解老师布置的学期任务,再一一完成。贺老师难得指点,我连忙借此机会主动求助:"贺老师,您能分享我一些上市相关网站和学习资料吗?我先学习一下,等有任务来的时候就不给您添乱了。"

贺老师简单地回复:"好的。"无法判断他对我的反馈和后续的提问是否满意。

我们在沉默中走回办公室。收到提醒之后,开始看贺老师给的资料。我对 IPO 领域的理论一无所知,实践经验全无,只好随机选择一个解读上市公司财务报表的网课开始听,不懂的地方随时暂停,详细地做笔记,几天下来态度积极,但进展缓慢。

久坐不动也相当疲劳,宛如上了年纪一般捶了捶腰,拿着水杯向茶水间缓慢而端庄地前进。公司在各层茶水间装了欧洲的咖啡机,准备了据说是进口的咖啡豆,包装上的字目前还没人能看懂,因此无法证实到底是进口哪里的咖啡豆……我对于咖啡豆的产地和品质没有任何要求，只要不是过期的就行。毕竟时间压力从来不允许打工人细细品味下午茶，都是一饮而尽，提神醒脑。早听说公司的咖啡很苦，还是果断不加奶和糖，咖啡再苦，也没有生活苦，不用调味直接喝就得了。

刚咽下第一口，五官不可控制地皱在一起，虽然这个表情并不好看。传闻是真的，确实很苦。

皱在一起的五官尚未舒展开来，余光瞟到门口一个男生的背影，黑色衬衫，身材修长，长腿一迈在门口一闪而过。印象里并没有见过这个人，或许也见过，只是正面没有背影那么赏心悦目，没能让人印象深刻罢了。

每个人初入职场的情况都不相同，我切身体会到了在工作中学习的含义。几个星期的时间，先后自学了财务报表分析、公告写作、金融英语，疯狂输入之后，学习成果有待验证。

沈玫姐抬头看我："小郑，公司马上要办股东大会了，你去行政部申请二十张汉光百货的购物卡，每张面值一千元，给股东做礼物。"

我连忙答应。走到行政部门口才发现，里面四排工位上屋里坐着二三十个人，也不知道哪一位具体负责股东福利。在门口反复纠结徘徊一阵儿，是该回去问沈玫姐具体对接的人呢，还是进去随机找一个同事问问这件事由谁负责，哪一种方案更能体现我的应变能力和执行力？浑然不知自己恰好挡住了要进门的同事。

恰好此时行政部的女同事从茶水间回来，被我挡住去路，一度无法进门。再看我一脸茫然，只好上前询问情况。我连忙表明来意，顺便问她申请福利需要找哪一位同事，没想到她的回答让人猝不及防："找陆亦舟吧。"

一定是接到第一个任务后太过紧张，几乎忘了陆亦舟是行政部的员工。这次可以名正言顺地通过工作任务认识他。看来只要做好自己的工作，好运随时可能降临。我下意识地推了推眼镜，整理了一下额前和两鬓的碎发，一低头看到自己那质朴的粉色娃娃领衬衫、长到脚踝的百褶裙和运动鞋，悔不当初。早知道今天会见到陆亦舟，一定会认真打扮。事已至此，也无暇顾及外在，希望陆亦舟能通过认真的态度和严谨的逻辑对我留下个好印象。

那位已经进门的女同事突然回头："陆亦舟今天不在，你找陈琳也行。"一句话把我拉回复杂多变的现实，这个姐姐一分钟之内让人猝不及防了两次。

工作优先！轻轻喊了陈琳的名字，郑重地填表申请股东礼品。工作完成后没有理由继续留下来，只好不疾不徐地离开，但还是下意识地放慢脚步，好像走得慢一点就能等到陆亦舟回来。

下午照常学习分析财务报表，思路偶尔会被陆亦舟这个名字打乱，间歇性地心不在焉。抱着一丝能凑巧看见陆亦舟的希望，甚至在茶水间打开微信里"附近的人"，结果一次性搜出了二十多个陌生人，哪个都没有陆亦舟那萧萧肃肃、爽朗清举的气质，虽然至今还没见过他。

一手拿着杯子，一手拿着手机发呆，正好撞见来喝咖啡的贺老师，仓促之际我本能地向后撤了半步，慌乱中还不忘迅速按下手机锁屏键，以防让他误会我上班时间躲在茶水间玩手机，进而上升到职业道德甚至人品的问题。见我双目圆瞪，略显狰狞的面部表情暴露出心慌，肢体呈现防御姿势，贺老师面露不解又懒得刨根问底。我连忙从正对着咖啡机的中心位置撤出来，庄重地跟贺老师完成了咖啡机使用权的交接。正暗自松了口气时，身后传来了贺老师极具辨识度的男低音："对了，沈玫姐有任务要交给你。"

离开办公室这短短五分钟里，貌似发生了好多事。收起手机忐忑地回到办公室，进门前反复纠结，是主动问沈玫姐工作任务，还是先不动声色等她安排。前者体现积极的工作态度，但有任务只是听贺老师说了一嘴。还是等发布任务的人先说，更为稳妥。

刚一推门，沈玫姐抬头看了看我，干脆利索地交代："小郑，翻译公司做的中英文版招股书和宣传册的初稿我发你邮箱了，你来校对可以吗？看看有没有明显的错误。" 交代任务期间，她敲键盘的手一直没停下。

我连忙点头答应，把邮箱中的原文和翻译稿分别下载下来。等待下载的时间格外长，心中莫名的不安持续蔓延着。打开第一个翻译稿，四百多页。搭在键盘上的手开始颤抖。

文件下载完毕，已被加起来一千多页的翻译稿压得呼吸困难。以前在学校选修翻译课最大的任务就是期末翻译三千字小说节选，再对比原文进行批判性分析，阐述自己的拙作体现了哪些翻译理论，再结合案例分析，最后批判自己的译文有哪些缺点，翻译稿加上分析总共才十二页。

  这一千多页的校对看似简单，实则涉及平行文本分析，要先熟练掌握原文涉及的相关学科基础，判断哪个版本的译文最合适，再进行修改，最后校对几遍，修改单词的单复数和句子时态。这么大的工作量，一时之间不知道该如何下手。按照以上步骤，我一个人加班加点做到过年大概可以勉强完成。

  手足无措之后，还是要解决问题。经历几次并不成功的面试后，才明白自己之前一直按照想象中的职场来求职，觉得在学校里学习成绩好、相对实力强的优势自然会延续到职场。还以为工作没什么难点，只要拿出在学校里那种勤奋踏实的态度，再加上多年积累的语言和读写能力，就没有问题。但是想象和现实职场之间出现了很大的偏差，学校看重论文的质量，企业更看重效率。处理这个不可能完成的任务，只能先确定好提交时间，再把任务分摊到每一天中，知其不可为，也要全力以赴。

  深呼吸平复一下心情，探出半个身子向沈玫姐那边，目光相对的瞬间她没有任何语言和动作，依然能感受到来自对面强大的气场，眼睛开始控制不住地向下瞟，不敢跟她对视。鼓起勇气开口："沈玫姐，这个校对要什么时候提交呀？"

  沈玫姐一如既往干练地回答："给你三天时间够吗？"

  三天？惊讶得忘记合上嘴。这么短的时间内根本不可能完成，不过此时我的肢体动作却和思想相悖，本能地点头答应了她。直属领导之命不可违抗，那就听天由命吧。飞快地浏览着原文，在译文中有明显错误的部分加以修改。当然，不明显的错误我也发现不了，就当不存在吧。时间不够，只能违反人类劳逸结合的本能，牺牲掉午休和下班的时间。加班到了11点,错过了末班地铁,打车回家继续挑灯夜战,简直是梦回大学。第二天早上6:50爬起来继续写。长时间紧盯屏幕看得眼睛刺痛,止不住地流泪,大脑累得昏昏沉沉,明知极度疲劳的时候效率很低,写了又删,还是不得不坐在电脑前修改,期待着突然灵光一现,超水平完成任务。

这三天里,仿佛体会到了永生的漫长,和永生都要不停工作的无边痛苦与麻木。翻译没有十全十美,只能以截止日期为终。改了一遍又一遍之后,头昏脑涨之际忽然怀疑是否有将对的改错的情况,于是按捺不住这种低效率行为,往回翻看检查了几页。真正让人心生绝望的,不是重复之前的工作却一无所获,而是自己的担忧得到了印证——果真挑出两个错处。此刻我像独自在一片汪洋之中漂浮的小船,四周无人可依,无处靠岸,只有漫无边际的海,随时可能吞没整个人。

对短跑型的任务而言,deadline(最后期限)是一种解脱。

用尽最后一分力气,确保把修改过的最终版本发给沈玫姐后,整个人瘫坐在不大的办公椅上,如果不是差点滑倒,大概能一直维持这个与优雅和礼仪毫无关系的姿势。或许沈玫姐注意到了我呆滞的目光和身心俱疲的状态,关心地说:"小郑,这几天辛苦了。"

还没等我组织好语言回复,沈玫姐又加上一句:"下次如果时间不够,也可以晚两天交。"

如遭雷击。这句如同久旱逢甘霖的福音,为什么没有在我被工作折磨得死去活来的时候出现?没人告诉我定下的deadline还可以改!也没人说过直属领导已经下达的命令还可以商量!怕按捺不住心中的呐喊，再做出一些不理性的举动破坏了上下级之间的关系，在即将失控的前一秒，"噌"地起身出门。虽然没有镜子，但以多年来对自己的了解，此刻应该已经面色铁青，脚下生风，三步并作两步冲向了洗手间。

用凉水胡乱抹了几下脸，手不小心拍打到很硬的金属框，鼻梁酸疼得五官顿时皱在一起，原来是忘摘眼镜了。苦笑着摘掉满是水珠的眼镜，认真洗了两把脸，整个人瞬间降温了，也没有了怒火和委屈。清醒过来的自己闪着一种理性人的光辉。的确，谁都没有义务告诉新人这些事。既然进了企业，拿着工资，就是一个独立的个体，要为自己的工作负责。由于预判错误产生的委屈并没有重到让人无法承受，在下一次面临同类型的情况时，能有更好的处理方式，之前的苦就是值得的。

不苛求别人尽善尽美，也不再逼迫自己无所不能。

一周后，最终版本的中、英文招股书和宣传册电子版已经定稿。我跳着看了全文。因为校对的时候已经看到想吐，再看这个材料容易回忆起那悲惨的三天，而这种悲惨事后被证实是可以避免的，更衬得我的付出在悲壮之余又多了些许荒诞。

毕竟熟悉全文，很快便发现我修改过的几个部分并没有得到保留，又再次被修改了。又向下翻了几页，直至末尾。我修改的部分仅有几处被保留了，粗略估计，连五分之一都不到。

本以为自己是夸父逐日，如果没有我奋力一搏，招股书和宣传册的校对将无法完成，公司在香港上市也会受到影响。最后才发现，原来我只是庞大系统中的一个零部件，无足轻重。

第五章 理想与现实的鸿沟

曾觉得校对招股书那二天的天昏地暗只是个偶然，适应环境，调整状态之后就会游刃有余，毕竟在学校苦熬多年养成的逻辑思维、阅读写作能力完全可以迁移到工作中来。出乎意料的是，那样竭尽全力、挑战极限的经历在后来几个月的工作中，竟然是常态。上市组三个人和中介机构一起准备上市文件时，经历了无数个夜以继日的加班。

在这个复杂多变的项目中，我负责配合中介机构做基础工作，基础到不能再基础了，比如收集文件、分类存档、校对文件、填表、请领导签字盖章、打印扫描等。铺天盖地的琐碎事务填满了一天又一天。中介机构入驻公司13楼之后，我的任务进一步拓展到接待、订餐、送餐等不需要动脑子的活。之前求职不顺时做的心理建设现在全用上了。

除帮助中介机构打杂外，我的主要任务是跟沈玫姐和贺老师一起核查全国一千多家分校的经营状况和财务状况，再撰写分析报告。前期数据和资料收集工作庞大，我们三个每人认领了四百多个分校的调查任务，同时还要撰写自己负责那部分的报告，加上对比分析和总结。

上市组放弃了白天上班夜里休息这种传统的工作模式，改成只要清醒着就要联系自己负责区域内的分校，一家一家地收集数据，快速分类填表，累到极致再去行军床上小睡一会儿，睡醒之后继续精卫填海。所幸行军床不会让人睡得太舒服，否则可能睡得太沉，严重影响工作效率。

以前常在忙碌中被动忘记或主动忽略吃午饭，但这次不同。每到中午 11 点，我设置的闹钟就会响起，被迫从繁杂的访谈和资料收集中抽出身来，按照每人三菜一汤的订餐标准，给中介机构的同事点餐。12 点左右餐到了，再单枪匹马穿越人潮到一楼把六个人的午餐拎上来。中午的电梯每层都停，到达目的地的过程十分漫长，好不容易挨到十三层，拎饭盒的双手已经被塑料袋子勒出了几道清晰的红印。

如此往复三个星期，默默付出，不留姓名，当然人家也没问我姓名。只有出现问题的时候，我才变得极受欢迎。中介机构初来乍到，申领临时出入证、修加湿器、打印机卡纸、扫描仪扫出一条黑线、午餐少了一双筷子……一遇到这些事，就会有一个清秀的男生来办公室求助，我十有八九都办好了，于是收获了"万能小郑"的外号。

甲方有权在合理范围内提各种要求，乙方具备优秀的专业素养，也会被尊重，我愣是活成了丙方。

和中介公司的同事渐渐熟悉之后，我开始在订餐的时候找话题闲聊，比如英国脱欧之后的影响，中国的外交政策，可持续发展问题等，可惜都是自说自话，没能引起大家的讨论和共鸣。这个模式持续了三个星期，再去给中介机构点餐时，发现会议室人去楼空，一瞬间有些不知所措，好像21天养成的习惯瞬间被破坏了。

等等！临时出入证和会议室的钥匙还没还给我呢！不止一个人加了我的微信，却没有任何人以任何形式告别，还连带着出入证和钥匙下落不明。

有时，一些人因为共同参与一件事而有了空间上的交集，产生了联系。共同完成很多事后，以为我们是朋友了，但对方却从没想过认识我，工作结束后也不想再有任何交集。

又一次陷入了精神世界的挣扎。

考上名校，找到了一份薪水不错、自己也不排斥的工作。一直在奋斗，休息一天都会有罪恶感。这样知识的积累和工作上的付出却并没有得到应有的尊重。这种非理性的挣扎不但无用，还会对情绪造成很大的消耗。面对坎坷和不顺时，或许应该隔离外界的声音，进入一个只需要面对自己的沉思的空间，思考当前的困境和解决的对策。

目前的问题看似毫无头绪，但核心非常清晰明确。我的工作内容简单、可代替性高，因此从中获得的价值感较低。

这一困境涉及个人和体系两个层次的问题。就个人层次而言，我是文科出身，即使是国际关系硕士也并不具备强大的专业技能，仅仅擅长中英文阅读和写作，在工作中一时间难以建立起核心竞争力，更何况是在英语培训企业。体系是由企业中的行为主体互动构成，进一步形成了体系结构和运行机制及规则。为了避免让某个个体实力增加，从而破坏体系的结构和秩序，每个人都被迫成为一个流水线工人，只负责完成自己的任务，缺乏对任务整体流程的认识。而改变恶性循环的重点是突破公司体系的限制，了解完成一个任务需要的要素，再建立多要素之间的互动。

即便得出结论，现实世界里也总是障碍重重。跟四百多家分校负责人一一核实经营情况，这种工作任务难度很低，却会像怪物一样把人的时间全部吸走。一度在夜半三更，哀怨地在洗手间掩面痛哭，为轻易逝去的时间，为劳动人民的苦难。

当然，情绪再汹涌都不能影响到工作，同事们想了各种办法提神醒脑，延长有效工作时间。提神的方式也体现了不同年龄层的特色，沈玫姐是"80后"，喜欢喝茶提神，喝茶的量和工作量成正比，后来一看到她穿着优雅的套装端着大茶壶走来就条件反射般地意识到，今天又是个不眠之夜。贺青峰1990年出生，留学苏格兰，喜欢喝各种酒保持清醒，有一次我蹭了一杯贺老师的威士忌，结果倒头就睡，醒来懊悔了半天。我是"95后"，习惯喝咖啡，从每天一杯，到后来困了就喝，咖啡消费一路飙升，差点把自己喝到破产。三个原本毫不相干的陌生人为同一个目标奋斗了两个多月，患难与共，从点头之交的普通同事变成桃园三结义一般的亲人，原本担忧如何融入新公司的问题迎刃而解。

上市组和中介机构拼尽全力，终于赶在春节前将所有的上市文件准备妥当。

眼下万事俱备，只欠东风。

沈玫姐带着整理好的文件，与财务总监一同前往香港联交所提交上市申请，目送他们二人意气风发的背影远去，转身回到总部办公室，准备随时补充材料。一件大事已毕，累得趴在桌子上随时都能睡着。熟悉之后的贺老师总是在我昏昏欲睡之际大喝一声："八戒！行政部的人来检查工作了！"

行政部？那不是陆亦舟在的部门吗？上市办公室和行政部只有一墙之隔，这几个月忙得天昏地暗，竟没有留心过陆亦舟。在工作为先的排序里，有没有遇见陆亦舟，或许没那么重要。

他成了一个我会偶尔想起，却无缘见面的陌生人。

几天过去了，沈玫姐那边没有任何新消息。我和贺老师在乐观和悲观的预判中来回切换。不过我们二人动态变化的立场永远都是对立的。我认为前期的材料准备到中期的行动方案都十分完整，目前没有消息就意味着递交材料一切顺利，按照流程，下一步聆讯指日可待；贺老师马上发挥批判性思维，驳斥我过于乐观，教育企业在港股上市前路崎岖，又举出很多刚刚完成港股 IPO 的名企难逃困境的例子。大势如此，YF 教育所有业务又都在内地，没有人真正了解港股市场，都是摸着石头过河。可能存在无数潜在的危机，一旦爆发，上市计划就是南柯一梦。

后来，我也被贺老师的分析潜移默化地影响了，开始一筹莫展，替 YF 教育担忧。尽管加入时没有获赠任何股份和奖金，但真正与 YF 共情的基础是在这里奋斗的每一个日夜，仿佛公司与自己不再是简单的资本持有者与劳动人民之间的雇佣关系，我在这件事上倾注了难以量化的心血，与公司产生了关联，真心盼望 YF 教育能成功上市，五万多名员工在不同岗位上的付出能得到圆满的结果。贺老师也转而认为我之前的乐观不无道理，每家企业情况千差万别，亲自过河才知道水深水浅，YF 或许会风平浪静地通过考验。

围绕上市情况的争论在春节假期到来之际戛然而止，许多同事在假期前最后一个工作日把行李箱带到了公司，准备一下班就赶往火车站或机场，以百米冲刺的姿态回家过年。中国人回家过年的观念根深蒂固，一年中不管多累，只要回家看到骨肉至亲就能被治愈。上班之后，后知后觉，春节假期只有七八天，转瞬即逝。我家在海淀，不用经历春运的舟车劳顿。归国后的第一个春节，备感珍惜之余，把姥姥精心准备的一大桌团圆饭扫荡一空。不过几日，一称体重，悲从中来。

也算是体会到了悲喜交加。

春节匆匆而过，节后上班的第一天往往用来调整状态。沈玫姐已经提交上市文件，排队等待上市委员会的审批，快则三个月出结果，慢则半年。这漫长的等待期没有具体的工作内容，贺老师因陈董事长的行程忙碌起来，我又像刚入职时一样清闲，每天按时打卡，上班学习，到点下班，绝不拖延。

午休恢复到原来的样子，贺老师年近三十，经常午睡，我习惯一个人到顶楼的天台走走。天台空旷辽阔，四周和棚顶都用玻璃封起，做成一个阳光房。中午的阳光直射到玻璃上，再反射到眼镜片上，一时间有些刺眼，阳光果然不可直视。一转头看见好几盆枝繁叶茂的绿萝，再往里就是运动区域。透过绿萝枝叶的缝隙，隐约看到一个身穿黑T恤的男生在跑步机上运动，速度均匀、步履轻盈。

为防隔墙有耳，隔壁有人，假借欣赏绿萝慢慢靠近了运动区，再不着痕迹地抬眼，鼓起勇气微笑抬手打了个招呼："你好健康呀，午休时间还跑步。"

对方没有任何反应。

我眼中的喜悦逐渐凝固在空气中，打招呼的手继续抬着也不自在，放下又显得尴尬。没办法，勇敢是有风险的，这点尴尬不算什么。心情复杂准备离开的时候，背后传来一个好听的男声："你是在跟我说话吗？"

我条件反射般立正站好，好像知道有人注意到了自己，马上挺直身板，让背影优美挺拔一些，再不疾不徐地转身，看到一只白皙修长的手在控制键盘上轻按几下，暂停了跑步机，另一只手里拿着刚取下蓝牙耳机，阳光晕染在他的眉峰、鼻梁和下颌上，同样不可直视。

目光相遇的那一瞬，在他眼中，可能这只是两个陌生同事的一次寻常偶遇，但我脑中闪过这些日子里小心拼凑的关于陆亦舟的片段。一时不知道该怎么打招呼，问他叫什么名字？或者干脆直接问他是不是陆亦舟？斟酌片刻，反而更加小心谨慎。算了，先自我介绍再静观其变应该没错："你好，我是上市组的郑欣然。"

他微微点头："你好，我叫陆亦舟。"

我的心里好像开出许多花来。

陆亦舟终于从一个名字变成了一个认识的人。从那天起，早起上班的动力就是期待再次遇见他。早上依照惯例，坐电梯到10层开始爬楼，走着走着发现侧后方好像一直有人，回头一看，无巧不成书，正是陆亦舟。

原本随意的步伐忽然变得拘谨又做作，大脑飞速运转，想着要说点什么表示友好，还是打个招呼最安全，这样不会引起他的反感。我尽量自然地开口："早啊。"

对方稍稍愣了一下，简单地回复："早。"没再多说什么。

我故作自然地转过头继续上楼梯，惊觉自己居然戴着口罩！对方压根儿没看到我勉强还算清秀的脸。没关系，都在13楼办公，来日方长。

我走在前面，拉开长廊的门，一只修长的手臂从上方把门撑开了，不用回头就知道一定是陆亦舟。原来在紧张的时候，心跳不会加速，而是会瞬间停住一下，周围的空气好像也瞬间冻结了。我在门口错愕了好几秒钟，回过神来赶紧小跑着溜走了。

频繁偶遇之后，格外关注陆亦舟所在的行政部。行政部和上市组所在的区域原本是一间大开间，后来重新规划时，用一道墙从中间隔开，两个部门就分别搬进了不同的隔间里。陆亦舟坐在第一排第二个工位上，原本应正对着我的工位，如果没有那堵墙的话，距离就很近了。

第一次萌生出把墙拆了的想法。本来办公楼就不应该乱加隔断，破坏格局。

拆隔断只是戏言。在现有格局的基础上，该怎样拉近两个陌生人之间的距离呢？对方姿容俊美，身形挺拔，堪称人中龙凤。爱美之心人皆有之，他应该被很多人喜欢着吧。因此主动靠近的方式不够特立独行，也不符合我含蓄的性格。思前想后，决定从营造无数个巧合开始。

首先，频繁地相遇就是缘分。

经观察，陆亦舟和我都坐地铁10号线，还是同一个方向。有时会在下车时或者出站口偶遇，准确地说是单方面偶遇，他从来没发现过我。可能是潜伏工作做得比较好，更有可能是我长了一张让人记不住的路人脸。

第一次为自己长相平凡而难过。不过既然天生普通，后天精心修饰一下还是有可能让人赏心悦目的。早起，在眼睛还没睁开时，我强忍住困意掰开眼皮戴隐形眼镜，画简单的妆容，虽然经常因时间紧迫和技术生疏，达不到理想的效果，只得尽力而为。在地铁开到海淀黄庄站之前，快速掏出小镜子确认一下妆容是否完整。

遇到陆亦舟的时候，不动声色，自然地进入公司大门，排队坐电梯，计划好出电梯的速度和步伐频率，确保恰好在他前一个位置指纹打卡。打卡过后，员工的姓名和工号会留在屏幕上三秒左右。这时候，如果他好奇地看一看，就能看到我的名字、工号和部门，再次加深印象。

计划至此，忍不住赞叹自己的机智。如果这种观察、分析和预测的精神用在学习上，应该早已学有所成。一切都按计划执行着，打完卡故作镇定地走开。谋事在人，成事在天，不知道他有没有注意到我潇洒离开的背影，有没有记住我的名字。

下班的时候，陆亦舟走在前面。我故意快走两步超过了他，再放慢脚步等他跟上来。正要自然地转头打招呼时，他高大的身影直接略过我，抬手拍了拍前面的女孩子的肩："欣怡，下班啦。"

随后跟陈欣怡并肩走入电梯，好像并没有留意到，跟他们一同走进电梯的我。

回家之后难掩失落，捧着《万历十五年》，想提升自己的历史和文学功底，看了一晚上也没有翻动几页。既然没办法说服自己不在意，就要解开这个困惑。第二天上班，在茶水间碰见了人力资源部的陈欣怡，当时是她招聘我进公司的，也是陆亦舟昨天打招呼的那位女生。我端着咖啡上前打招呼，表现出超出实际关系的热情，聊了几句就把话题引到了陆亦舟身上。

简单的对话解开了心中的疑惑，陆亦舟单身，与陈欣怡只是普通同事。我默默欣喜，片刻后，又暗笑自己贪心，一开始只是期待见到陆亦舟，印证是否字如其人。见到了又希望他能记住我，更希望对他而言，我是一个特别的人。企图把贪心归结为人类共同的缺点，不过目前论据还不充分，不能妄下结论。

想要让陆亦舟加深对我的印象，除上下班路上制造的频繁偶遇之外，营造审美的默契也很重要。陆亦舟的穿搭非常简单，只搭配黑白色，少见其他色彩，简约的搭配反而更衬得他面容清俊，潇洒闲雅。再低头看看自己，熟悉的粉红色娃娃领衬衫、湖蓝色长裤和休闲板鞋，前所未有地觉得自己的衣服很幼稚，不好看，如果不是在公共场合，恨不得当场换掉。趁午休时间，比照着陆亦舟衣服的样式和风格，在网上买了十多件黑白色的衬衫和西装裤，从正式到休闲风都有，回家后把花花绿绿的衣服都打包捐了，努力打造出和他不谋而合的默契。

公司门口买早餐的队伍总是九曲十八弯，一眼望不到头。排队时总是笑谈早餐摊的摊主收入比我们小白领多很多，不如也发展副业在旁边开一个早餐店，可能有超过主业的收入。我留心观察过老同事吃早餐的习惯，并和他们保持一致，保证合群。每天早上在公司门口买早餐，拎到工位上吃完。吃完刚好8:30，时间卡得完美，开始工作。员工守则上虽然写着员工要在8:30之前坐到工位上，仪表整洁佩戴工牌，但并没有规定在此之前不许在工位上吃早餐。对记考勤的上班族而言，早上的时间，一寸光阴一寸金。

排队点餐的时间总是极其漫长，希望队伍前方的人点完就走，最好是像流水线的产品一样高效运转起来。偶尔遇见犹豫不决的选择困难症人士，等得不耐烦的人经常通过轻轻跺脚、微微叹气来表达柔和的催促。直到在人群中看见陆亦舟高挑的身影，一身黑色休闲西装，格外显眼。立刻觉得这条长长的队伍十分可爱，安然地在他身后排着队，再无一丝不耐烦。

在楼道里几次和他擦肩而过，每次都想要留他的微信或电话，可最终还是忍下了。可能是执念过深，起到了促进情节发展的作用，忽然有一天微信的新朋友申请中出现一个男生的头像，是一个高大宽阔的背影，备注：陆亦舟。

我的手指因太过激动而微微颤抖，认真地点击通过，生怕此刻手机出现什么技术问题。

陆亦舟发来了第一条微信："您好，辞旧岁，迎新年！公司给每位员工准备的新年福利是20寸登机箱一个，我来跟您确定你们办公室需要的数量和颜色。谢谢您！"

心里有一种说不清的、杂乱的情绪。原来他并不记得我是谁，只是工作需要，才加了微信，又群发了一条毫无感情色彩的通知。但无论如何，总归是有了他的联系方式，比起之前的点头之交，关系似乎又近了一些。

整理好心情，询问了沈玫姐和贺老师想要的行李箱颜色。沈玫姐选红色，贺老师选黑色。我下意识地想选红色，但一想到陆亦舟身穿黑色衬衫的样子，毫不犹豫也选了黑色。选好后发送给陆亦舟，我们的第一次对话就这样结束了，仅限于工作内容，没有任何多余的问候与寒暄。

所有的悸动与独白，都是我内心世界里的故事。

第六章 一波三折

利用上班时间学习着融资的知识,同时帮贺老师处理董事会杂七杂八的事,例如给第一会议室准备好投影设备和茶水,给第二会议室做会议记录,给第三会议室复印会议材料,日子就这样一天天地过去了。

这一天,我像往常一样拎着两个包子一杯豆浆到公司门口,猛然察觉到不寻常的气氛。门口铺着红地毯,两边各站一排穿黑色西装的男生列队相迎。

难道是公司上市了?

不太可能,递表只是第一步,还有聆讯、路演、招股好几个环节,不可能瞬间跳过所有步骤完成IPO。

紧接着,收到了黑衣小哥递过来的一束鲜

花,还有祝福:"三八妇女节快乐!"

一切发生得太突然,茫然地从小哥手中接过百合花,同时瞟到了他身边神采奕奕的陆亦舟,他手中拿着一大捧盛放的红玫瑰。我鬼使神差地横挪一步到陆亦舟面前,轻声说:"玫瑰花开得真好,可以给我一枝吗?"

他抽出一枝玫瑰,递给我说:"可以,小仙女节日快乐。"

这一刻仿佛大厅里只剩下我们俩。

接过陆亦舟送的玫瑰,想在红毯上多停留一会儿。但早上打卡时间不会为了浪漫主义停下,只好缓步走过红毯,上楼打卡。一路上经过的电梯、打卡机、办公室都莫名变得温暖又可爱。到了办公室以后,顾不上吃早饭,翻箱倒柜找一个干净的纸杯倒上水,把玫瑰插在里面,再往花瓣上洒点水,盛开的红玫瑰散发出淡淡的香气。过了几天,玫瑰还是凋谢了。我把花瓣一片一片轻轻摘下来,生怕撕坏了一角,夹在白纸中间,还被不明所以的贺老师批评浪费公司资源。

沈玫姐带着好消息从公司的香港办事处归来,香港上市大局已定,耐心排队静候佳音即可。上市三人组开始筹备即将召开的股东大会,主要意图是在漫长的等待中稳定军心,争取股东对公司的进一步支持。届时三十多个股东代表齐聚一堂,流程更要严格把控好,以免出现意外情况。首先要做好前期工作准备,我自觉承担起布置场地、打印文件、准备茶水和咖啡这类杂事,沈玫姐对此类主动请缨深感欣慰之余,还交代我负责核对股东身份信息、撰写会议记录、收取和统计表决票等现场工作。我也同感欣慰,之前沈玫姐一人承担所有，经过上次的合作后，她愿意把更多工作交给我做了。虽然寸功未立，职位和薪水并无半点变动，但仍是觉得在职场之路又上了一层楼。

打印好会议议程、决议书、表决票，并分类整理收好。场地的布置一个人完成不了，于是申请跟隔壁行政部借两个同事帮忙。行政部的男生本就不多，陆亦舟大概率会去。果然不出所料，陆亦舟和另一个男同事先后出现。我郑重地将横幅递给陆亦舟，他扯着横幅我贴胶带，协作配合，再请另一个同事独自摆放股东名签和会议议程。贴横幅本来是个不用动脑的活，此刻却变成一件需要高度紧张的事。我努力让自己的动作看起来自然又娴静，尽量让撕胶带的噪声不那么刺耳，同时快速头脑风暴，寻找可以聊的话题。两个不熟悉的异性在一起连话题都很难找，想加深了解的一方只得像会议主持人一样，认真构思并提出问题，试图激发讨论，但很多次都在对方肯定或否定的答案中结束了对话，或许他平常就沉默寡言。漫长的沉默并没有衍生出尴尬的气氛，反而两人都很自在。于是不再刻意找话题拉近距离，安静地干手中的活。如果不说话就能配合默契，也算是心意相通了。我认真地用指甲抠开胶带，"嗤"的一声拉开了一段，没有剪刀。再抬头看陆亦舟，他双手正拿着横幅看向我。

这件小事可以反映出解决的问题能力，一号会议室在7楼，离办公室比较远，回去拿肯定不是最佳选择。我一路小跑去离会议室最近的部门，从陌生同事手里借来了剪刀。没等推开门，慌乱之中手先撞上了门把手下方的一个尖角，突然觉得食指像被刀划开了一样疼，果然，手被划破了一条口子，比想象的深，血汇集到一起，形成一个个小血珠滚落下来。

我推开门，举着流血的手指，不知道要以怎样的表情面对陆亦舟。陆亦舟看我表情扭曲，再走近定睛看到手上的伤口，立刻接过剪刀和胶带："你去处理一下伤口，这些我来吧。"

我快步走向洗手间用水冲洗了一下伤口，凉水把伤口的痛感压了下去，也渐渐恢复了思考能力。手指划伤虽说是个意外，但和陆亦舟还不熟悉，他会不会误以为我是个做事情不靠谱的人？有可能把我跟冒冒失失这些不好的特点相关联？相识初期，一旦对一个人的负面印象累积到一定程度，可能就不愿意继续了解此人的优点了。

意外已经发生，想再多也于事无补。回到会议室，陆亦舟扬了扬手中的创可贴。我十分意外，有些不知所措地接过创可贴，努力控制表情和声音："谢谢你！怎么这么快就找到创可贴了？"

陆亦舟微微低着头，手中在剪胶带："以前上学的时候打篮球经常有磕碰，口袋里揣着。"

瞬间感知不到疼痛，只觉得意外和欢喜，果然，祸兮福之所倚。

股东大会当天，我穿着饭店大堂经理同款的黑西装，食指包着创可贴，在会议室门口迎宾，协助股东代表签到。此次股东大会声势浩大，沈玫姐主持，财务总监张雪松做主旨演讲。公司的上市之路刚刚开了一个头，要时刻准备等待聆讯，目前还有许多不能公开的消息，这个节骨眼召开股东大会，对信息保密工作而言，有很大的挑战。所幸张总职场经验丰富，一共讲了一个半小时，介绍完了香港资本市场的基本情况、公司股权变化的几个阶段、港股IPO的优势与风险、港股上市企业案例分析，以及预测和展望，还穿插着一些让人啼笑皆非的小故事，似乎什么都讲完了，但又什么也没透露，全程的录音也没有任何不妥之处可以借题发挥。

　　台上的张总侃侃而谈，我的视线在会场中来回游走，看看哪位股东需要添茶倒水，哪位股东需要加草稿纸和笔。张总发言结束后，将话筒递给沈玫姐，两人在台上交换了一下眼神，默契地擦肩而过。张雪松总监英俊儒雅，沈玫姐优雅大方，一个如雪中之松，一个如水滨玫瑰，任意一个角度看都觉得般配。在茶水间道听途说的八卦，他们是大学同窗，相识多年，沈玫姐是张总推荐到YF教育任职的。两人在工作上配合默契互相成就，一起从职场新人奋斗到高管团队中的核心成员。而且两人都单身至今，多年来，不时地有人调侃他们的关系，有人想撮合他们在一起，也有崇拜张总或追求沈玫姐的人前来试探……但是无论他人怎么旁敲侧击，两位主人公始终称对方为同事和老同学，后来两人到了高处不胜寒的职位，就没人再敢当面调侃他们的关系了。所有人都看到了结局，但这许多年的经历也只有他们二人知道了。

　　正在脑补两位职场精英、异性好友互相信任、并肩作战的职场故事时，耳边突然响起了阵阵掌声，差点忘了收表决票！我赶忙在掌声中惊惶站起，强装镇定地逐个收表决票，心里埋怨自己光顾着看别人的故事，差点让自己的工作出了事故。

　　其实表决票就是走个过场，毕竟港股上市已成定局，有反对意见可以私下沟通，见过大风大浪的股东们应该不至于当场呐喊

"我反对"。我的工作是确保落在纸上的表决结果是全票通过或有个别弃权,没有反对意见,以防日后追溯再查出程序上的差错。收齐了表决票,先是谨慎地数了两遍,确保没有遗漏,再挨个核对表决结果、签字页、日期,还有对应的股东身份证复印件,以及其代表机构的营业执照复印件。

贺老师调侃我,遇到点儿小事就战战兢兢、如临大敌。我对此不以为意,奉行不求有功,只求稳妥无过。眼花缭乱中,正准备掠过一些文件时,惊觉有一张表决票签字处是空白的!

冬天里惊出一身冷汗,细看这张表决票,决议的部分都是同意,但缺了最重要的签字。收表决票的时候,人太多,我只顾着确认数量,竟然没细看表决票上的细节问题!股东大会已经结束,股东们早已天南海北各奔东西,出现这么严重明显的失误要如何弥补?此刻一座大山从天而降,压得人喘不过气来。这么简单的事情都做不好,我还能干什么?要怎么和股东还有沈玫姐解释?如果实在无法面对就干脆不面对了,说自己抑郁了,或者干脆直接离职,这些琐碎的打杂我实在不擅长,借着这个契机重起炉灶吧。

想到这些,忍不住掉眼泪,任绝望蔓延。眼泪干了,深呼吸,冷静下来,想起研究生导师 McDougul 教授曾告诫我,"不论在多么危急或紧张的关头,头脑都要保持清醒,只要还有分析的能力,你就有救。"

收起假装抑郁和直接离职那些不负责任的想法,开始想办法解决问题。股东大会虽然已经结束,只有少部分股东立刻离开,多数股东应该都在公司订的香格里拉酒店休息。目前首要任务是检查剩下的表决票，确保没有其他问题，然后尽快核对名单找出是谁没有签字，再单独找这位股东沟通，以免闹得尽人皆知。

直觉有时比理性的分析和预判还准确。剩下的表决票有几份也出了不同的小问题，有的股东没有写日期，有的只是签了字，没有在表决事项中写同意，可能是没细看内容，这样有可能签了股份转让协议还不自知。久经风雨的人也会犯这种错误，我犯的错固然荒唐可气，倒也不是十恶不赦，不用急着给自己判死刑。

毕竟这些都是经我手收上来的，还是应该严肃地自我批评。批评与检讨过后，应力求尽快赎罪，先是把漏填日期的部分补上，再悄悄将已签字但没有在"通过"一栏打钩的表决票补上一个对钩，并说服自己，遇到具体问题需要按照职业规范的原则进行灵活处理，股东已经签名意味着同意或授权，补上一个钩或补上日期，都符合他们的意图。

排查完细节问题后，牺牲掉午饭时间继续将功补过，终于核对出来三十多位到场的股东中唯一一个没有签字的人！此人名为王远山。

锁定目标之后，顺藤摸瓜找到了王远山公司的联系方式。找到的那一刻心猛地沉了一下——他的公司名称是上海开头。暂时压住内心涌出的绝望，飞快地在心里过了一遍台词，拨通电话，在心中祈祷王远山接电话，并且还没离京。

电话通了，我把准备好的台词说一遍："王总您好，我是YF教育上市办的郑欣然，我看到表决票中您没有签字，现场核查的时候没有发现是我的工作失误，实在抱歉。请问您是存在什么顾虑吗?"

电话那端一个好听的女声回答:"稍等,我把电话拿给王总。"

我有些错愕,自己紧张到忘记确认对方是不是王远山。片刻后,电话重新被接听起来,这次是有些沙哑低沉的男声:"你好,我是王远山。"

我把准备好的台词又说了一遍,这一遍明显比之前自然许多。等待回复时,心无可避免地再次悬起来。

王总的声音再次传来:"你们最迟什么时候上市?"

果然不签字的王远山没那么简单!只是遗憾没能当场发现问题,要是事发在主场,张总和沈玫姐会妥善处理这种情况。可现在直接面对问题的只有我一个人,一个没有受过董事会秘书专业培训的新人,没经历过这类事情,不清楚对方的意图,不知道哪些是现阶段可公开的信息,现实版的一问三不知,我举着手机欲言又止,左右为难。开会前,张总和沈玫姐统一回答股东和记者的问题,我只需负责接待工作,迎来送往,说一些符合社交礼仪的客套话就能过关,不能回答具体问题,更不能做预测和保证。最重要的是,对于上市最新的进展我并不知情!但事已至此,来不及请示,只能在不违反职业道德和领导嘱托的原则下,硬着头皮把张总的演讲挑重点复述一遍:"王总,张总和沈玫姐已经在2月份把上市文件递交到联交所,目前进展顺利正在排队等待聆讯。其中的细节我也不是很清楚,如果您想了解,可以签完字以后再问问张总。"

我有意反复地提"签字"二字,提醒他还有这一项事情,希望无形之中对王远山造成一些压力。不确定搬出张总能否形成威慑，毕竟仓促间没来得及查实王远山的持股比例，且不知道他和张总关系是点头之交，还是战略互信，又或者是貌合神离，心生嫌隙。但此时只能铤而走险，如果王远山坚持不签字，而文件是由我负责的，我就只能在张总面前忏悔自己的失职，并如实说明情况，等待死罪可免、活罪难逃的发落。

不，到时候应该去找沈玫姐，就算忏悔也不能越级忏悔。

沉默片刻，王远山回答："我在首都机场，飞机还有一个小时起飞，你把文件拿过来吧。"

我如蒙大赦的同时，不忘问清见面地点："好的王总，请问您的航班号是多少？"

"让我助理发给你。"

"感谢王总！我马上出发，一定尽快赶到！"

头上悬着的剑刚落，好像身上又被绑上了定制炸弹，拆除时限是一小时，否则就会被炸得粉身碎骨。乱中有序，我抓起手机，拿着王远山的表决票，拿着两个必需品，连外衣都顾不上穿，就往外飞奔。边等电梯边叫车，下楼发现车已经停在公司门口了。拉开车门，像谍战剧的主角一样快速蹿进车里，跟司机师傅说："我赶时间，请您开快一些，拜托了！"

车载着我向首都机场驶去，心跳恢复正常后，忽然意识到自己忘了请假，也没提交外出申请，但人已经离开了公司，并且被大门口的人脸识别系统捕捉到了。

简单地说，我旷工了。

入职的这几个月，先不提屡次加班到半夜，起得比鸡早，睡得比鬼晚的光荣事迹，我没有迟到早退过一次，严格遵守员工守则。马上跟沈玫姐联系，说明表决票出了些问题，我需要去首都机场找王远山签字，同时在OA里提外出申请。结果却发现外出申请需要提前一天提交等待审批，当天无法提交。好在不久后就收到沈玫姐同意外出的回复，又跟人力资源部负责考勤的同事沟通了一下，表示我是临时外出，已经领导批准，请她在系统里将我的旷工记录改成外出。

人力的同事回复："员工应遵守公司的制度，一切按OA的流程来，不要出了什么事都来找我。"

我小心解释道："今天工作任务紧急，必须临时外出，但OA没法提交当天的外出申请。抱歉这次给您添麻烦了，以后我一定注意提前提交。"

片刻，她回复："系统是没办法改的。"

于是有了这荒诞的一幕——虽然自己失误在先，但毕竟是因公事自费打车赶往机场，请股东在表决票上签字，公司却算我旷工。

误算旷工这类次要的事可以从长计议，眼下主要是要尽快找到王远山，请他签字，将功折罪。一路冲向安检区，许多乘客如往常一样排队过安检，慢慢向前移动的队伍给人造成了前所未有的心理压力。时间紧迫，我紧盯着人群，参照股东大会模糊的侧影和他身份证复印件上的照片，试图在六个动态变化的安检队伍中找到王远山，一看到中等身材的中年男子就凑上前去辨认，眼花缭乱之际，还是没找到他本人。

不断新增人数且向前移动的安检队伍把来回狂奔的我挤得东倒西歪。狼狈只是表象，绝望已在心中蔓延。手足无措之际，一个常识进入脑海——王远山坐的是头等舱！头等舱有专门通道安检和登机口，不需要提早排队。那么他此刻应该还在机场的某个休息区等我！此刻，我的意识和行动达成了高度统一，快速奔向了休息区，在大而空旷的休息区中一眼就看到了正在喝咖啡、若有所思的王远山。一个箭步冲上前去，在距离他50米的地方急刹车，假装从容不迫地走近。先礼貌问候，再自报家门，接着说明来意，拿出表决票和口袋里的笔，双手递过去，目光坚定地看着他。王远山接过表决票之后犹豫了几秒，在我差点以为他要反悔之际，抬手果断签了名字，交还给我。

王远山全程一言不发，但我始终忘不了他登机前的眼神，有一种想要全力掌控事态发展的气势，但又不得不暂时向未能如愿的现实妥协。

像他这样在当代主流评价体系中标准的成功人士尚且不能事事如愿，更何况是普通人呢？想到这，对于无法更改的旷工记录，我心中释然。大事已经解决，不那么重要的事就随风去吧。

股东大会顺利结束，有惊无险地补上了王远山的签字。回到办公室的首要任务就是态度诚恳地跟沈玫姐陈述事情本身，并反复检讨自己的错误，心中盼着她可以念及我认错态度良好，且补救及时，原谅这一次失误，起码不要因为这一件事从根本上否定我。沈玫姐知道了其中的原委后，没有责怪，只是说了一句："以后多加注意。"她抬头看我一眼,欲言又止,最终还是嘱咐,"以后尽量不要出现这种事。但人难免会忙中出错,如果错了,认真地道歉一次即可,然后全力挽救。任何时候都不要缩在那里反反复复地说自己错了,否则这次错误会让人印象非常深刻。"

沈玫姐的指点已经超越了上下级的工作关系,变成了前辈对后辈、师傅对徒弟温暖的叮嘱。成年人的世界里,像这样直接指出短处,并且提出改正的建议,已经极为少见,尤为珍贵。道谢之后,我走向窗边,想穿过眼前的高楼大厦看看远方,几次深呼吸,尝试让自己无意中瑟缩的颈肩变得舒展一些。

尊重别人的同时,也不要忘了尊重自己。

倒咖啡时,终于有机会名正言顺地瞄一眼手机,发现自己被拉入一个陌生的群里,群内有二十多个成员,基本能确定都是同事,有之前一起准备审计和上市文件的财务部同事,还有几位行政部的同事,以及贺老师和陆亦舟。

本能地恐慌和期待,难道是上市情况又有新动向?

点进张雪松总监发布的群公告:

亲爱的同事们:上市筹备期间大家辛苦了!为了感谢大家的付出,我诚挚邀请各位同事于本周末光临延庆度假村,一起度过一个轻松愉快的周末!归来时整装待发,继续奋斗,一路同行,不负青春!

虚惊一场,原来是团建,而且是陆亦舟也参加的团建!平时工作,没有机会和他交流,团建不就是个相互熟悉的天赐良机?下班回家的路上,脚步都变得轻快了,心不在焉地读了一会儿《中国大历史》，注意力飘忽不定。最后还是向人的本性投降，放下书转身开始整理去延庆要穿的衣服，对着镜子搭配出了一套黑T恤和黑色短裤、一套白T恤和牛仔裤，这两身一定跟陆亦舟的搭配风格一致又和谐，还带了一条白底蕾丝花瓣长裙，可以在晚宴上穿。虽明白自己只是中人之姿，但依靠化妆和衣服搭配添彩，也还算清秀淡雅。

在期待中度过了余下的工作日。周五下班后，三个部门分乘五辆车先后赶到延庆。我没有任何理由跟陆亦舟坐一辆车，我们部门不同，也无私交，只能算知道名字的陌生人，只好乖巧、安静地跟沈玫姐和贺老师坐一辆车。

下车后，我打了个寒战，当天延庆的温度比市区低7度，准备衣服时没查当地的天气，实在是失策。在风中瑟缩地往前走，在酒店办理入住手续。隔着玻璃看见陆亦舟的车也到了，他穿着黑色卫衣和牛仔裤，也很单薄，在风中大步走进了酒店，排在我旁边的队伍里，办理入住手续。帮我办理入住的工作人员中途接了个电话，进度慢了下来，得以跟后来排队的陆亦舟搭上话。

耳边传来陆亦舟的声音："欣然，你也在呀。"

我转过身，假装刚看见他："是呀，你也来了。"

陆亦舟客气地寒暄："你们组真的太拼了，听说你们经常熬到凌晨。"

职场最忌讳贪天之功，我连忙解释："准备递交材料的时候是挺辛苦，重要的活都是沈玫姐和贺老师做的，我也就是打打杂。"

场面再度陷入尴尬，本就不熟的同事寒暄过了，就很难再有别的话题，此时我们的入住手续也办理好了，一前一后沉默地走向电梯。陌生人同乘一班电梯，气氛通常是尴尬的，电梯空间狭小密闭，彼此之间不得不靠得很近，有的人低头看手机，有的人盯着楼层数字跳动，盼着快一点到。只有我盼着时间过得慢一点。

天色渐晚，五辆车陆续到齐了。我换好白色长裙和沈玫姐一同出门。到了餐厅才发现，晚宴是铁锅炖鱼。提着裙子小心地上台阶，挨着沈玫姐和贺老师坐下。财务部和行政部的同事随后赶来。本来大家思想和精神都很放松，和身边的人窃窃私语。张总一到，全场渐渐安静下来。

打破安静的是财务部的老同事："张总来了，大美女沈总那边还有位置！"

说完，大家都看向我们这一桌，发现沈玫姐旁边坐着一脸不知所措的我。

一位并不熟悉的同事朝我大喊一声："那个谁，你过来！你年轻，坐到这边来！"

全场同事多多少少都听说过以张总和沈玫姐为主角编排的故事，纷纷起哄让张总坐到沈玫姐的旁边，这帮在职场摸爬滚打许多年的前辈仿佛一下子回到了学生时代，好像两位男女同学的座位被安排到一起，他们之间就会产生某种特别的联系。我侧着头看看沈玫姐，毕竟直属领导的意见是最关键的。

沈玫姐轻声说："你去跟伙伴们坐吧，把中间的位置让给张总。"

说罢，沈玫姐站起身来，让出自己的位置，大方地向张总挥挥手:"张总,您要和群众一起吃饭也不提前打声招呼!"

张总爽朗地笑着走来:"集体活动怎么能没有我呢!这段时间辛苦你了,老同学!"

我轻轻起身走到了另一桌唯一的空位,是原本安排上菜的位置,在陆亦舟的旁边。在欢快轻松的氛围中,大家都在关注张总和沈玫姐,只有我看到陆亦舟轻轻拍了拍他旁边的位置,抬头对我笑:"坐这儿吧。"

这大概是成人之美的福报吧。

我小心地坐下,整理好裙子和餐具,转头看了看陆亦舟的侧脸,又心虚地环顾四周怕被别人发现。幸好大家吃菜喝酒之余忙着跟身边的同事谈笑,没人注意我,更不会注意我在看谁。

菜上齐了,两桌人吃得热火朝天。即使陆亦舟秀色可餐也不能成为代餐,我瞄着转盘上的鲍鱼粉丝在逐渐靠近,心里暗喜。我喜欢吃鲍鱼旁边的粉丝,鲜美多汁,妈妈发现这一偏好时,还笑我注定没有富贵命。正抬手要夹粉丝,手肘猝不及防地跟陆亦舟的胳膊撞上了。忽然发现他用左手使筷子,我们俩先礼节性地相互谦让,急着吃菜的我抬手结束了这一轮客气,兴致勃勃地夹向粉丝。

陆亦舟显然有些惊讶:"原来你也喜欢吃粉丝呀!"

我成功捞上粉丝的手在空中停顿一下,惊喜地看向他:"这么巧,你也喜欢吃吗?"

陆亦舟笑了笑,露出整齐的牙齿:"是呀,我也喜欢,给我留点。"

那顿饭是我们之间物理距离最近的一次。或许有些故事的开始很拖沓，主人公迟迟没能露面，情节也没法推进，但只要过程中有从天而降的缘分和个人的坚持，结局终将迎来美好。

大餐结束后，张总安排了唱歌的包间，又是一次非官方的集体活动。虽有领导在场，但酒过三巡，气氛已经非常轻松自然了。同事们三三两两入座，有几位同事积极地准备高歌一曲。我自知没有唱歌的天赋，且深谙成年人最重要的技能之一——藏拙，果断找了一个不显眼的角落坐下，在昏暗的灯光下，吃果盘嗑瓜子，偶尔随着音乐摇摆。

刚吃了一大块西瓜，还没咽下去，耳边传来熟悉的男低音。顺着声音望去，陆亦舟安静地坐在人群中，唱着毛不易那首《像我这样的人》，声音低沉得让人透不过气来。几句唱罢，我在昏暗的灯光中已热泪盈眶。

在哪一刻我彻底变成了一个平庸的人？

留学时，曾对自己的前程怀有最美好的期待。远渡重洋，无亲无故，学英语、学专业课，还要租房子、组装家具、买菜做饭、擦地洗衣，努力融入当地的校园生活，却一直不被接纳；竭尽全力想考更好的成绩，却没能如愿；在无边无际的孤独中浮浮沉沉，度过一年又一年。那时日子艰难，我却总觉得是天降大任，熬过了这些苦难，就能活得有意义、有价值，能成就一番事业，让这个世界因我的存在而变得好一些。

可到头来，还是如此平庸。

既然平庸，曾经历尽艰辛又有什么意义呢？

我在歌声中离场，在黑暗中等待黎明。

彻夜难眠。很想改变现状，想挽救趋于平庸的自己，但又不知道做什么，才最符合"成本 – 收益"的理性原则，才能发挥自己最大的价值，又或许这两者根本难以两全。追求自利或许能让自己在付出最小成本的同时，获得最大收益，但这一思维方式难免使人不断地计算动态变化的成本和收益，一旦成本过高就会及时止损。可发挥自身价值难道不是需要竭尽全力地去成就一件事，不计回报地付出吗？

在现实主义和理想主义的论战中，究竟该选择哪一条路？

本打算说自己身体不适，申请在酒店里休息，但看到第二天的行程是爬玉渡山，还是坚持出门。对于想不通的事情，闭门造车毫无意义。出门换个环境，行走于山水之间，思路或许就清晰了。结论不一定是最优的解决方案，也可能是意识到无法改变现状，最终拂袖而去，选一个渺无人迹的地方隐居，过上三径就荒、松菊犹存的日子，但也好过现在这样浑浑噩噩，麻木度日。

实践证明，出门爬山的选择是正确的。下车的地方是忘忧湖，果然能让人抛下心中的忧愁。站在湖边，看着青山在水中的倒影，云雾苍茫，山高水长，心突然平静了下来。古今的人也许都有或多或少，或大或小，无法避免的遗憾。

循着瀑布的声音向前走，路越来越崎岖不平。一不留神，踏上了一个布满青苔的石阶，反应过来的时候已经滑倒在石阶上，好在哪儿都没有摔坏。正在感慨人生的路跟上山的路一样坎坷，一双有力的手把我扶了起来。顺着修长的手臂抬头一看，果然是陆亦舟。

陆亦舟看了看我的胳膊和腿，确认没有受伤之后，立刻把目光转向远处："跟着瀑布声走很容易迷路的，你看看有没有摔坏哪里？"

简单活动了手腕和脚腕，非常灵活，我抬头冲他憨笑："手脚都没事，就随便走走。谢谢你啊！"

我们一前一后上山。我一直好奇陆亦舟名字的由来，正好借这个机会问他。

他看着瀑布说："我妈妈很喜欢陶渊明《归去来兮辞》里的那句'舟遥遥以轻飏，风飘飘而吹衣'，她觉得人不必非要像龙凤一样腾飞，能像一叶小舟泛于湖中，安然自在，也是很美好的。"

青山绿水间，一叶小舟划过，泛起阵阵涟漪。

我们俩并肩前行，遇到窄路就一前一后，一路沉默地听着林中的蝉鸣。我随机找了一个他大概率不反感的问题："你是哪一天生日呀？"

陆亦舟微微一笑："五一劳动节，所以我特别爱劳动。"

我激动得一拍大腿："咱俩是同一天的生日！"

山顶天高云淡，清风徐来。此刻，不能不相信这种种巧合都是命运的安排。

第七章 行差踏错

联交所迟迟没有新消息。

沈玫姐面色凝重，心事重重，精致的妆容盖不住脸上的憔悴，隐形眼镜也换成了金边框架眼镜，或许是材料审核的过程中遇到了阻力，我也不敢贸然询问。

联交所的回复让所有人再次神经绷紧，需要补充关联交易方面的文件。沈玫姐反应迅速，立刻组织贺老师和我再过一遍联交所的主板上市规则和国际财务报告准则，在新起草的说明中将关联交易分成完全豁免、部分豁免和没有豁免三类，在现有的原始数据和资料基础上分类，查漏补缺，要在最短的期间内提交最有说服力的材料，自证清白。

时间紧迫，逼得人像上了发条一样时刻赶

工，不敢喘息。心中紧张，在统计交易数量和追踪交易过程的时候难以平心静气，连打字的手都有些颤抖。到了午夜，整栋楼暗下来，唯独13楼还亮着灯。我一度陷入崩溃，明明经手的所有材料都显示公司不存在不正当的利益输送，只要把真相陈述到书面上就行，但还是止不住地紧张与不安，生怕自己哪一个措辞会引起误会，个人被处分不说，连带着公司都要蒙受不白之冤。

加班加点连夜赶工，写完了说明，我和贺老师交叉审校，检查逻辑和表达，沈玫姐根据说明做了可视化的图表作为附件，反复检查后一并发给联交所。

焦灼地等待联交所的回音，没想到先等来的是证监会的答复。香港证监会以调查为名，要求财务总监张雪松、董事会秘书兼上市组组长沈玫和董事长助理贺青峰立刻前往香港，回答相关问题，但邮件中并没有提到具体哪些方面有问题。干练的沈玫姐显露出按捺不住的紧张与不安，当天下午简单收拾了行李，与张总、贺老师一起出发，一路上还在模拟各种可能被问到的问题，逐个讨论答案。

这份调查名单里不包括我，不知是喜是忧。不用经历未知的考验，不用担心因为个人能力不够会影响公司上市是喜，但也是我工作的重要性没有被认可，是个在职场里可以轻易被代替、可有可无的人，一想到这里又有说不出的怅然若失。留守在办公室，遵循沈玫姐的安排，做着董事会、产品创新、教研、运营多个部门的会议记录，像一个没有权威的路人甲带着不知真伪的尚方宝剑闯入别人的世界里。大家一时之间不知该如何应对，索性就不应对了，随我自由进出会议室。

沈玫姐匆忙出发，一定没想到在确保我的工作量饱和的同时，给其他部门同事的情绪和效率上造成了直接影响。在其他部门同事的眼中，我是个外人，还是领导派下来的，会随时上报他们的讨论内容，还有可能添油加醋，凭着自己的偏见和想象任意修改事实。所以在开会时，不论是总结经验教训还是讨论如何创新，一旦瞥见坐在角落里打字的我，便会戛然而止，可能是在脑海中回放之前是否有措辞不当、可能引发歧义的地方，有时还会清清嗓子，语气官方地澄清一下，意在让我不要误解。

如果此时公司内部匿名评选"你最讨厌的人"，本人大概率会高居榜首。自知是不速之客，就经常坐在角落里，小会议室场地有限，再加上跟其他部门的同事并不熟悉，也不好意思挤过去挨着他们坐，只好坐在没有桌子的地方，把电脑放在腿上打字，几天下来颈椎的压力很大。

转眼又到五一假期，也是我和陆亦舟共同的生日。破天荒地感觉放假还不如上班。像我们这样的同事关系，认识时间不长，准确地说是他认识我的时间不长，且私交一般，从认识到现在说过的话加起来不超过一百句，能同时出现的场合只有公司。如果是工作日，说不定早上在电梯间或者在茶水间还能偶遇，可以自然地祝他生日快乐。但假期不可能偶遇，也没有任何理由请他出来一起过生日。

成年人的生日往往没有太多仪式感。在平淡中度过一天，晚上独自去南锣鼓巷溜达，不知不觉走到了后海。我晚上不常出门，经常婉拒晚上的聚会，常用理由有两个，一个是生存理论，强调人在夜间反应会变慢，视野不清晰，因此适合宅在家，躲避外界可能出现的危险。另一个是修复理论，白天人们的身体和心理有不同程度的疲劳或受损，晚上是在家修复身心的好时机。但理论和实践的鸿沟是巨大的，只觉得今天格外开心，适合外出。

夜渐渐深了，后海的灯光照在水面上，泛起了粼粼波光，如同星河。街上人来人往，只是热闹也与我无关。那一刻忽然想起了陆亦舟，还没对他说生日快乐呢。冲动领先了顾虑，从微信里找到熟悉的头像，想体现自己与众不同的思想和心中的诗意，又怕因为不了解而无意中冒犯了对方，短短几句话在对话框中写了又删、删了又写、反复编辑，最后只留下了"生日快乐"四个字。为了掩人耳目，我又给那些在五一前后过生日的同事都发了祝福信息。这样一来，如果同一个部门的同事恰好聊起这件事，可能会觉得我热情温暖，关心同事。后来，大家陆续回复了我，唯独没有他的。

又等了很久。

很多年后，还记得后海五月的风和夜色，还有那个在路灯下靠着栏杆，攥着手机等待回复的人。

我并没有在爱而不得中失落很久，毕竟任何情感问题都不能影响工作。

小长假转瞬即逝，短暂到让人怀疑它是否存在过。不经意间重新琢磨起陆亦舟不回信息的原因，有万分之一的概率是技术故障，他并没有收到那条信息；还有万分之一的概率是他读了但忘记回复。正幻想着是否是误会阻碍了我们，如果是，要如何澄清误会？这时，传闻中的英语教学全能名师、现任 CEO 孟涛敲响了办公室的门。一打开门，我的心瞬间提到了嗓子眼，像是有一口气憋在胸腔沉不下去，也忘了呼出来，人为造成了短时间内呼吸困难。但无论多紧张，也要时刻具备职场人的基本素养，下意识地打招呼："孟总您好，您请进！"

孟总连连摆手："不需要、不需要，小郑，你今天下午工作忙吗？"

比 CEO 亲自来敲门更让人震惊的是，他居然知道我的存在！而且他还知道我姓郑！不知不觉，我流露出一副狗腿的笑容，小心谨慎地回答这个看似简单但实则让人忐忑的问题："孟总，我下午要去教研组的会议做记录。"虽然不知道孟总找我有什么事情，但如实交代总错不了。

孟总直接交代任务："下午有一个视频会议，对方是个印尼人，原定的翻译跟陈董事长接受外媒采访去了。听说你英文很不错，还参与了港股上市的工作，就想让你当个翻译，你看行不行？"

我口头答应下来，但心中焦灼。

虽在大学期间选修过翻译理论和实践课，但那些都是笔译，有机会查词典，有时间斟酌选词和表达，在这一领域并没有多强的实力，最后拿到 High Distinction（非常优异）的成绩，也是牺牲了休息和睡眠时间换来的。从没做过口译，这次还是视频电话，有太多不确定因素，是非常有挑战性的任务。

转念一想，YF教育是英语培训机构，整个公司最不缺会英语的人。妄图凭借英语翻译作为核心竞争力突出重围，确实是盲目乐观了。

事到如今，我只好尽力绝地求生："孟总，可以请您把原定翻译的联系方式给我吗？时间比较紧，我想跟他要一些meeting documents（会议文件）做准备。"

孟总大气地挥了挥手："可以，我让秘书推给你。"

中午收到了回音。原定的翻译是个跟我年龄相仿的女孩，一板一眼的证件照中都看得出清雅秀丽，名叫宋雨堂。微信中寒暄过后，雨堂传过来两个文件，一份是那家印尼投资公司的背景信息，公司全名和缩写我念了三遍才念顺，还有业务范围、能搜索到的核心领导的采访内容。另一份文件是她做好的glossary（词汇表）。

果然专业！

下午，看了几遍meeting documents，已经将内容记得八九不离十，但心里却越发焦灼，索性又翻了翻中英文版的招股书，剩下的听天由命。没准这次会谈就是一场和谐友好、简单直接的对话，对方直接出资，我方欣然接受。

鼓足勇气坐在会议室的电脑前，登录视频账号的手一直在抖，心跳特别快。接着，一群我至今认不全的领导纷纷进入会议室，如芒刺背，简直360度全是引起紧张的因素。顾不上跟领导们打招呼，全部注意力都在确保会议顺利召开，以及双方代表沟通顺畅。我在现场上蹿下跳调试着麦克风和摄像头，一心只想着保证设备不出问题。

调试设备我并不在行，无奈，在领导眼中，秘书应该是无所不能的，只好硬着头皮装作专业的样子，看到有插口就检查要不要插入什么设备，把笔记本电脑连接得像测谎仪的线路一样错综复杂。屏幕另一端，是一位华裔长相的印尼投资人，旁边坐着一位东南亚特征明显的中年男子。

我不停地深呼吸，心里默默祈祷着英翻中全能听懂，中翻英词能达意。趁着双方代表刚上线，隔着屏幕面面相觑之际，我先声夺人，略微颤抖地对着屏幕前方的印尼投资人概括了此次见面的主要目的，以及自己是翻译的身份。一旦双方明确交流目的后，比较容易建立起原则上的共识，不然以我有限的口译水平，很可能让双方会谈在细节层面陷入反复纠结，没法达成投资与持股比例的共识，那样即使我不是公司的千古罪人，也是本年度的罪人。

孟总开始了热情好客的发言，介绍了公司的历史、主营业务的发展、对未来的展望和投资价值，兴致高昂、语速很快，屏幕上两位印尼投资人看上去完全听不懂他在说什么，从客气地点头到后来眼神逐渐涣散。我手中的笔记也已经记了十几页，愣是找不到孟总停顿的时候进行翻译。眼看着他的演讲已经超过了五分钟，此时我的大脑陷入完全饱和的状态，笔记里的主语谓语已经逐渐混乱，张冠李戴还不自知的风险非常大。果断找到一个不那么合适的契机打断了孟总，佯装镇定地请示："孟总，要不我把您讲的先翻译一下？"

孟总先是惊讶，随即恍然大悟想起我的存在，点点头，示意可以开始翻译。我调动了所有的精力在短时间内快速输出，时间有限，在这么多人的注视下更是压力倍增，不得不放弃信、达、雅，动态对等这些翻译理论和原则，紧紧抓住了讲者的主旨进行语言层面的转换，在两种语言的翻译过程中，生疏地跳了一支勉强合格的舞蹈。我的母语是汉语，孟总的普通话标准得可以当播音员，因此没有什么听不懂的词句，只要把听懂的信息用合适的英语表达出来即可。如果换成一口温州普通话的陈董事长发言，可能就是另一个更加艰辛的故事了。我一边输出，一边观察屏幕上投资人的表情，对方在延迟过后时不时地点点头。绷紧的神经慢慢舒缓一些，看来商业谈判的翻译没有想象中那么难。

接下来，轮到印尼的投资人回应了。在那位华裔长相投资人开口到结束的一分半的时间里，我仿佛做了一套方言版托福听力，高度怀疑他长期在印尼和日本两地往返，以至于将各种难以辨认的口音集于一身。整个过程中，我如坐针毡，欲哭无泪。突然，对方停了下来，微笑点头示意，可以开始翻译了。这一刻我鼓起最大的勇气开口，把听不清或者拿不准的部分全部舍弃掉，翻译出剩下有把握的部分，主要翻译清楚主语和动词，确保听众知道行为发出者是谁，传达投资机构具体要做些什么。

由于翻译时舍弃过多，虽然表达出了投资人的意图，但涉及具体投资与合作的细节较少，尤其是关于投资金额、前提条件、股份占比等数据部分，被我于无奈之下或多或少地省略掉了。此刻公司的高管仿佛身在联合国大会之中，各方发言以维护国际和平、促进国家间的合作为主旋律，但一谈到实质性的资金和技术合作，就像一条搁浅在岸上的船，举步维艰。

最怕的不是海水退潮时还在裸泳，而是裸泳被当众拆穿，拆穿的人还是上级的上级。鼓起勇气跟会议室内的高管们进行眼神交流，好几位都眉头紧锁，连连摇头。我越说越慌，表达开始断断续续。最后导致恶性循环，原本只有少数几位表现出不满，变成多数人用质疑的目光打量我，这些目光仿佛能把人穿透，度秒如年。

年轻的教研总监 Ellen 忍不住打断："行了，我们大概知道了，你出去吧。"

这句满是失望的"行了"，比无数句"你不行""你很差"还让人心酸。

后来，每每坐在办公室，那天翻译时如坐针毡的经历就好像梦魇，一遍一遍地在脑海中重现，压得人喘不过气来。虽极力回避这段糟糕的经历，但在潜意识里，已将好不容易建立起的自信击垮了无数次。

这段时间公司流传着一个新名词，叫"优化"，由于员工受《劳动法》保护，不能随意解除劳动合同，但公司可以基于各种指标对各部门员工进行优化，淘汰掉不能满足岗位需求的员工。茶水间又开始充斥着许多半真半假的传闻，技术部优化掉了 40% 的人，剩下的同事无须升职就能享受比原来更宽敞的工位；教研部不给 35 岁以上的老师排课，已经有十多位老师被迫离职了；财务部调了十多个同事去新疆分校工作，这十多个同事不约而同地主动选择离职。我刚经历了重大失误，预感自己难逃一劫。

这一劫迟迟未到，像一把悬在头上的利剑，让人惶惶不可终日。患得患失不是最严重的，对个体构成毁灭性打击的是自我怀疑，经那天失败的翻译引发，逐渐演变成质疑自己做的一切工作都或多或少存在问题。从那天以后，我记录的每一份会议笔记都要一字一句地反复确认，一份简单的公告能检查两个多小时，生怕出现笔误。工作带来的精神上的痛苦已经远远超过肉体上的疲乏，正悄无声息地承受着细微却真实的苦难。

一个寻常的日子里，坐在工位上看着窗外被对面几栋大楼挡住的风景，再也没法假装若无其事，眼泪夺眶而出。大哭一场后，索性放下了沉重的精神包袱，不去理会那些捕风捉影的小道消息和道听途说的传闻。是否优化我是上级单向决定，行为发出者既然不是自己，焦虑只是徒增烦恼。道理都懂，奈何内功尚浅，还做不到无视传言、波澜不惊的程度，最直接的解决办法就是少去几趟茶水间，彻底隔绝那些未经证实却扰乱人心的小道消息。

再次敲开上市组办公室大门的人，是隔壁行政部经理陈艳，陆亦舟上级的上级。不知道我们这个被边缘化的小庙是如何吸引来各路大神的。

陈艳穿着剪裁合身的蓝色职业套装，不容置疑地通知我："你是小郑是吧，公司马上要准备暑期招生了，你现在也没事做，过来支援分校做招生工作吧。"

"没事做"这几个字让我差点当场恼羞成怒，一天写六个部门的会议记录，存档、写公告、补交上市材料，还做了个漏洞百出的口译，这些都不配叫"有事做"吗？幸好我作为一名职场人，被激怒后理智尚存，对公司领导还能保持礼貌和克制："好的陈老师，我跟沈玫姐汇报一下工作，等她批准了就去分校支援招生。"

陈艳深深吸一口气，仿佛要忍住极大的不耐烦，以最快的语速高声发出最后通牒："你人先过来帮忙！不知道你们部门是个什么做事风格，我们部门可是效率至上的！你请示来请示去的，黄金招生时期全过了，我还要你来干什么！"

这段不平等的对话，以陈艳留下的那句"你自己看着办吧"为结束，随后她便踩着高跟鞋大步离开，留下一脸不知所措的我在原地回味整个事情的经过。

也曾在茶水间和卫生间听到过关于上市组的闲言碎语，不外乎：

"都是照常领工资的员工，我们天天都忙成这样了，他们却天天没事做。"

"忙活了大半年公司还没上市，他们还好意思来？"

"业绩、教学、财务啥工作都不做，就负责公司上市这一件事，这都做不好，他们还能干什么？"

说这些话的时候，他们的目光一旦和我相遇，我们双方都像做了错事被当场捉住一样沉默，再一言不发地离开。尽量说服自己不要在意别人的轻视，不在意自己在别人眼中的样子，只要努力把手头上的事情做好，就是一个爱岗敬业的打工人了。但又清醒地明白，面对公司上市这样涉及整个系统运作的任务，个人即使付出全部心血，能做的也非常有限。

想做的事没有能力完成，想去的地方，翻山越岭之后发现是海市蜃楼，该怎么办才不会辜负从前走过的路，和往后的一生？

思考人生和展开琐碎的工作可以同时进行。给沈玫姐发送一段长微信，说明招生旺季，市场部需要其他部门支援招生宣传的工作，我被安排一同去分校支援，最后征求她的意见，对部门受到的议论绝口不提。沈玫姐知道的应该不比我少，只回复了两个字："好的。"

每年暑假前夕都是招生的关键时间节点。2019年的夏天特别热，人走在室外就像被架在火上烤。借调到北京的同事们统一住在分校宿舍里，凌晨5点开工。男同事开车出去，趁着天不亮，抢在竞争对手前面占据市中心的有利地势，再一鼓作气把摊位支起来，从清晨起开始向过路的人宣传课程。女生则分为两组，一组人在室内准备招生大礼包，把课程安排表、名师介绍以及印着YF教育LOGO的文具放入帆布袋里；另一组人拿着对英语培训感兴趣的人们留下的联系方式，依次打电话询问对方的具体情况，再根据年龄层、英语水平、需求来推荐课程。

发礼包、跟路人搭讪介绍课程、打电话推销课程……我们自嘲，自己终究活成了曾经最想避开的那些人。

一上午的时间，我微笑着打完了一百多个电话。早有预感，打电话的过程中接连被拒，被骂，还屡次被误会成骗子。知其不可为而为之，也算是当代打工人的勇气。午休时间天气异常闷热，坐在窗前迎着阳光吃饭，窗外的树叶像雕塑一样静止，没有一丝风。

陆亦舟也随行政部被借调到市场部摆摊宣传。他是哈尔滨人，不耐高温，如果此时我带着准备好的冰镇酸梅汤从天而降，一定能在推动我们俩的关系上起到意想不到的效果。快速吃完饭，趁着午休一路小跑去便利店买了十多瓶冰镇酸梅汤，坐地铁赶往摆摊的地方。走出地铁的一瞬间觉得自己是即将追上太阳的人，被炙热笼罩得避无可避，只能背着装满酸梅汤的包咬牙往目的地走，一走就是1.2公里。公司摆摊的位置在人民广场的步行街边，走上通往广场的台阶时，已有些轻微的神志不清，身体摇摇欲坠。

顿悟是一瞬间的事。可能是肉体正受着苦难，也可能是精神上受着折磨，总之一定是有一个难以忍受的现状，才促使人们开始进行深刻的思考和反省。那一瞬间从心里生发出释然，突然明白不是为了任何人做这件事，是自己内心的意愿，自发自觉，没有委屈，不求回报。

在宣传摊位的人海中，陆亦舟格外显眼。路人看他的目光好像都格外温柔，同款的招生大礼包，他递出去就没有对方不接的时候。我在烈日中走近，轻轻拍了拍他的背："我买了一些酸梅汤，你们休息的时候喝吧。"

陆亦舟转身："欣然你来啦！辛苦！"

我暗笑，多敷衍的一句"辛苦"。来分校之后，他从没见过我，连我在干什么都不知道。也清楚自己没资格要求人家认真地关心，毕竟此行只是我单方面想送酸梅汤。把包里还冰着的酸梅汤一瓶一瓶摆出来。为了增加此行的正当性，我特意给所有人都准备了一份。毕竟，在中国传统观念里，关心前线同事这一行为要比不畏酷暑给一个不熟悉的男子送酸梅汤正当得多。

完成送酸梅汤的使命，撤退回后方继续工作。晚上十点，摆摊的男同事们才陆续回来，每个人都已经筋疲力尽。女同事的流水线打包和话务工作也告一段落，毕竟如果深夜还给潜在的客户、当下的陌生人打电话，被辱骂的概率会直线飙升。

第二天，不再继续做话务员，我宛如流水线女工，把不同的礼品机械性地依次装进"YF教育"的帆布包中，动作单一且规律。这样的工作急需人工智能来协助完成，这样我也好早日回到总部，继续实现自己的人生价值。但目前条件有限，只能靠人力，依然要爱岗敬业，重复一千遍装礼包的动作。

漫不经心地做着重复性的工作，慢慢地察觉到周围气氛的变化。女同事们一改之前涣散的眼神，纷纷开始窃窃私语。抬头循声望去，大厅里已自然形成多个交流小组，每组2~3人。随机一问，一位面熟的女同事告诉我，工作群里说摆摊的地方出事了。

陆亦舟在摆摊！

慌乱地摸到包里的手机，打开一看，心里沉了一截。我们公司跟竞争对手"品言教育"公司在摆摊宣传时发生冲突。群里发了十多张照片和视频，对方明显有备而来，清一色身材魁梧的壮汉。视频中非常混乱，骂声一片，对方很有攻击性，一位带头的大哥夺过我们同事手中的大礼包，"砰"的一声摔到地上，再一把揪起那位同事的领子："你们哪儿来的？懂不懂规矩？这是我们品言的地盘！"

看到信息，我第一时间往外冲，下意识地想去事发现场找陆亦舟，边跑边给他打电话，心中祈祷着他赶紧接。

"你好，我是陆亦舟。"他接电话了！他没事！

听到他的声音,心中的石头落了地,紧绷的精神终于放松下来:"听说你们摆摊的时候出事了,你没事就好!"

陆亦舟那边沉默了很久,不知道是语音有延迟,还是他真的停顿了很长时间:"志强和建华受伤了,其他人都没事。"

他没有说自己情况如何,想来我们也没有亲密到需要如此关心对方的程度,是我慌乱之中没了分寸。不便再打扰他,挂了电话后返回分校办公室,途中经过药店,买了一些碘伏、纱布、医用胶带和跌打损伤药。两个男同事被搀扶着回来,情况比预想的更严重,志强的膝盖、手肘、手腕都有摔伤,建华的手掌擦破了一大块,脚也崴了,送他们回来的同事也有不同程度的擦伤。连忙递上买好的药和纱布,环顾一圈,没看到陆亦舟。

今天的冲突很快在圈内传开,各种视角的小视频也被传播出去,双方的支持者各执一词,很快开始网上的论战。没过几天,总部把这批支援北京分校的同事调了回去。听说公司高层对于我们此次卷进冲突、应急处理、舆论管控都非常不满意。可在人道主义的角度上,被卷进冲突的一方人身安全得以保障是最要紧的事,财产损失、招生机会、舆论压力都可以从长计议。

回总部的途中,几位"当事人"和"目击证人"接连从各种角度把当日的冲突还原了一遍,再对于未知信息进行演绎,还没到总部就已经演绎出了好几个版本。

窗外是一眼望不到顶的高楼和没有尽头的车流,千禧年之后,北京的变化天翻地覆。小时候,和伙伴在胡同门口跳皮筋,累了就在路边头一串糖葫芦,那种无忧无虑、简单快乐的日子再也回不去了。

或是否极泰来，或是触底反弹，回到总部，上市委员会聆讯通过的喜讯从天而降！张总、沈玫姐和贺老师分别接受了几次调查。证监会经验丰富，一开始就把他们三人安排在不同的会议室分开询问，三人之间没有交流的机会，连去洗手间都要被监督。张总和贺老师默契地选在同一时间借故上厕所，在洗手间门口比手势暗中统一口径，演了一出上市版无间道。另一边，沈玫姐被连续询问了八个多小时，不论证监会从什么角度切入询问各种上市材料的真实性，她始终条理清晰，前后逻辑自洽，没有任何异常。证监会又针对可能存在问题细节对他们单独展开调查，最终未查出任何上市材料造假或不正当利益输送的情况。最终，聆讯予以通过。

亚当·斯密"看不见的手"在YF上市又一次得到证实，无形之手果然可以掌握人们的自私和理性，让每个人追求个人利益的行为促进集体利益的实现。

聆讯通过，证券代码已经生成，有一种迎来曙光的喜悦和大局已定的释然。戳破幻想的泡泡，回到现实，聆讯只是万里长征的第一段，后面还有路演、上市、融资，每一步都有可能横生枝节。

下班等电梯时，从反光得像镜子一样的电梯门中看到陆亦舟。这是我们在分校共同历险后第一次见面，要想一个合适的开场白，装作不经意地回头，和他目光相遇的一瞬间，他忽然转头离开了。可能回去取东西了，我假装看手机，故意错过几班电梯，心不在焉地跟路过的同事道别。半个小时过去了，电梯门开了又关，目送许多人离开，说了无数次马上就走，还是没等到陆亦舟。

一见到陆亦舟，我心里就莫名地欢喜，恨不得把所有的美好都和他联系起来。也曾勇敢地接近、真心地付出，但自从在电梯口发现他明显在躲闪之后，我们之间再无交集。从前的种种偶遇和互动都是自己主动促成的。坐同一班地铁，在同一个摊位前后排队买早餐，走廊里无数次擦肩而过，一起爬山看湖，同一天的生日，一起经历摆摊的意外，这么多努力拼凑出巧合都没能拉近我们之间的距离。

或许是真的不喜欢，或许我们之间存在误会，或许他只是社交恐惧。不想再探究竟了，成年人的世界有很多事没有答案，甚至没有一个圆满的结束，很多事戛然而止，很多人不告而别。

那天过后，我把对陆亦舟的关注转移到工作上，这似乎是情感受挫后最积极的选择之一。不幸的是，个体努力在公司的战略规划面前实在微不足道。所有人都要顾全大局，从公司的角度出发，个人的目标和意愿是一个极少被考虑到的存在。

工作群中跳出一个新信息，张雪松总监通知我即刻动身去香港，为公司路演做口译。可能张总近期离开政治中心，还不清楚我的翻译事故。我本能地在对话框中编辑了一段推脱婉拒的话，写了又删反复斟酌，怎么也找不到一个拒绝的正当理由。

我真的不能翻译吗？

从实力的角度分析，在悉尼留学九年，本硕都以 Distinction（优秀）的成绩毕业，选修过翻译理论和实践课，仅一次翻车就能否定之前的所有吗？

从成本－收益的角度分析，此次香港之行不需要花费工作之外的时间和精力，来回机票公司报销，收益是一次难能可贵、一雪前耻的机会。

从个人心理的角度分析，上次不尽如人意的翻译是横在心里的一道坎，如果不再做一次同样的事情，洗刷掉之前的不良记录，可能这个坎就永远迈不过去，且随着时间的推移越发不可磨灭。

心意已决，去香港。

到了香港国际机场，无暇光顾身旁的免税店，根据手机导航直奔机场快轨，再转一趟地铁到了九龙塘，在角落里找到"YF教育香港办事处"——与北京总部的宽敞奢华有天壤之别，只有十多平方米的办公室里，堆积着大量的海报、横幅、宣传册，让本就狭小的空间更显逼仄。张总、沈玫姐、贺老师都在室内，还有一位年轻的女生，对比照片看应该是不久前给我发meeting documents的宋雨堂。雨堂本人比照片上更有气质，标准的鹅蛋脸，杏眼薄唇，一身素净的白色丝质衬衫和宝石蓝正装裤，端庄秀丽。

目光从雨堂身上转移到整个空间，几人面面相觑，尴尬的是沙发只有四人座。雨堂起身跟我互相谦让了几个来回，两个资历最浅的女孩之间的谦让最终以我搬着小板凳坐在沙发边、她略显不安地回到原位告终。

路演小分队集结成功，开始商量行动计划。张总带着初步制定好的行动方案和路线图，开始做路演前动员。路演主要是为了后期的股票发行做宣传,用时大约一星期,初步计划了十余场,地点定在香港不同街区的酒店会议室里。张总和沈玫姐担任主讲人,介绍YF教育的业绩、课程和产品、未来规划和投资价值,时间有限,二人既不能双剑合璧,也不能当舞台剧的A、B角交替上场,所以大家只好分头行动,在路线图的最后一站中环会合。贺老师负责跟酒店协调时间、场地,发放邀请函,我和雨堂一同负责翻译工作。

张总破天荒地问:"你们俩谁想跟谁做翻译呀?"

这是一种字面上比较具有迷惑性的问法,两个"谁"分别代指不同的人群。以往通常是讲者挑翻译,第一次见到翻译选择讲者的情况。我客气地问:"雨堂,你想跟哪位老师做翻译?"

雨堂开口,悦耳的声音像某个电视台的主持人:"我刚入职不久,还不太了解情况。你有熟悉的老师想要跟吗?"

这位年轻貌美、善解人意的姑娘此刻散发着慈悲的光芒!我委婉地表示,跟沈玫姐更熟悉,了解她的语言习惯,想给她翻译。实际上我有些轻微的社交恐惧,多年的留学时间里,既没有亲密的中国小伙伴,又没能真正融入澳洲的社交圈,看到不太熟悉的人会非常紧张。如果讲者是张总,我大概会用颤抖的声音坚强地撑完全场,当然,是在没有因明显失误被中途赶出去的情况下。

雨堂从容地回复:"好的,那我跟着张总多学习。"

多么妥当的措辞!我在职场摸爬滚打大半年,为何还没有人家刚入职的新人游刃有余?算了,不幸福来源于比较。个体不同,我也有优点,比如,作为一个经历风霜雨雪的社畜,依然保有着孩童般的天真和理想主义。虽然这些优点与体现核心竞争力的指标毫无关系，但有一些无用的特点也不是坏事。

会议结束后，远行的疲惫渐渐袭来，我目光呆滞、脚步拖沓地跟着小分队去酒店休息。依赖群体的特点瞬间被暴露了，找到小分队后就再没看过导航，不假思索地跟着其余四人。领头的张总身材高大，在人群中非常醒目，我就盯准他，以免在陌生的城市走丢。直到张总的声音响起："哎呀小郑，你也来买烟？"才惊觉竟然跟着张总来到了烟酒商店，其余人正在往另一个岔路上走！赶紧跟张总仓促告别，赶上了去酒店的同事们。

一直想跟雨堂说话，却不知道如何开口。正巧她也是安静的人，两人一路沉默走到了酒店。天赐良机，我们俩被安排在一个房间休息，室友总是有很多机会可以聊天的。

进屋后，双腿再也无法承受身体的重量，一头倒在床上。雨堂则有条不紊地打开行李箱，把正装一件件挂进酒店的衣橱里，挂好后又拿出手持挂烫机开始熨衣服。

我实在敬佩她的自我管理能力，由衷地赞美："你好自律呀！这么累还有精力烫衣服！"

雨堂不好意思地笑笑，白皙的脸上泛起了红晕，手持挂烫机喷出的白色水雾增加了氛围的美感，像一朵在雾中盛开的芙蓉。

坐起身看着雨堂："谢谢你之前给我发的 meeting documents，幸好有点背景信息，翻译才不至于太惨烈，今天终于见面了。"

她停下手中的活，转头看我："是呀，我叫宋雨堂，宋朝的宋，下雨的雨，厅堂的堂。你呢？"

江南的白墙青瓦，堂前细雨……果然美女的名字这么有诗意，而我无论是名字还是本人都很普通："我叫郑欣然，就是正在高兴的样子。"

雨堂轻轻一笑，露出一对浅浅的酒窝："多好的名字，无论成就如何，只要幸福就是很好的事。"

傍晚，天色渐暗，曾经的翻译事故在我脑海里挥之不去。按捺不住心中的煎熬，试图通过跟雨堂聊天来缓解一下紧张不安的情绪："雨堂，我好担心后天的翻译。你之前做过多少口译呀？"

雨堂从书中抬起头："我硕士读的是口译专业，同声和交替传译都做过一些，不过规模都不大。"她像是看出了我的担忧，紧接着说，"别担心，只要观点不错，数据正确，其他的详略都没人在意。"

我追问："万一观点听错了呢？会不会把can（能）听成can't（不能）？"

雨堂合上书看着我："同传有可能出现这种失误，因为要边听边分析和输出，如果你的声音盖过讲者的音量，并且太过专注于自己的输出，有些地方可能就听不清楚。交传一般不会，等讲者说完了一整段之后，你再翻译这一段的内容，不确定的地方可以通过前后的逻辑进行补充。"

我不自觉地叹了口气："之前给印尼投资人翻译的那一场，简直是噩梦。那是我第一次做口译，水平特别有限，关键时刻脑子就像打结了似的。线上会议听到的很多词句都是断断续续的,讲者的口音严重到我都怀疑那不是英语!直到现在还有心理阴影。"

雨堂忍不住笑了:"这些都是常出现的问题,这一行有个说法,差的翻译把失误原因归咎于讲者,好的翻译则会总结自己的不足,研究改进的方法。你遇到的问题是由于信息密度大的同时精力分配不合理,这个问题在同传和交传中都可能出现。理论上可以用Efforts Model(认知负荷模型)来解释。[有版本翻译为"精力分配模型"。] 同声传译中的认知负荷模型由听力负荷(L)+ 记忆负荷(M)+ 生成负荷(P)+ 协调负荷(C)构成。其中听力、记忆和生成负荷比较容易理解,协调负荷是指在前面提到的三种负荷之间分配处理的能力。如果口译的过程中译员精力分配出现问题,其中一个部分的负荷过重,出现了饱和状态,在实战中体现出来的就是误译和漏译。如果补救措施不得当,就极容易出现翻译事故。交替传译中的认知负荷模型则出现一些因素上的变化,交传任务中对于认知负荷的分析可分为两个阶段,即听力阶段和表达阶段,分别出现在记笔记和笔记读取的部分,但自变量和因变量形成的因果机制原理是相似的。"

术业有专攻,雨堂看着听得云里雾里的我,笑着说:"口译不是中文和英文都好,集中练一下午就能上手的。谁能想到我们硕士期间学了多少理论,做了多少实战练习,被老师骂多少次狗血淋头,才能上场做会呢?"

第八章
神秘的行业
——同声传译

与许多人一样，我也格外关注新闻发布会和国际论坛中身在角落但又不可或缺的翻译员。深夜闲来无事，在我热情追问之下，雨堂讲了许多口译的故事。

口译就像在限定的时间内，于两种不同的语言和文化转换之间跳一支优美的舞蹈。

口译主要分为同声传译和交替传译两大类。同声传译是口译员在大会中借助专业设备，边听、边理解、边转换成译入语（Target Language），最后输出，涉及多项任务同时进行。交替传译是指发言人讲完一段话后暂停，口译员将这一段信息进行整合，借助笔记完整地翻译。

我按捺不住好奇心，问雨堂一个常见的问

题:"同传和交传哪个难度大一些?"

雨堂笑着说:"形式不同,各有各的难点。"

同传是听到几个字就开始翻译,可供参考的只有上文没有下文,因此译员在听到一个新名词,或者多义词的时候没有等待的时间,只好先翻译,再根据后续信息判断是否需要补充或改口。而交传允许译员听完几段完整的话,再开始翻译,有时间按照译入语的规范调整语序,选择用词。但交传的考验在于复杂的环境因素。对于同传译员而言,同传箱就是保护伞,让译员不受外界干扰,专注翻译。交传的压力来源于置身公众场合,讲者和受众任何一方的注视都会在无形中增加译员的压力。

口译重在实战,理论掌握得再完美只要实战出现问题就是一次事故。因此许多高翻院校只是寥寥带过 20 世纪翻译理论,重点在反复练习,内容包括但不限于同传设备操作、中英文即兴演讲、影子练习、视译、语篇分析和总结,ear voice span(EVS,即听与译之间的时间差)的调整。每天练习时间通常超过 10 小时,不仅是在课堂和同传箱里练,只要有心,哪里都能练。为了锻炼抗干扰能力,不受来源语影响,可以用 BBC 新闻材料做视译练习的同时播放中文歌;找新的材料可以在参观博物馆听导游讲解时自己在边上默默翻译;可以听英美文学课跟着讲师做跟读练习。如果热闹的人群中出现了一个不合时宜的人,表情凝重,口中念念有词,或许是口译专业的学生在就地取材练习。

雨堂业务能力扎实,将理论和实践融会贯通,我恳请她传授一些速成的法门,也好在不久的路演翻译上现学现用。没想到长期接受专业训练的人对于自己的行业有很深的敬畏之心，雨堂坚持认为口译的训练非常系统且复杂，必须分成几个阶段，每个阶段重点解决不同的问题，而后循序渐进。

同声传译第一阶段的练习以听和分析为主，主要的要求有三：

Keep it short and simple（保持语句简短）；

Always finish a sentence（说完整的话）；

Shut up and listen（闭嘴，听）.

这么简单的要求，2017级伦敦大学口译专业的五名学生却都难以达到。

口译专业这五名学生经过成绩评估审核、学术英语能力笔试，以及同传和交传考试几轮考核才最终被录取。入学过后，五个人分别常驻同传训练室1—5号同传箱，独立练习，互不干扰。

第一点，Keep it short and simple。全班同学默契地频频选择长难句翻译，句子文采飞扬，一句话写下来至少三行，漏译信息无数。再加上边听边说，一不留神很容易忘记主谓一致、动宾搭配，出现的病句公放出来自己都嫌丢人，恨不得原地谢罪或捂住别人的耳朵；更不用说陶醉于自己的输出，歪曲了发言人的立场和观点这些难以被原谅的问题。

第二点，Always finish a sentence。很多人在会说话之后就再没出过的错，却在这一阶段大面积暴露，口译员在训练初期经常因为纠结选词，或发现错译而后改口等各种原因，刚翻译了半句，讲者已经马不停蹄地往下讲，这时往往骑虎难下，如何完整地结束当下残句，又不影响后续内容的输入，十分考验技术。

第三点，Shut up and listen。乍一听有些粗鲁，但面对落后于讲者越来越远还在专注于喋喋不休的口译员，这样当头棒喝极其有效。

经过第一阶段的修炼，伦敦大学口译专业这五名同学勉强可以支撑一场会议，虽然口译的质量时常出现浮动。

第二阶段主要练习监听自己的输出。每人准备一只效果好的头戴式耳机，一侧耳朵戴好耳机，另一侧耳机稍微向后戴一些，半只耳朵戴耳机，留半只耳朵监听自己的输出。如发现自己的输出出现错误，及时改口。

输出的语言质量到达最基本的要求后，不仅需要关注译入语的对等词汇选择、动宾的搭配、单复数的一致，还要关注非语言层面的因素，例如声音音量、语言节奏、感情的控制。

雨堂毕业后再提起她的硕士导师何然老师时，仍心有余悸。何然老师在职业生涯巅峰时期曾作为多位领导人的翻译，退出口译江湖后，将重心转移到教学，某一天依次监听完五名学生的录音，作出经典点评："你们的声音短促又尖锐，语速特别快，听起来很刺耳，像是如坐针毡一样。"

雨堂直言不讳地说，导师的感觉很对，翻译的时候她就是如坐针毡，直到关麦克风那一瞬间才能喘过气来，直到会议结束推门出来才能缓解长时间持续的痛苦。

这一阶段，学生们翻译的质量上下浮动最为严重，前一周状态稳定，输出质量稳步提升的学生，在每天训练 10 小时以上的情况下，可能突然出现下一周传译质量陡然下跌的情况，听着公放出来的录音，简直不忍承认那是自己。

对于诸如此类的偏差，五人的导师何然老师的回复永远只有一个字："练。"当然，一个"练"字可以派生出千变万化的形式。

何然老师特立独行，是不随世俗浮沉的典范。在这个信息时代，他没有微信，也没有智能手机，还在用着早已停产的诺基亚按键手机，还是黑白小屏幕的。小手机跟空调遥控器、PPT 遥控器混在一起，特别和谐。何老师有时候会错把手机当空调遥控器，上下左右一通乱按，还自欺欺人地告诉大家"应该是调好温度了。"

雨堂和她的同学们在各种特殊的情境下，经常会频繁崩溃。1 号同传箱里的女生，在一场长达六小时同传练习中，突然崩溃，像没受过训练一样，说不出话来。何老师正怀疑是不是麦克风或耳机坏了，忽然听到了响彻整个教室的哭声。2 号女生从第一学期第三周开始，就因为压力过大而请长假，并且不交作业，安排好的小组作业只得辛苦其他组员代为完成。再后来，她直接递交了一纸中度抑郁证明，从此再没人敢贸然催她交作业。3 号男生在追不上发言人进度时愤然夺门而出；4 号男生指天发誓此生不做同传；5 号女生祈祷着 AI 同传快速发展，代替人工，让大家重新就业，免于在这里苦苦挣扎。

雨堂没说以上哪一个是她自己。

一次寻常的实战练习，何老师给大家播放日本举办"第三届世界减灾大会"时，其代表在会上的发言，代表口音严重到难以分辨内容，从头到尾读稿的语速极快，同学们纷纷感慨，原来语言表达的高流利度跟低清晰度，竟然可以并存得如此完美！当时只觉得何老师是专门挑"疑难杂症"来折磨大家,日后工作了才发现,在现实的同传任务中,非常规的练习材料才更接近工作的常态。没有发音标准如英国女王一样的发言人,有的只是各种各样的口音,千奇百怪的风格。

一番旷日持久的练习过后,1号同传箱里的学生唉声叹气;2号学生怀疑人生;3号学生盛怒之下抄起记笔记的纸撕成碎片,再来个"天女散花",弄得满屋都是纸屑;4号学生同样怒极,狂骂讲者3分钟,骂人用词都不重样,展现了丰富的非学术词汇储备;5号学生体现出一丝理性,分析为什么训练这么久,同传的质量还是不忍直视,最后得出的结论是讲者读稿,而稿子没给口译员。

其实5号学生并没有完全逃避责任,将失败归咎于客观原因。对同传而言,脱稿发言和读稿两者的难度天差地别。脱稿发言时,讲者脑海中有发言框架和关键词,在框架下围绕关键词开始讲话,有停顿,有重复,有语气词,有互动,这对译员而言是一个喘息和补漏的绝佳机会。但一字一句读稿发言,往往涵盖了大量书面用语,信息密度极高,与受众的互动普遍偏少,会给译员造成较大的压力。

按照这个推论,如果译员有稿,能看到上下文,能对全文有把握,这样一来对于同传质量一定大有提升。

我也这样认为,但被雨堂笑着否定了。带稿同传意味着multitasking(多任务处理),需要再分一部分精力在看稿上。讲者通常要修改稿子直至最后一分钟,因此,口译员在收到最终稿之时，就是大会倒计时开始时。口译员飞速浏览个大概，就不得不开始翻译。没人能保证讲者照着稿子从头到尾读下来，如果一旦发现讲者开始脱稿即兴发挥，译员就要马上脱离稿子，专注在听力上。同时还要确保自己的发言不会领先于讲者，不然与会人员会觉得箱子里坐的不是翻译，是算命的，能未卜先知，或者会觉得翻译是在胡说八道，随意曲解讲者的意图。

何老师开始现身说法，分享自己血和泪的经验教训，希望唤起大家对于带稿同传难度的重视。他从业生涯中可以称之为惊悚的一个瞬间拜英国前首相卡梅伦先生所赐。那是何老师第一次担任元首的翻译，并幸运地在会议前一天拿到了发言稿，通读几遍之后，又做了几遍视译。会议当天胸有成竹地开口时，惊觉卡梅伦先生现场的发言跟他的稿子几乎一个字都不一样。

这个经典案例通常被用在"同传中的补救措施"中，好在何老师补救得当。确定发言人的讲话与稿子完全不同，何老师当机立断放弃稿子，专注在听与分析，把稿子有文字的一面翻过去，用空白的背面记年份和数据等信息，所幸有惊无险。

最后，需要锻炼的是组织管理的意识。何然老师有句名言，"同传译员不是单打独斗的英雄。"

他好像很满意这句名言，每周都要强调几次，这句话也在学生中流传下来。毕业多年，学生们经常以此作为暗号，寻找分散在世界各地的同门。同传箱里一般会有两人以上，这两个人承担互相挽救的重任。正在翻译的译员由于杂音，或场上干扰听不清楚的时候，或者听到新的名词、缩写时，可以按消音键让搭档去问。最新的会议材料随时可能打印完毕，没有在翻译的人也有责任去拿。

雨堂回忆，同学们把更多的时间和精力投入在练同传上，但这并不意味着交传更容易。交传比同传多了分析语意、组织语言的时间，但受众对于质量的要求也是永无止境地高。行业内交传译员被讲者和受众纠正和质疑的故事流传甚广，刚开始雨堂和同学们互相分享各种案例引以为鉴，后来发现这种案例屡见不鲜，就懒得分享了。

交传的训练形式相对简单直接，首先练习中英双语即兴演讲，译员看着三个关键词讲五分钟。难度跟口译入学考试差不多，全班五个学生集体在这一部分找回自信。

其次是语篇分析，将讲者发言的内容整理成文字，逐字逐句地拆解，并写出两个到三个翻译的版本，仿佛在做高中的阅读理解。何老师充分发挥严于律己，更严于律他的精神，为了避免交传实战中上下文出现过多重复的用词，在训练时要求每句话都至少要翻出两个版本以上，三个最好，再多了没有多大帮助，反而很可能出现边际递减效应。

4号学生不相信何老师这一缺乏理论框架的经验之谈，坚持认为翻译版本多多益善，几度以身试法，一个句子应要逼自己想出五个不同的翻译版本才肯罢休，结局就是此人未能在规定时间内完成练习，并且在翻译的过程中出现多次卡顿，翻译质量反而大不如前。

雨堂按捺不住好奇，在休息时间打开4号同传箱的门，虚心求教："你能想出来那么多版本，为什么还会卡顿呢？"

4号同学翻了个白眼："我在想用哪个版本比较合适！"

看来，何老师的经验是建立在大量案例的基础上总结出来的，果然有道理。

需要永无止境地追求的是翻出具体的细节。训练中后期，何然老师经常听着学生们清晰流畅却空洞乏味的翻译，先是低头看地，长叹一声，闭目片刻，恨铁不成钢地教育大家："很多参会者学科英语非常好，他们能听懂80%，甚至90%，剩下的10%—20%听不懂的时候拿起耳机听你们的翻译，结果你们给含糊过去了。如果听到什么材料都是大而泛地翻译成深化双边贸易合作友好交流，还需要你们干什么？"

五个同学都不敢与何老师目光交流，生怕看到他失望的眼神，尽管这一幕他们已无比熟悉。几个人痛定思痛，决心改善翻译质量，重视细节。随之而来的结果，是描述案例细节的同时，冲淡了主要论点，例如一位非洲国家的代表在世界跨文化对话论坛（World Forum on Intercultural Dialogue）上表示，促进全球范围的旅行，使人们身临其境地感受其他国家的文化和习俗，从而消除敌视和误解。口译员却把重点放在描述发言人参观苏州的刺绣工作室，买民间手工刺绣丝巾的故事上，描述了绣娘以针线作画，绣出的牡丹花开富贵。之后才恍然惊觉发言人的主要论点是促进旅游和跨文化对话，连忙急切地强调主要内容，此时同传箱里的声音骤然变大，有种清仓大甩卖现场对着喇叭呐喊的感觉。何然老师的眉头从微蹙变成紧锁。

又是一场暴风雨前的阴郁。

雨堂说，她最大的挫败是无论怎么努力练习，都没能等来何老师的肯定，一次也没有。

训练过半，五个学生的翻译质量几经起伏，各有各的问题，但全班默契地一脸麻木，毫无生机。最终，在空气中弥漫的压抑中爆发的，不是他们当中任何一人，而是何然老师："你们天天像行尸走肉一样麻木！在同传箱里一脸痛苦，麦克风一打开就随便讲两句，没有任何热情！你们有人觉得开心吗？你们真心热爱这个行业吗？"

一片沉默中，接着爆发的竟是素来理性的5号学生："何老师，我不爱这个行业。选择报考这个专业是因为口译在语言学里门槛最高，毕业后收入也高，就想来拼一拼，证明自己在同辈中是优秀的。从小到大，我们用尽了力气和同辈人竞争，没有人在意我们是否快乐。您要求的翻译质量我们尽力达到，但现在谈快乐和热爱，太奢侈。"

何然老师脸上尽是失望。

平时他也常表现出不同频率、不同层次、不同强烈程度的失望。但从前的失望都是都是由具体的事情引发，最常见的是翻译质量问题，比如错译、漏译的情况，也有时因为见学生练习时间不够而出言警告，或者亲眼看见学生用尽全力，却仍然达不到要求的无可奈何。这次更像是对学生们的全盘否定。

发生冲突时，沉默的时间越长，氛围就越凝重。何然老师愤然起身："到今天这个地步，我和你们都有错。作为老师，我的错就是根本不该录取你们！"

从没见过睿智机敏的何老师真正大动肝火，学生们此刻像五尊雕像一样，保持着各种姿势呆在原地，不敢轻举妄动，目送何老师离开。

良久，3号学生首先开口："口译泰斗说咱们不行，咱们以后能找着工作吗？"

1号学生显然更关注短期目标："你们说何老师是什么意思？咱们会不会毕不了业呀？拿不到硕士文凭我这一生就毁了！"

2号学生更加悲观，泪眼蒙眬地说："别说到毕业，何老师会不会一气之下把咱们开除了呀？"

5号学生又补一句："就怕何老师不是盛怒之下开除咱们，而是经过深思熟虑之后，冷静地开除咱们。"

4号学生一己之力扭转了负能量的循环："想那些控制范围之外的事没有用，还不如主动采取行动。咱们只要在训练室一天，就要尽力做好。现在也没有更好的选择，咱们把口译练好了，毕业后可以有更多选择的机会，如果实在不行也能有一技之长自食其力。"

那一晚，五个同传箱的灯彻夜亮着。

凌晨三点，5号学生正在练习时收到了一封新邮件，发送人是何然老师：

"看到你们这么麻木我很难过。我希望你们是真心喜欢口译这个行业，愿意在打基础的时候，投入所有的时间和精力，一遍一遍地练基本功。请不要觉得我过于理想主义，如果连最基本的喜欢都没有，你们每天遇到的问题就会变成无尽的折磨。如果你们是因为这个行业的光鲜和高级感而选择它，我深表遗憾，即使通过考试，你也很难在市场中立足，不如毕业就另谋出路吧。无论你们将来从事什么职业，要尽可能地去热爱它，做一个内心平和、舒展的人。"

这是一群可怜人。

大多数"90后"，生来就被裹挟着一路读书考试，没有被赋予主动选择的空间和机会。既然别无选择，只能机械性地走着一条众所周知的艰难的路，他们没有机会唤起心中的声音，到头来都不知道什么是热爱。

这也是一群幸运儿。

赶上了近代百年不遇的盛世，没有经历过封建制度的压迫、列强的侵略和屠杀那样天大的苦难，没有体会过混乱与无序、物质匮乏、朝不保夕的生活。时代的发展与变迁让每个人都可以被尊重、被珍视，有无穷无尽的可能性。

这群人或许带着很多遗憾，在被动中长大。但从醒悟的那一刻起主动力挽狂澜，不是很有英雄主义的色彩吗？

某种程度上，师生之间的关系跟亲人之间相似，冲突之后大多归于平淡。坊间流传的在冲突后学生主动离开，或被逐出师门，这种恩断义绝的结局在现实生活中少之又少，因此出现时才会成为学术圈里茶余饭后的闲话。

事后，何然老师马上回归常态，继续监听学生们传译中出现的口误。

口误在这个行业屡见不鲜。五个同传箱里的学生同时开始翻译，翻得顺畅的时候导师可能听不到，一有失误导师瞬间就能抓取出来。何老师固定在课间休息的十分钟随机播放学生翻译的录音，让休息成为最煎熬的时刻，每次大家都在暗暗祈祷不要播放到自己的。五分之一的概率，好事可能轮不到，但坏事往往就会临到自己头上。录音里有 source language contamination（译文受来源语影响），听见 highlight the text 直接翻译成"高亮文本"，也有人情急之下慌不择词，把生育率（fertility rate）翻成 maternity rate，被何老师取笑为"孕妇率"。但没人敢笑，因为自己的录音一旦被公开播放，效果绝不会好到哪儿去。

毕业多年后，雨堂及其同门都记得何然老师的毒舌："我佩服你们的创造力，米兰就给我翻成 Milan？那巴黎还是 Bali 呀，这么有创意你们干脆一个地名都不用记了，直接进联合国就能翻呀！"

何老师的点评一针见血："Time pressure（时间压力）是翻译差的借口吗？同传的本质就是同时听和分析，整理和输出，这一切都是在时间压力下的，能等三分钟再回话还要你们干吗呢？即使是着急也要注意用词和表达，不要太武断，1号同学说什么 African people think that（非洲人认为），你调查过每一个非洲人的想法吗？"

转头发现2号学生忍俊不禁，于是毫不留情："你还笑别人，你说的 X country invaded Y country for its oil resource（X

国为了夺取 Y 国的石油资源，对其发动侵略），发言人那么隐晦间接的表达直接就被你说破了。两个国家忽然关系紧张不怪发言人，怪你们这些水平差的翻译！"

5 号学生落后了一整句，导致赶不上发言人的进度。

何然老师依然犀利："赶不上就能胡说八道呀，你再赶不上几次发言人要替你背多少锅。以后如果有一些国际合作一直在往好的方向发展，却没有达成，反思一下你们自己的问题。"

5 号辩解："我是想稍微拉长一点 EVS（听译时差），这样可以分析发言人意图和组织符合受众语言习惯的译文，然后等到列举时再瞬间跟上。"

何老师毫不留情地把她从理想中拉回来："但你是瞬间呆滞啊，我还以为时间静止了呢。这是理想和现实的差别吗？"

罢了，何老师转向其他四个学生："正常情况你们可以拉长EVS 分析，但是列举的时候一定要迅速跟上，愣一秒就错过全世界了。"

口译质量层面至少有评判标准，而口译的道义，也就是在传译过程中就对与错、应该与否、合适与否做出判断和选择，没有明确的答案。

如果口译员的责任是完全按照讲者的意图翻译，一旦讲者不正义，口译员目睹却没有采取任何方式干涉，译员的道义和底线又在哪里？

雨堂在英国学习期间曾给英国内政部（The Home Office）

做过志愿口译员，内政部主要负责管理移民、安全秩序、管理边境等问题，雨堂负责的是各种难民案件的口译和笔译工作。难民申请者需要提交一份档案，最终上报的档案决定他们能否通过申请，留在英国。

档案的关键部分之一是个人情况陈述，也就是描述自己的原籍国为何不适合继续长期居住，需要在英国申请避难。负责这项工作的移民官急于下班接孩子放学，在申请者陈述的过程中几次不耐烦地打断，并表达让申请者直入主题，不要说无关紧要的废话。

恰好那场对话的口译员是雨堂，她直接省略掉移民官不符合职业规范的要求，在移民官几次三番的催促之下，巧妙地传达成："请你描述重点，并且把所有真实的事情都说出来。"

这是雨堂第一次由于意愿不足而没有传达讲者的意图，以往都是由于能力不足。

在对话双方权力不对等的情况下，完全保持中立就等于跟权威的一方站在一起。当实力强的一方出现不正义的行为时，译员不能成为帮凶。

但相对实力弱的一方也可能有不正义的目的。

仍然是一场政治避难的申请，到了最后一关面试时，移民官就申请人提供的材料进行提问，通过综合判断决定是否批准申请，雨堂依旧担任口译员。这位申请者用标准的普通话声泪俱下地表示，她的原籍在榕城，她口中的榕城秩序混乱，污染严重，民不聊生，激动之处涕泗横流。

雨堂整场难以掩饰惊讶的神情，打破口译的惯例没有即刻翻译，而是尴尬地用中文跟申请者说了一句："我爸爸的老家也在榕城，当地青山绿水，人们生活也很安宁富足，跟您描述的完全不相符。如果个人情况陈述是虚假的，会被罚款，并即刻遣返。"

申请者愣了两秒，随即扑倒在地号啕大哭，边哭边指着雨堂大喊："领导，她不是好人！我要换翻译！"

移民官一头雾水地看着地上大哭的申请者，再看看一旁的雨堂，此时雨堂已经历多场志愿翻译的锤炼，面无表情，客观地跟移民官陈述刚才发生的情况："我曾经跟申请者生活在同一个城市，对于她陈述的真实性表示怀疑，她情绪激动，提出要换一名翻译。"

移民官眉头一皱："我知道情况了，你是中立的第三方，不涉及换翻译的问题。留下来继续翻吧。"说罢轻轻拍拍雨堂的后背，以示安慰与支持。

这个号称在榕城收到严重迫害的申请者，后来被证实伪造申请材料，会即刻被遣返回原籍。

语言与立场高度相关。同样一件事情，在不同的立场上描述的重点完全不同。适才短短几分钟的插曲，雨堂向移民官的解释已经尽可能客观中立，但在申请者眼中很可能是一版完全不同的故事，比如译员存在偏见，怀恨在心，落井下石，有意歪曲她的表达，从而使得申请者的避难申请被拒绝。但由于语言不通，她没有机会将自己想表达的版本说出来。在现实主义的视角中，掌握语言也是增强实力的一部分。各个岗位、年龄阶段的人都应尽力学英语，读懂当前国际社会的规范，再用这一套规范来和西方国家展开对话与辩论。

英国研究生普遍是一年制，伦敦大学口译专业也是如此，经常被其他国家和地区两年至两年半学制的高翻专业污名化为水硕。何老师本人硕士毕业于美国蒙特雷高翻学院，有两年半的时间练基本功，提升翻译质量，积累经验。然而在这里，却不得不迫于学制限制将授课内容压缩到一整年，老师和五位学生每时每刻都在突破自我，挑战极限。但由于过程中的痛苦过于强烈和绵长，学生们度秒如年，　年刚刚过去，精神上好像饱受摧残了许多年。

一路跟跄，完成了学位要求的全部课程和练习后，结业考试如期而至。

雨堂说，进考场的那一刻心跳几乎停滞。考过后，在狭窄逼仄的同传箱里，满头是汗，抬头看见其中一位监考老师隔着玻璃朝她竖起了大拇指，坐在旁边的何然老师起身宣布考试结束，接着冲雨堂的方向点了点头。

雨堂一直在等这一个点头。

考试结束，五人收拾东西相继离开，同传箱里换了一批对未来有无限向往的新人，正如当年的他们。

离开伦敦大学后，1号学生回到祖国，当上了金牌雅思口语老师，在五人中最先实现经济独立。2号学生为了疗愈长期积累的压力和未能舒缓的抑郁，寄情于山水之间，去许多名著和电影中提及的景点旅行，把游记和照片分享到社交媒体上，清新自然中带着温暖的风格广受网友欢迎，无意中成了著名旅游博主。3号学生毕业后先是进入市场做口译，被千变万化的同传任务折磨过后，选择研究翻译理论，兜兜转转又回到伦敦大学读翻译理论博士，每天跟文献和论文做斗争。发誓此生不做同传的4号反而奋发图强，先是在联合国开发计划署做翻译志愿者，后来三战考上了联合国秘书处的中文口译岗位，常驻日内瓦。

5号学生经历了很多次不同主题、不同规模的会议，经历口译行业里各种坎坷波折，最后坐在房间里给我讲了这个神秘的行业培养译员的故事。

口译的最终目标不是得到权威的肯定或提高自己的价值，而是完成语言之间的转换，最大限度上降低个人的存在感，让听众认为译入语即是来源语。

足矣。

第九章 水硕的反击

没想到，听完口译理论和各种故事的我，竟没有机会上台翻译，一雪前耻。在香港计划好的路演未能顺利完成，屋漏偏逢连夜雨，几个重要的投资方由于各种原因先后撤资，上市计划自然也无法继续推进。

企业外部环境变幻莫测，估值四百亿的教育行业巨头 YF 集团，不过是一叶扁舟，在风浪中逐渐偏离计划的航线。何况个人，或许就是海里的一滴水吧。

董事会宣布上市组解散。没说原因，只有结论。

沈玫姐低着头，看不清楚表情；张雪松总监深吸一口气，缓缓吐出；贺青峰看向窗外，都没有惊讶的神色，也没有询问原因。或许他们三人早已知情,而在现场听到这个消息的我正在做会议记录。再不解、再委屈、再不甘,都要平静下来,继续记录。

香港上市计划搁浅,上市组面临解散是迟早的问题。我已做好最不乐观的打算,做完会议记录、翻译或其他工作任务时,也在默默寻找下家公司。总结之前求职的种种失败经验和教训,这次的准备显然更加充分。从自身学术基础、工作经历以及就业机会等多方面因素综合考虑,最终决定备考公务员。我生长在全球化最黄金的时期,从小励志去外企工作。但外企在金融危机之后岗位大幅缩减,部分互联网企业也频频裁员,相比之下公务员的发展更加稳妥。

计划再好,不实践也只能沦为空想。开始在网上搜集资料,了解考试机制和内容。调研一番后,决定报名国考和市考,再利用闲暇的时间做行测和申论卷子,还买了培训机构的笔试课,销售小姐念在同为培训行业的分上大方地给了85折友情价。礼尚往来,我三言两语打听到她有个正在上幼儿园的儿子,顺便推销出去了YF的幼儿英语口语课。何时都不忘东家,身上越发体现出合格打工人的品质,但愿能依托这个品质找到一个好的下家。

这一天,完成了下午的会议记录,回到工位上开始做申论卷子。仿佛在考中学语文,写了满满的内容,但得分如何要看天意。边认真思考边搓着一绺头发,右手认真写文章论述题,浑然不觉身后的门被悄无声息地推开。

等惊觉后面有人时,出于本能慌张地站起来,看到一个神似灭绝师太的中年女性和一个年轻女生站在我身后,定睛一看,那个年轻女生正是招我入职的人力资源部陈欣怡,那位"灭绝师太"应该就是人力的领导。

正呆若木鸡地站在原地,"灭绝师太"一个箭步逼近我的工位,抄起没来得及藏的公考试题,激愤地高高举起,仿佛发现了投敌叛国的奸细一样,咬牙切齿地说:"郑欣然!上班时间你在干什么?公司招你进来,付你工资是让你做公考卷子的?你知道这么做的后果吗?公司可不养闲人!"

我自知理亏,连忙认错:"对不起,我不该上班时间看公考题。我工作都完成了,刚看了一会儿。真的对不起,下次一定不会了!"

"灭绝师太"不依不饶:"对不起!你没对不起我,你对不起公司!你翻译不行、宣传不行、上市工作做得不行,能力不行你总得有个态度吧?这就是你的态度?"说到激动之处,她一把将手中高举的卷子砸在办公桌上。

一串反问句句戳中要害,见我无力辩驳,食指就快戳到我脑门上:"不知道你上学都学了些什么,就是一个澳洲回来的水硕!去国外镀了一层金就觉得自己了不起了?我把话放在这儿,像你们这样的水硕,在这儿不行,在哪儿都不行!"

入职以来的画面一帧帧闪过,心中积攒的委屈在这一瞬间爆发,我抑制不住内心情绪:"公司准备上市文件,我没日没夜连着加了两个多月的班,起得比鸡早,走得比鬼晚,后来干脆住办公室了。下分校招生、去香港路演,我二话没说直接就去,安排的工作我都尽了全力去做,怎么对不起公司了?"

我不是出国镀个金。

我十五岁出国，留学九年，悉尼大学本硕，在国外把学习和生活的苦都吃尽了，以为会苦尽甘来，怎么到头来成了"水硕"。

窗外高楼林立，依稀看见远处延绵的山，再远处，仿佛跨越了空间和时间，看到了悉尼的阳光。

第十章

海外高中

十五岁那年夏天，我从北京出发，到澳大利亚悉尼读高中。行李越收拾越多，妈妈只得请假送我去学校报到，我们各推一辆摞着好几个28寸大箱子的手推车，行李堆得高过头顶，好像要把家里所有的东西都带过去才安心。两人像杂技演员一样推着不太灵活的行李车，艰难地维持着平衡，稍有不慎，行李就会像好不容易搭好的积木一样，轰然倒塌。

自认为做了万全准备，下飞机后一脸茫然——到了约好的地点，却怎么也找不到事先联系好的车。手机没开通国际通信服务，反复拨打车主的联系电话都拨不出去，那时也没有智能手机和微信，只好在机场搭出租车前往租好的房子。

到了新家以后连上网，年少无知的我，三观第一次受到冲击。QQ上收到订车司机的信息轰炸："我等了很久，你们没有到达指定的时间和地点，我的同事可以做证。"

"没有上车是你们自己的责任，应付来回的车费以及停车费和损失费，外加两条香烟！否则我就去悉尼女子高中找你要钱！"

又补上一句："我知道你的个人信息，名字、学校和住址，你最好小心点！"

还有无数不符合社会主义核心价值观的骂街。

十五岁脸上还有婴儿肥的我被吓得魂不附体，好像下一秒就要被不法分子绑票勒索，随时都有撕票的危险。在国企摸爬滚打二十年、社会经验丰富的妈妈用一句话结束了这场线上勒索："我可以报警。"

第一次出门远行，荒诞的遭遇反而是正常的。

悉尼女子高中在市中心，离海港大桥和悉尼歌剧院几公里之遥。无心观赏风景，刚一上学，美国电影里的高中那些充满了理想主义的情节迅速破灭，"澳村"的现实惨不忍睹。

高中第一学期刚开始，我背着空书包来到指定的教室，等着发书之后回家自学。

谁知班主任老师只发了一张黄色的纸，上面写着需要购买的书以及书店的地址。班主任老师是一位中年女性，充满人道主义地关怀我："你觉得这份书单可以吗？有没有什么疑问？"

我略显局促不安地笑着："没有问题。"

当然问不出问题，因为根本没看懂书单。

或许是书单的文字太少，缺乏上下文的信息，才不容易阅读。对照着这些书目买到书就好了。好容易坐城铁转公交来到郊区的书店总部，斥"巨资"一千多澳元买好了七本教科书和练习册。刚结完账，迫不及待地在收银台旁边开始拆封阅读，悲催地发现，能看懂的部分竟没有因篇幅增加而增加，增加的只是厌烦和逃避的情绪。

我从小学习成绩中等偏上，上等偏中，出国前幻想过可能遇到的种种难题，也演练过解决问题的办法，但从没想过遇到的第一个困难如此简单直白。看书从一件自然而然的事变成需要勇气和毅力的事，英文课本中一句话中必有三个以上完全陌生的单词，串联在一起也没有让它们变得眼熟。需要挨个查电子词典，再用铅笔把对应的中文解释标在原文中。一天下来读了两页，冗杂的笔记已把原文淹没。

原本想着，上课时面对面地讲授和交流会简单一些，有肢体语言、眼神互动等诸多非语言沟通方式更加便于理解，但英语听力和口语并没有比阅读理解轻松多少。课上也只能听懂一小部分，还是那些无关紧要的人称代词和连接词，对于理解全文没有任何帮助。同班的几个中国学生经常在底下一脸茫然地互相问："老师让咱们干吗呀？"

悉尼女子中学延续着小班授课模式，每个班级 20 人左右，以便保障师生之间的问答和交流。多年后我自己也当了英语老师，常用随机提问的方式来增加课堂的互动，提高学生的参与程度。

但身份切换回学生,尤其是英语和学科基础都不好的留学生,天天都在心中默默祷告老师不要叫到我的名字。因为实践经验证明,有一部分问题即使心中已有答案,也在脑中组织好了英语的表达,可说到一半就开始词不达意,只好疯狂找词,找不到就不得不尴尬地卡住。

而另一部分问题,连题目问什么都听不懂。

相比较而言,国际关系是我领悟指数最高的课。高中的国际关系大多都是基本概念,以及讨论国内、国际上的时政新闻。国际关系课每周两节,课上致力于推广男女平权的 Melissa 老师提问:"哪位同学可以讲一讲,如何看待朱莉娅·吉拉德的上任,以及她上任之后的政策调整呢?"

我对这个问题了解不多,只知道朱莉娅·吉拉德是澳洲第一任女总理,上任后大幅调整了移民政策。因此选择藏拙,等待其他同学发言。

身旁的澳洲本地女生 Joanna 认真地问:"朱莉娅·吉拉德是谁?"

我忍不住好奇,低声问她:"你连你们国家的现任总理都不知道吗?你不关心选举吗?"

Joanna 一双白皙灵活的手指绕着她金棕色的头发,天真地说:"总理是谁和我有什么关系?我的人生目标又不是当总理。我已经选好了职业学院的美发专业,只要学习怎么打理头发就好了。"看着目瞪口呆的我,Joanna 又补上一句,"难道你想当总理吗?"

惊讶于这一套和中国主流价值观完全不同,却也自洽的观点,我一时半会儿组织不出语言来回复,这可能就是澳洲宣传的"多元化"。每个人在不触犯法律,不违反道德的基础上,可以按照自己的意愿来规划人生。

而我的人生,在留学前就已被父母规划好了,读书、考大学、考研,行差踏错一步或许就是万丈深渊。

上课听不懂,下课后想回家复习一遍,又看不懂书,每个生词都查词典又看不完,在我白天努力跟上、晚上查漏补缺的努力之下,落下的东西越来越多。

心一横,准备跟老师们主动坦白我听不懂课,没想到收到了许多回复。

历史老师回复:"听不懂英语,你应该读读中文版本的历史书。"

可这本书并没有中文版。

数学老师安慰:"一边学英语,一边学数学,真的很难!我明白你的处境!"然后满是理解地轻轻拍我的后背,让我走了。

英语老师不解:"英语有那么难学吗?我不觉得呀,英语是一门充满简洁之美的语言呀……"后面的部分没太听懂,她大概是在盛赞英语这门语言的美。

哲学老师反问我:"那你应该思考一下你为什么来这里。"

寻求外界帮助无果,还是得自己解决问题。看不懂书,听不懂课,最根本的问题是词汇量太少。人总是不愿为难自己,我没有在第一时间选择像许多英语名师一样,头悬梁锥刺股口含石头背单词,采取的第一个办法是借助现代科技来解决。

当时还没有流行智能手机，中、日、韩、印、缅、越不同国家的留学生文化不同，语言不通，上课的统一行动是拿出不同语言的电子词典，而手机的用途只是接打电话，经常被锁在各自的储物柜里，没有人对手机有超乎寻常的依赖。

一个月后，我照常捧着书去上课。一名名叫菲儿的中国同学匆匆跑过来，在即将擦肩而过的一瞬间与我撞到了一起。

我放在书上的电子词典不慎掉落，"咣"的一声，清脆响亮地掉在了楼梯上，还没等我上前拿，电子词典已经顺着楼梯栏杆宽大的缝隙掉了下去。

那种心猛然被揪起来的难过和恐惧，跟现在新买的手机掉下去的感觉很相似。

一层一层地跑下楼，跑了好远，终于确认地下一层为最终的"事故"现场。翻盖的电子词典被摔成了两半，无数个零部件散落在地上。整体碎成了部分，还原不回去了。

命运坎坷，造化弄人，就像不会游泳的人溺水后抓的救生圈偏偏是漏气的。当时跨国电子购物还不发达，没办法从中国海淘一个新的词典。我在 eBay 上漫无目的地浏览，发现了两本低价出售的单词书，七成新，价格很优惠。

买回来后发现，书的封皮虽然是七成新，但里页至少是 95 成新。像捡了便宜一样开心，雀跃过后，开始一页一页地背单词。每天早上早起 30 分钟，拿出三张纸，边抄边读。半小时后三张纸写满了密密麻麻的单词，天渐渐亮了，整理好书包出门上学。

上课不到两分钟准会遇到不会的单词，下意识去找电子词典，才发现词典已经是过去时了。只好把生词先写下来,课间再用图书馆的电脑查。阅读时反复出现但还是印象模糊的单词也先记下来,读完一章后统一查。时间长了,上课和阅读的障碍减少了许多。

高一结束那年,教学楼窗外的花谢了又开,上课之余我从头到尾背完了两本单词书,看阅读理解终于不用再时时查词典也能看明白,听课时也不再一脸茫然。课上老师为了活跃气氛穿插的笑话终于发挥了它应有的作用,世界豁然开朗。我戏称自己是从abandon开始背到最后一页的人。

这位背到最后一页单词书的人还没享受多长时间的成就感,很快又在学术英语和日常英语的鸿沟中浮沉挣扎。即使是像我这样不爱社交的人,多少也想融入当地的环境氛围里,和周围人和谐相处。背了那么多单词后,可以自如地和当地的同学交流,当他们闲聊起《麦克白》和《仲夏夜之梦》,聊起福尔摩斯和《老友记》的时候,我也能插上两句了。

和同学们增进交流后,又发生了好多啼笑皆非的故事。

在走廊里偶遇点头之交的当地同学,对方友好地问一句:"How are you?"

我飞快地组织语言,回应了近两分钟,详细地说明我最近睡得晚,原因是期中考试临近、作业太多经常熬夜,并说明了熬夜的危害,比如,熬夜对身体不好,长此以往也会影响学习效率。顺便建议对方要合理安排时间,尽量在白天把功课做完。正说得起劲,对方蓝宝石一样的眼神光逐渐暗了下来,我担心是自己没表达清楚，就把几个重要的细节特意换了一种方式再解释一遍。后来才明白，对方只是简单的寒暄，并不想听我真实的困扰。知道真相时暗暗感叹，都说西方人喜欢简单直接，不会弯弯绕绕，谁说的麻烦站出来，请修正一下这个广为流传但并不准确的观点，在前面加一个限定性条件也可以。

当语言和习惯不再成为问题的时候，就会出现其他的问题。尽管背了大量单词，可我还是只会使用简单句，就像把一颗夜明珠放在了落灰的旧盒子里，连带着夜明珠的光泽都暗淡了几分。偶然想起小时候摘抄背诵了大量好词好句和古诗词，用上这些，作文成绩才有提升。母语尚需如此，学外语自然需要更多积累。后来，每每看到书中优美的文字和逻辑性很强的句子就记下来，再找合适的机会为我所用，相信自己会迎来语言学习上的第二次飞跃。

期中考试结束，和预期截然相反的是，我的成绩跌到谷底。

最直接的原因是英语没有成绩。

时隔一年，我再次敲开英语老师 Vivian Parker 办公室的门，询问原因。

原因是我作文被判定为抄袭，成绩取消。

Parker 老师似笑非笑地质问我："To a certain extant（在一定程度上）开头的这一段是你的话吗？是从哪里抄来的？"

我感觉自己受了莫大的冤枉，含泪激愤地说："我从没有抄，您当时全程监考，也可以查监控，我没有夹带或看过任何纸条。我背下了这一段的几句话，现在就可以默写出来。"

Parker老师不容置疑地说:"但这不是你写的,是别人写的。"

我双目圆瞪,不让眼泪掉下来:"冒昧地请问一句,您学英语的时候没有背诵或仿写过别人的句子吗?"

Parker夸张地扬了扬眉:"有,那是小学生做的事,你已经高中二年级了,还要跟小学生比吗?"

我努力把观点用英语表达得清晰明了:"您看,背诵、仿写那不还是背别人的东西,自己默写或模仿吗?如果是抄,那小学时抄和高二时抄有本质区别吗?按年龄定义是否抄袭?是不是抄袭不应该统一标准吗?只针对我们中国人写的作文,这不公平。"

在为自己洗刷污名伸张正义的时候,我的眼神和语气无比坚定,要不是被当时的英文水平限制住了表达,还能再犀利一些。

Parker老师瓷白色的皮肤被气得一阵红一阵白:"你要注意一下礼貌问题,要尊重你的老师。不管你是抄下来还是背下来的,都没有区别,都是别人的。直接引用原话就要加双引号,并按照学术引用的形式标明出处,请你尊重别人的成果。"

说罢,Parker老师摆摆手示意我离开。

那天我在楼梯间坐了很久,懊悔为什么没有再为自己争取一下,虽然明白了西方引用原文的规范,却没能给自己讨回一个公道。

成绩公布以后,我的英语因抄袭被取消分数的事在当地学生圈和留学生圈里纷纷传开。没能争取重判改变结果,就想淡化这件事,可偏偏天不遂人愿。

Joanna拒绝了继续和我共进午餐:"你们中国人这么不遵守规则,我很不认同这样的做法,跟你没什么可聊的。"在此之前,我们曾在彼此生日时互送礼物，中午一起吃饭，亲昵到互称对方为异国姐妹。

我立刻想要自证清白："我没有抄袭，我是把一些段落背下来，再默写到纸上。"

Joanna 意味深长地一笑："你考试带小抄了，一个中国同学说她亲眼看见的。"

我满是委屈和愤怒："是谁？她为什么要说谎诬陷我？"

Joanna 连连摇头："很抱歉我不能告诉你她是谁。而且，说谎的人很明显是你。"

无话可说，只是觉得荒唐。一人坐在长椅上吃午餐，盼着快点吃完，恨不得亲手推动时间的齿轮，让这委屈的时光过得快一点。

人受了委屈，本能的反应是回家。如果回不去家，看到任何与家有关联的人和事都会备感安慰。在长得看不到尽头的走廊里看到了中国同学菲儿。我们相向而行，走着走着，所有的委屈都向上涌来。

没等我开口，她半开玩笑半认真地说："考试之前，我们商量把单词用铅笔写在桌子上，把小抄写在朗文词典里带进考场，说这些的时候，你从来都不说话，不参与。没想到你也作弊，隐藏得真好！"

我急于澄清事情的原委，刚要开口，见她摆摆手神秘一笑，一副不用解释大家都懂的表情。

关注他者的反馈或许会失望，但逐渐从内心生发出的力量使人可以忽略外界的嘈杂，进入沉思的世界。

问心无愧。

全世界都有高考。

许多平凡的人第一次想要竭尽全力为之奋斗的目标，就是高考。备考的时光里，许多人的生活乏善可陈，像一部黑白影片。高考前，学习是生命中最重要的事，学生们从天不亮开始学习，一起身就是天黑，循环往复；把许多想做的事都心怀不舍地延后，想着等到高考完再开始有色彩的生活，这样一来，奋斗的日子也有了期待，我也是这许多人其中的一个。

我的第一志愿是悉尼大学。

早就听说悉尼大学 The Quadrangle 里那棵蓝花楹树每年花开时特别盛大，如果大学时光能在古建筑中听课，做完作业透过彩色玻璃花窗，看庭院里花开花落，肯定是件十分美好的事情。

理想与现实的鸿沟是巨大的。我就读的公立高中对学生的成绩要求极其宽容，只要每天出勤上课就可以，连上课戴着耳机在后排打电话这种情况，老师都睁一只眼闭一只眼。各科老师几乎从不检查作业，做多做少全靠学生自觉，有任何不懂的问题也全靠课后围追堵截地问。

直到高考，学校也没组织过全校规模的模拟考试，理由竟然是整个毕业年级共 200 人左右，规模太大，人数众多不好协调。

与我校相隔 2 英里的一所私立女子中学，治学态度严谨。高三年级的师资分成教学组和教研组，教学组负责讲课，组织各种形式和规模的考试，批改卷子和作业，答疑解惑；教研组负责研究历年考题，编写真题本、真题讲解和备考手册。每两个月定期组织年级考试，考完后每名学生都有10分钟单独跟老师讨论试题的时间；一个学期内迟到或请假三次以上，一定会通知监护人。菲儿原本在这所私校读书，但她觉得这所学校管理过严，要求太多，不够"民主、自由"，所以在第三次旷课后主动退学，转到了宽松、休闲的我校，过得如鱼得水。

城邦越自由，越容易形成和实现它的意志，百姓就越不自由。学校和学生也是如此。

短期无法改变环境的限制，只好采取自救。每周完成作业后，我都要写两三篇作文练习英文，写好后拿给 Parker 老师看。Parker 老师通常只是快速地翻一翻，然后打一个钩，在末尾写个 good（好）或者是 well done（完成得很好）。每次都是这三个步骤，再无其他反馈和评价，仿佛形成了路径依赖。

有一次我忍不住问："我写的文章语言的清晰度可以吗？"

Parker 老师抬头看了我一眼："你写了什么呀？"

我尽力忍住不断涌上来的失望，拿着本子走出办公室。

后来我开始自己练英文写作，遇到实在想不明白的地方，还是得去打扰 Parker 老师。几次去请教具体长句的写法是否存在问题，她都会回复："写得简单点就不会错了，如果还有错，就再简单点。"

Parker 老师与我都心知肚明，高三不能再写简单的短句。眼下却也没有更好的办法，我只好苦笑着点点头，再继续自己琢磨。

自习课通常没有老师监督，教室里的学生嬉笑打闹，一些乐观的同学还哼着英文歌。在这种环境下，越学越烦躁，索性拿着书出门，找一个安静的地方做题。走了三层楼，找不到一个安静的教室。偶然发现上课时的走廊最为安静，随即靠着走廊的一面墙席地而坐，把数学书放在腿上，再把练习册放在书上，一题一题地练习。

放学后，学校里难得地空旷安静，是在图书馆继续做题的绝佳时机。但图书管理员总是着急下班，每天都忙着催促我离开，后来甚至懒得交涉，直接把大门锁上，留一个侧门给我。

高中的时候没有宿舍，当地同学晚上回家住，我坐公交车回到租住的公寓，回家之后再开始做饭。长期吃学校餐厅里的西餐让我的体重在不知不觉间增加了十几斤，并且出现轻微厌食的状况，可能是中国胃没法欣然享用起司、黄油，还有烤得甜中带酸、酸中有涩的甜甜圈。万不得已，只好每个月去一趟中国超市，买点儿速冻水饺、包子和面条，作为日常的晚餐。

那时的我过早体验了人生中的复合型矛盾，课业困难、生活的艰辛，加上周遭环境氛围不尽如人意，常常感觉整个人被抽干了，举步维艰。

在一个寻常的秋天里，一位华侨向全是英文书的社区图书馆捐赠了一批中文书，放在靠墙那一排书架的最底下。十几本中文书，对我而言如他乡遇故知，恰巧这些故知还是智者。暂时放下作文练习，一气呵成读完了余华的《活着》，压抑得难以喘息。往后，常在社区图书馆靠墙书架旁边找一个比较安静的固定座位自习，窗外是一片茂盛的树林。作业之余，又读了郁达夫的《沉沦》，钱钟书的《围城》，还有一些现代中国作家的域外书写，发觉留学时的种种困难并不是我一人碰上了，前人早就走过了这条路，过了几十年、上百年后，路上的坎坷变成了趣闻逸事，引人无限想象，一时间忘了当时的兵戈之相，还有在风雨飘摇的年代里，朝不保夕的人。

十八岁的我以为高考是这辈子最大的坎，一旦挺过去就是苦尽甘来。高考后才明白自己当时年少无知，过于天真，推开成人世界那一扇门，一切才刚刚开始。之后面临的更加复杂的处境常常超出预料，甚至是能力范围，但也正是那些意料之外的惊喜和美好让我们无比期待明天。

有人仓促准备，有人满怀期待，有人结伴而行，开始人生的下一幕。

这届的考题是前无古人地难，后有没有来者就不知道了。考完之后，回到北京姥姥家，心无处安放，始终悬着，脑子里上演着无数场景，如果考得好就更加认真读书健身，不负青春；如果考得不好，就复读一年；如果没考上，就去卖红薯或是浪迹天涯，越想越吓人……

悉尼大学心理学系的通知书终结了所有的幻想和不安。收到通知书时，我正在姥姥家边看《聊斋志异》边吃着薯片，愣了一秒，喜悦快速传递到身上的每一个角落，心里好像一瞬间盛开出许多花来，内心世界变成了一座花园。从前所有的天寒地冻，山高水远，路远马亡，不过都是考验。

姥爷激动得眼角泛着泪花，可能是透过我看到了他年少时收通知书的样子，那已经是五十年前的事了。姥姥高兴地做了满满一锅红烧肉，三人连续吃了六顿，好不容易减下来的体重也在幸福中吃了回去。果然，有些圆满是得偿所愿皆大欢喜，有些圆满是珠圆玉润面若银盆。

《聊斋志异》还没看完就要开学了，在姥姥姥爷温暖的送别中，我与家渐行渐远。每次离别都有行李超重这一环节，和三年前去读高中时一样，妈妈又向单位请了假，和我一起推着大包小包从T3航站楼办理完行李托运。两人拿着三个28寸的大箱子和一个乡村爱情同款的编织袋子，还有两个20寸的登机箱以及无数个尺寸不规则、材质各异的拎包挎包……四件托运行李接连被检查出超重，多出来的行李只好放在事先准备的挎包和塑料袋里手提。尽管出行经验丰富，我们还是在冬天里倒腾得满头大汗。我认为十分有必要提醒妈妈让她下次别再走乡村路线："这么多开学的人就咱俩行李最多，我搬行李都出汗了。"

妈妈白了我一眼："拿过去的东西多，到那边就不用再买了。再说一般胖人爱出汗，你怎么不看看自己体重的变化。"

我无力反驳，因为拿得齐全是事实，胖也是事实。过了一会儿，妈妈拍拍我厚厚的背，安慰我："你胖了以后脾气比以前好多了。"

这并没有起到任何安慰的效果。

十二小时之后，飞机降落在海边的机场。

三月，悉尼的阳光依然灿烂。我用各种能想到的办法把行李搬上了出租车，终于到了新租好的公寓。找公寓的过程也是一波三折，一开始我想住在大学宿舍里，于是果断退掉了高中租了三年的公寓，一早就在学校官网上申请宿舍。申请开始后，发现悉尼大学宿舍跟学生人数相比非常少，三分之二的学生都申请不上，可能是学校想制造一种供不应求的市场让人珍惜，但珍惜的前提是得有呀！这就造成了一种选拔入住宿舍的情况，选拔标准不明，但过程清晰，首先需要在网上填写个人信息、学习专业和年限等，还要写一篇作文论述为什么要把宿舍给自己住。

我写了一篇800字文章声情并茂地表达并且放大了自己与集体生活相关的所有优点，比如安静、没有存在感、注重个人卫生、作息规律等，最后升华到作为一个中国留学生，入住宿舍后可以促进中西方文化交流。

但最终还是落选了，原因不明。

几经周折，退而求其次在网上租好一个公寓，离学校四站地远，套间里有两个中国女生室友。

尽力争取后，无论结果如何都应欣然接受。我和妈妈两人略显心酸地从楼下到房间负重折返无数次，终于把所有大包小包都运到房间门口，筋疲力尽地敲门。

室友 Eva 推开门，看到身边以及背后的占地面积极大，摆放无序，尺寸、颜色各异的行李瞬间愣住，惊得差点忘了邀请我们进去。Eva 是标准的江南女子，眉目清秀，纤细苗条，是悉尼大学经济系大二的学生。另一个房间的女孩出门了还没回来，听说是美女中的美女，在悉尼科技大学读传媒专业。在高颜值聚集的宿舍中，中人之姿都略显勉强的我为避免卷入容貌焦虑之中，立刻另辟蹊径，找到自己的特点和定位，比如踏实、好学。

Eva带我象征性地参观那个一览无余的套间，每个房间都有独立的洗手间，大家一起公用厨房和餐厅，简单干净。参观结束，如我所料，总共用时不到两分钟。

开学前有必要去学校熟悉一下路线，Eva课余大部分时间都在面包店打工，没有太多闲暇时间，我只好只身一人先去探险。一个年轻女子身在异国他乡独自去一个陌生的地方，四舍五入约等于探险了。

提前在网上查好路线，记下在Redfen站下车。那时手机导航还不算普遍，只能用最原始的方式问路，这也促进了人与人之间的交流，比如如何找寻合适的目标受众，如何跟陌生人说话，如何与别人快速建立起信任等。下车之后，四处张望，很快便锁定了一名背着书包、戴黑框眼镜的棕发女生，我连忙上前去问："请问你是不是去悉尼大学？我是新生，介不介意我跟你一起走？"

这名女生笑得像悉尼的阳光一样明媚："当然不介意！咱们一起走吧。"

我们二人边走边相互介绍自己，在同一个学校读书，总是有许多话题可聊的。走过悠长的干街再右转，直走一段路之后进入Darlington校区，再过一个桥就是心理学系在的Camperdown校区。校园里，路边和草地上已经有很多社团摆好了小摊位，与同行的女生就此别过，边走边看热闹。在新生入学的预热周，我一口气报了十个社团，有的项目是惦记已久，只是高中太忙，一切与学习无关的事都要延后；有的是关于环保、生物多样性保护等，对社会以及人类发展有益的社团，当代有志青年有责任和义务参加；有的是因为宣传的师兄师姐过于热情，苦口婆心地劝说后不得不入社；还有的纯粹是因为想看到某个人。充满智慧的羽毛球社团把大家公认的"校草"请过来摆在摊位的中心位置，他只需要戴着耳机听音乐即可。路过的少女们自然会放慢脚步，小心打量一番后，安静又果断地在报名表上填写姓名和联系方式，郑重的程度堪比高考前填写志愿，怕一个连笔"校草"看不懂，就会错失联系的机会，同时内心默默期待他能看到自己在阳光下安静写字的样子。这些天真的少女里自然包括我，然而，从始至终这位校草的耳机都没摘下来过。

青春故事里的结局总是让人意料不到。自从开学第一天起，我忙于学习，昏天黑地，最终成了一个社团都没有参加的无组织人员，同时光荣地成为 Fisher 图书馆自习区的常驻嘉宾，几乎在这里度过了大学时期所有的闲暇时光。

命运这样安排，自有它的道理。苦难、挣扎、欣喜、遗憾，都有它存在的意义。

第十一章 校园二三事(上)

悉尼大学的开学典礼在学校最著名的 Great Hall(大礼堂)举行,礼堂现已不对外开放,只用于举行开学和毕业典礼,以及重要的学术会议。能正大光明地坐在礼堂的机会不多,每个人都格外珍惜。开学典礼九点钟开始,很多学生八点就来占座。我提前二十分钟来到礼堂门口时,里面不但座无虚席,连站的地方都没有了,只好站外面。站在三十多度的气温下,一边竖起耳朵听校长和系主任讲话,一边踮着脚尖看一看德高望重的老师们的真容,毕竟见一回不容易。奈何距离实在太远,看不清老师们的长相。我边推眼镜边找角度,试图看得更清楚一些。一来表示对长期奋斗在学术前沿的老师们的敬重之情;二来是为了看清他们的长相,以便日后见到时打个招呼。毕竟一见面管谁都叫先生或女士,很尴尬。

在校长和六位系主任轮流讲话过程中,前面站着的同窗们有的坚持不住,陆续往外撤离。我十分自觉并心怀感恩地一点一点往前挪动,慢慢就挪进了礼堂门口,找到一个绝佳视角继续认真听。

很多年过去了,开学典礼的内容早已记不清,只记得当年校长扶了扶头上的帽子说:"许多年以后,不论结果如何,你们不会为自己年轻时做了什么而感到后悔,却会为曾经没做过什么而后悔。所以,别让自己在惋惜和遗憾中度日,尽管放手去做那些想做的事吧!"

上学第一天,被晒黑了不止两个色号,笑起来显得牙白得刺眼,领口和袖口被晒出明显的界线,反差相当强烈,一时之间不能接受这个扎马尾、皮肤黝黑且微胖的女生就是自己,于是自觉离开镜子笼罩的区域。回到公寓,妈妈已经做好了清蒸虾和豆干炒肉,我接过两大碗米饭,边吃边安慰自己:"悉尼的阳光下哪有人能白皙地活着。"

话音刚落,"咔"的一声,门锁开了,一个白得发光的身影进屋,回身关上门,再转身,向我挥挥手,轻轻一笑:"是新搬进来的同学吗?你好,我叫秦雨。"

能让同性在欣赏之余还为之赞叹的美女并不多见。现在变美的方式有很多,再加上女孩们聪慧努力,深谙扬长避短之道,看起来赏心悦目并不难。不同于其他的美女,秦雨的美先是惊艳于整体,乌发雪肤,纤细窈窕;再想要走近一些仔细观赏局部,双目顾盼生辉，鼻梁精致挺拔，下颌线条紧致流畅。完全不存在相形见绌，因为根本不具备可比性，只有从内心生发的对于美的欣赏和见美而喜的心情。

妈妈秉着促进宿舍和谐氛围、拉近室友关系的精神，和蔼又不失活泼地招呼秦雨一起吃饭。大美女看看我面前满满的两大碗米饭，眼里充满笑意，委婉又坚定地摆手拒绝了，原因是她从不吃晚饭。

近距离接触比我漂亮还比我自律的人，心里不可能毫无波澜，但如果不吃饭就会饿得心慌气短，浑身乏力，睡不着觉。为了身心健康，把爱心晚餐全都吃到光盘之后，和妈妈抢着刷碗。以前在家时，妈妈总是占住水池的中心位置把我挤走，这次难得让我自己刷，免不了附带各种指导："少用洗洁精，那么多洗洁精要用一吨水才能冲掉。"

"把碗放低一点，不然水溅得到处都是。

"刷完碗以后放在碗架上把水控干，最后再把洗手台擦干净。千万不要把脏碗堆在洗手池里，别光想着自己方便，要让下一个用厨房的人觉得舒心。"

安排妥当之后，妈妈就回国上班了，异国他乡又剩我一人。成年人的世界或许就是这样，总会觉得孤独，总会遇到困难，但也总有解决的办法，总会收获意想不到的成长，有了长进，面对未知的境地就再也不会不知所措。

迎新周开始了，我在学校内为注册、选课、算学分这些程序四处奔波。不同课程的教室、心理学学院和图书馆相距很远，那时智能手机和导航软件还不普遍，只好拿着迎新礼包中的学校地图，一一做好标注，由此才逐渐熟悉了路线。大学里的西式建筑和外国电影里演得一样，只是电影里那些浪漫唯美的故事，纯属虚构。

开学第一天，下载了学院里一百多门课程的大纲，逐一阅读比较，眼花缭乱，直接忙活到下午三点才吃上午饭，还是在图书馆边看课程信息边吃的，那时图书馆还没有明令禁止吃东西。在院系楼、留学生中心、注册地点和图书馆之间狂奔往返了一下午，为了行动方便，我把条纹T恤的袖口卷了起来，把马尾在脑后随意对折一下，以防发尾扎脖子分散注意力。适时地调整一下坐姿，比如靠一下椅背，抬头看天花板，妄图缓解疲劳，只是效果不甚明显。无论从哪个角度观察当时的我，都能得出狼狈这一结论。不过这也没什么，日子久了自然就习惯了。这就是我整个大学期间主要的生活模式。和之后赶论文、准备考试的日日夜夜相比起来，这实在算是干净清爽的形象了。

海外学校在教学上有很多共同点，大致可以总结为宽严相济。以悉尼大学为例，严格主要体现在学校的规则层面。学校课程安排紧凑，整点上下课，官方没有赋予学生课间休息的时间。即将下课的老师往往不愿就此离去，想在有限的时间里多讲一些，很容易拖堂；即将上课的老师通常会准时开始讲课，因此如果不凑巧地选到安排在同一天下午的课，就很可能从下午1点至7点连续六个小时听课，无缝衔接。

学校对学生要求严格，一个学期每门课都有两三本理论书和几十篇学术文献需要读完，每周需要阅读指定的部分，总结出自己的观点参与小课上的讨论，这还不包括写论文要参考的资料。修满144分即可毕业，其中对于基础课、高年级课程，必修和选修课都有具体的学分要求，只要有一项不够，即使总分达标也不能毕业。一边往嘴里塞午饭，一边浏览着各种要求，面色越发凝重，好像要大义凛然地踏上去西天取经的路，历经九九八十一难取得真经。

另外，学校对于学术不端绝不姑息，所有课程论文一律使用Turnitin系统查重，一旦查重比例超过20%，这门课记零分；发现考试作弊、论文抄袭、报告雷同等学术不端的情况，一经核实就直接将学生开除，并且列入录取黑名单。

宽松主要体现在监督和管理相对松散，能否达到要求，取决于学生的自主性。中国的大学普遍对于学生的学习和生活管理认真负责，设置不同班级，安排班主任、辅导员、助教、班长，帮助学生完成学期任务。但西方的大学认为，成年人应为自己负责，没有"班级"的概念，同年入学就读于一个专业的学生很可能到了毕业的时候都相互不认识。没有班主任讲解注意事项，没有辅导员答疑解惑，也没有助教或班长提醒DDL（截止日期）将至，每个人都以个体为单位，艰难前行，遇到坎坷经常无处诉说，只好默默承受。

坎坷和艰难终究是少数时刻，熬一熬就闯过来了。更多的考验还是体现在平淡的日子里，该如何安排时间，如何制定短期和长期目标，并按计划实践。

毕竟学期刚刚开始，待办的事项再着急也只能一项一项地完成，罗马不是一天建成的。在计划修满学分毕业之前，得先把眼下要紧的事办完，比如先完成注册。注册流程从线上到线下一共有七个步骤，略显烦琐。完成最后一个步骤之后，与行政老师面谈一次，回答了许多问题，从个人信息到家庭结构，再到学习目标和未来规划，最后终于拿到了学生证。

从注册处走出来时，悉尼三月的阳光照在脸上，身在异乡，这所大学是我和这座城市最大的联系。

除学习本身以外，熟悉学校的网站和系统也要花一些时间。使用打印扫描系统、登录校内论坛、网上提交论文、查课程设置，这些东西都没有人专门教。只能一边自己琢磨，一边准备好狗腿的笑容，打扰一下学长学姐们，认真请教。我不时拿着厚重的笔记本电脑默默出现在散发着温柔善良气息的学姐身边，轻声问："抱歉打扰，请问你能教我怎么更换选课吗？我没有找到课程列表。"

素未谋面的学姐抬起头温柔地笑了笑，把自己的文献最小化，开启一个新窗口，示范怎么改选课和调整课表，怎么在校内网站上反复观看大课的视频和录音。

迎新周快临近尾声，最后一件大事就是买书。买书花了一千多澳币，拿着四门功课——心理学基础、心理学案例研究、国际关系概论和亚洲历史需要的十几本书，书包沉了，钱包空了。十几本厚厚的书和文献合集，书包装不下，袋子又要多花钱，虽然也用不了多少钱，但还是习惯性地不要袋子，一是省钱，二是环保。只好捧着五六本书，再背着五六本，迈着沉重的步伐往回走。

书中的知识是无价的，这一点尚未体会到，毕竟还没翻开读，但立刻能感受到下个月的生活费没了。心里有点荒凉，但这点儿荒凉很快就被悉尼的阳光晒化了。

回来的路上，顺便去中国超市买了两袋饺子，下锅后敲响了Eva和秦雨的房门。Eva难得今晚没上班，本打算吃面包，看到飘着香味的饺子大喜过望，拿着大桶橙汁加入吃饭的阵营。秦雨摘下耳机，看着热腾腾的饺子，犹豫了两秒钟后放弃抵抗，尊重胃的意见，夹起刚出锅的饺子，边吃边盛赞："你这饺子煮得火候到位，吃得我都想家了。"

我刚完成最后一道工序，拿着调好的饺子蘸料加入组织："我十五岁就来悉尼读书了，别的不说，生存还是没问题的。"

围坐在桌边吃水饺瞬间拉近了大家的距离，Eva吹着热腾腾的饺子，毫不客气地调侃："你留学这几年活得挺凑合呀，人家都会做粉蒸肉、糖醋鱼、红酒烩牛肉，你这煮面、煮水饺、煮火锅，竟然也生活了这么长时间，简直是糊弄学大师！"

我边吃边回击："你在面包店兼职那么久，近水楼台都没学会做提拉米苏、拿破仑、黑森林，有什么资格说我？"

秦雨边吃边连连点头："欣然，幸好你搬进来了！你别看Eva长得瘦小，其实她特别毒舌，我嘴又笨，经常被她掉得说不出话，还干着急。"

我的存在忽然变得重要："Eva，你别太嚣张，我来制衡你了！"

原本住在一个屋檐下互不打扰的三个人，因为一顿饺子迅速建立起了革命友谊，一个人身在异乡确实艰难，幸好我们有说有笑，互相陪伴，一路同行。

按时出席不点名的早课是最能体现大学生诚意的，自然不能放过这个展示自己认真勤奋的契机。提前二十分钟到达教室，准备占据有利的听课位置，结果到了之后才发现，空旷的阶梯教室竟然一个人都没有。心存怀疑，是不是找错地方了。到门口一看，确认是 Wallace theatre（华莱士剧场，用作阶梯教室）没错，邮箱也没有收到改上课地点的通知。暂且接受目前只有自己一个人到了的事实，找了一个前排靠中间的位置坐下了。

按说早八点的课也不算早，但不点名的诱惑是极大的，尤其被豁免点名的对象是一帮刚刚从高考熬出来的、正准备来大学"放松心情"的同学们。一部分同学在八点前一瞬间拥入，即便这样出勤情况也实在惨淡，两个陌生同学中间隔了四五个座位。所幸老师心态极好，看着空旷的大教室完全不受影响，或许历届大一的早课都大抵如此。

开学第一节课就是心理学系的犯罪心理学。我郑重地打开全新的笔记本，拿出打印好的PPT，带着标准的新生仪式感。一切准备就绪，只等老师开讲。

犯罪心理学的课程内容是最能让人精神抖擞的。此刻场上三百多个学生已经超越了教室空间的限制，成为正义的化身，依靠法律的武器和犯罪心理的专业，将妄图掩盖罪行的犯罪分子从茫茫人海中辨别出来，缉拿归案；试图通过专业的审问训练逼问到犯罪分子无法狡辩，只好坦白，还受害者一个真相，还社会一个公道，还天下一个太平！

第一节课的内容，就是让犯罪心理学者不要过于相信自己的推理。否则很可能导致盘问过程中为了印证自己的假设，有意或无心地问出诱导性问题，造成冤案一桩。

我双目炯炯、聚精会神地听完了两个小时的大课，合上记得密密麻麻的笔记本，心满意足地离开了。

后排的一位中国女生追上来："你好认真呀！我们听得都很随意，你的状态就像高考一样，特别紧绷，都不敢跟你说话。"

我略显尴尬地笑笑，不确定她是否是在夸我："是啊，因为不懂的东西太多。"

那位女生表现出了超越我们关系现状的亲切："我叫Helen，刚来悉尼，认识的人很少，咱们以后一定要一起学习呀！你一般在哪里学习？我有时间就过去找你！"

对方过于热情，只得出于礼貌答应，但没说具体自习的地点。学习关键在于自主和自觉，一人足矣。人数越多，相互沟通和协调、相互迁就和等待的时间就越长。

拿出高考的劲头来认真学习确实不是一时兴起，入学前就听说悉尼大学宽进严出的规则百年不变，就算是参加奥运会争金夺银的同学回来都要乖乖参加补考。不过心理学系有所不同，是严进严出。

学校官网公布了本届心理学系的录取分数线，得知自己是压线通过被录取的，心有余悸。心理学系洞悉人性，设计了各种竞争机制。第一年通常会挂掉15%的学生，并且没有任何补考可以补救，要么跟下一届一起再学一遍，要么转系。无论如何，我都在最危险的一组里。

本以为进入最想读的学校和专业之后，兴趣和幸运能支撑人欢喜乐观地面对今后的困难，但这一假设显然过于乐观了，欢喜很快被繁重的作业、阅读、实验、考试、论文压下去了。

压着骆驼的第一根稻草是每周一次的周测验。周测验是心理系的传统考试，学生需要登录课程线上平台，限时完成，十二次测验合起来只占总成绩的5%。乍一看这个比例微不足道，但这有可能是决定这门课过与不过、优秀与不优秀的坎。翻开早就打印好的课件，拿出反复温习过的厚厚的笔记，万事俱备，胸有成竹地登录开始答题。笑容逐渐凝固在脸上，很多考题课上都没有讲过，十分惊喜，十分意外。

在大课上，讲师会快速地概括重要的知识点，目的是确保学生的方向是对的。听课是最基础的部分，许多细节都要在每周读的文献和书里才能学到，以后很多的日日夜夜都需要自己阅读和研究。

周测验必须每次都拿到满分才能计入总成绩，否则算零分。幸好测验可以在限定时间内反复做，擦擦眼镜，沉下心开始研究做了几遍都不对的多选题，又做了十多遍之后终于全部正确，逃过一劫。

提交答案的同时，收到了Helen的短信："亲，可以把周测验的答案发给我一下吗？"

倒是直截了当。提出破坏规则的人是她，但陷入纠结的人却是我。不给答案，日后见面怕是会尴尬；如果直接给答案，大概率会陷入她长期向我要答案、我迫于压力不得不给的恶性循环中。

我纠结片刻，拿定主意，回复："你先做吧，把不会的题发过来。"

从此，Helen再没联系过我，也不见得是坏事。

心理系教室的设计无不透露出对人性弱点的洞悉。有一次上课时，我实在困得不行，打算用胳膊支着头，偷偷闭目养神一会儿，结果桌板受力不均"哐"的一声翻了过去，一起掉下去的还有笔记本和打印好的资料，行事低调的我第一次引起全班围观，连讲师都循声望来。

心理系特制的一批桌椅，正常使用时，双手放在桌板内侧或中间位置，一旦要睡觉往前趴或者胳膊肘支着头，受力点在桌子外侧，整个桌板就会翻过去。至今好奇这是哪位别具匠心的心理学老师设计的防打盹儿座椅，不参加创意大赛可惜了。

除此之外，还有一个设计可以与防瞌睡座椅并驾齐驱。与常规教室一排一列的桌椅分布不同，心理学系的讨论课教室，桌子和椅子都围成一个大圈，方便讨论；许多台电脑靠着墙环绕教室一周，屏幕一律对着室内，讨论结束后一转身就能用电脑，老师一眼就能看到学生电脑屏幕上的内容，在时刻被监督的氛围下，每时每刻都不得不学习。

大课只需要安静地听讲，讨论课的压力陡增十倍。每周一次的讨论让人觉得度秒如年，我常常跟不上讨论的节奏，觉得自己的表达没有英文母语的同学们流畅和多样化。尤其有一些针锋相对的辩论，一旦过了最佳发言时机就没有机会开口了。有时快速整理好自己想说的内容，一抬头发现大家已经进入到下一个话题，顿时感觉又尴尬又可惜，还得快速遮挡住刚写的发言要点；再下意识看看四周，怕别人发现我被扼杀在萌芽中的发言，只好装作若无其事的样子。

发言和参与讨论占课程分数的10%，无论如何也不能放弃。为了高质量有价值地发言，防止讨论过快插不上话，每次讨论课之前我都要准备三至四个小时，写下来四个主题的发言内容，确保讨论到任何一个主题时，都可以加入说几句。第一个小目标是每次讨论必须发言一次，最容易的是总结大课讲的内容。我听课认真，从不缺席，而且笔记详细，事先准备一下就能概括出来。其次是提问，可以把自己想不明白的问题抛出来，但要保证问题存在争议，有讨论的必要，不能过于简单直白。有难度的是发表自己的观点，需要建立在阅读材料和大课的基础上，提出自己比较有创新性的观点，再加以论述，难度系数同样偏高的是有理有据地反驳别人的观点。

一切按照计划进行着。硬着头皮坐到了离老师比较近的区域，也是公认的发言积极的前半场。讨论课开场的第一个问题果然是总结本周大课上讲过的内容，我第一次豁出去举手，基本上全程都在低着头读准备好的笔记。好在一切平稳度过，余光中还瞥见有几位同学在快速地记笔记。完成发言一次的任务，心中的石头落地。从此以后几乎每次讨论课都由我来总结发言，老师也默认了这一"惯例"。

完成第一个小目标后继续加码，规定自己每节课必须发言两次，依旧在课前做好充分的准备，甚至还在家中模拟演练，预测讨论中可能会出现的问题，计划好要如何回应。有时 Eva 和秦雨见我边煮面边挥舞着铲子，口中念念有词的样子，一度担心读心理系压力太大会导致我被压迫得精神失常，进而伤害到她们。尤其是当 Eva 看到我打印出来的 PPT 上的"Forensic Psychology"（法医心理学），脸色一变，再往后翻翻，上面写的都是如何通过录像指认犯罪嫌疑人，如何审问罪犯，如何判断目击证人证词的真伪……

可能是怕我过于熟悉犯罪分子的心理，行差踏错，Eva 突然转身抱住我："欣然！你别有太大压力，以后我和小雨一定更关心你！我下班就把当天没卖出去的面包拿回来给你吃。如果有事一定要跟我们俩说，千万不要想不开！"

一头雾水，Eva 继续拍着我的后背绞尽脑汁安慰我，还坚持把秦雨从屋里拉出来一起吃晚饭。从她们二人的反应来看，或许自己因压力过大，出现了一些让人担忧的异常行为。

心理学基础课要做十五分钟的 presentation（报告），在课程大纲列出的文章篇目中选一篇，先概述，再进行批判性分析。Presentation 跟讨论有本质上的区别，讨论是大家一起坐着交流，氛围相对轻松，没有太多的压力；presentation 使整个教室都安静下来，只有讲台上那个人用尽毕生所学做展示，让人心理压力倍增。

Eva打趣道:"一个学心理学的人怎么还排遣不好自己的心理压力,是不是学艺不精?以后怎么帮助客户解决心理问题呢?"

我苦笑一下,她大概不知道我想专攻的法医心理学跟诊疗心理学之间的区别。

人美心善的秦雨现身说法:"别担心报告做得不好大家会笑话你。我从来都不听 presentation,都在底下做自己的事。他们也都在各自忙碌,听你讲的人都不会有多少,根本没人会注意到你到底出错了没有。"

听了她们的安慰,紧张的情绪有所缓解。报告时,拿着精心准备武器——演讲必备两件套——PPT和讲稿,上了台。PPT可以分散观众的注意力,让他们不会一直死盯我本人。第一段必须脱稿,后面只要想不起来就照着讲稿念一段。报告发挥得中规中矩,四平八稳。

平时下课、吃饭,我都是独自一人。刚出来留学的时候,很多老师和长辈都叮嘱,要跟当地的同学多交流多来往,也好提升英语思维和表达,不要和中国学生扎堆说中文。身在其中才发觉艰难,当地的同学都有固定的学习和生活圈子,高中的经历足以说明,成长背景、文化习俗、政治立场不同的人,难以互相认同并成为朋友。心理系没有多少中国同学,彼此之间也不熟悉,几个星期下来也仅是面熟,都算不上点头之交,偶尔遇到的Helen更是一副老死不相往来的架势,很可能是由于前几周我没有发给她测试答案导致的。时间长了,只得单独行动,与中国同学、当地同学都没有除课上的发言和讨论之外的交流。

孤独一点也没什么不好，不用把时间浪费在迁就或等待上，可以安静地独自思考，从琐碎的日常到宏大的国际格局的变化。

第二周，发展心理学和神经学课程突然纷纷开始小组作业。发展心理学课程采取抽签分组的形式，拿到同样数字的三人为一组，不可调换。我抽到 6 号，找到同是 6 号的一位骑着摩托车、手拿头盔身穿皮衣、染着三种颜色头发的非洲小哥 Ryan，还有一位沉默寡言的韩裔女生惠静。第一次小组讨论时，顶着彩色头发的 Ryan 为了打破尴尬，在暖场的环节跳了一段韵律感极强的非洲舞蹈；而惠静始终一言不发，到了分配任务的环节也只是点点头表示默认。几乎预见到了这么多元的组合将来面临的沟通障碍，不禁追根溯源思考到抽签分组的方式和机制都不完善，僵化的抽签分组没有考虑到组员自身的特点和意愿。

神经学课则充分考虑到学生的意愿，采取自愿分组的方式，大家可以根据自己的特点寻找最合适的人，这样显然更加人性化。同学们渐渐组合完毕，欢喜地组团去签名选题目。环视一周却没有人跟我眼神交流，意识到自己有落单的迹象。发现这一趋势只能赶紧改变策略，有些轻微社交恐惧症且害怕被拒绝的我，不得不从被动等待改为主动出击。首先向斜前方身穿红裙的 Charlotte 走过去，上课前我们打过招呼，而且她们组看似人还没满。我挤出一个热情过度的笑容，向她招招手，"Charlotte，我可以加入你们组吗？"

Charlotte 抱歉地扑过来拉住我的手："我非常非常抱歉，

我已经组好队了,她们去洗手间了。"

原来如此。

被拒绝没有关系,鼓起勇气再出发。

我转换方向,去找上次坐在一起听大课的女孩 Emma,上次休息时她还给我介绍了她最喜欢的电影明星,虽然不记得那个明星的名字,但好在记得她本人的名字,第二次鼓起勇气:"Emma,你组好队了吗?我可以跟你一组吗?"

Emma 的神情和 Charlotte 非常相似,我心中生起一丝不祥的预感。果然,女性的毫无根据的感性预判有时是准确的,只听 Emma 回答:"非常抱歉,我刚刚已经组好队伍了,好遗憾没有跟你一组。"

她不仅和 Charlotte 的神态相似,就连拒绝的开场白都这么相似。

发展心理学课上随机抽签分组的机制至少能保证不会有人落单,极易落单的我还误会了他们的用心良苦。

目前当务之急是找到小组。扫视一周,格外关注和自己一样形单影只的人,再上前表明来意,人数凑够就可以,再没有其他要求。最终还是三缺一,老师拿着名单提名了一位今天没来的同学,他就在不知情的情况下被拉进了我们组里。

凑齐四人,开始讨论主题和分工。分工完毕,每人需要写两千字,除此之外,两人负责在前期收集文献供全组使用,另外两人负责写引言和结论,并且把四个人写出来的片段整合起来,进行内容上的把关和串联。除各自写作的部分之外,我来负责制作时间表，提示进度。

剩下的交给天意。

和许多人一样，我最怕遇到说话简约含混、宽泛模糊的老师，这些老师共同的特点就是讲课和布置任务都非常随意，像古希腊时期的哲学一样，仿佛让大众听懂了就失去了原本的意义。感觉刚学了个大概，各个科目就要期中考试或是写期中小论文了。

第一个期中考试是选修的国际关系概论。考试前我试图通过唱歌来舒缓紧张的心情，连续唱了两个小时，第二天除嗓子明显哑了之外，并没有其他效果。平时上课都凑不齐的同学们齐聚一堂，才发现原来选修国际关系课程的人这么多！考试时，学院要求两人中间空出一个位置，以防作弊。阶梯教室位置已满，一群学生不得不围着讲台坐一圈，我就是其中之一。

虽说这门课出勤率不高，但最后看到有22%的同学挂科还是大吃一惊，没想到老师铁面无私，没有酌情从宽处理，或者这个结果已经是老师酌情处理之后。这次我不仅不是其中之一，还得了Distinction（优秀），足以慰藉熬夜背概念和国关史的辛劳了。

但这份慰藉转瞬即逝。

主修课心理学基础的期中小论文要求批判分析一个著名的实验报告"Time, Money, and Morality"（时间、金钱和道德），要在两个星期之内完成，唯一的要求是字数4000，以及提交日期，再无其他。

我心中忐忑，一再追问老师小论文的具体要求、框架、范围，得到的答案永远是，什么都可以。

原本十分恐惧一锤定音的闭卷考试，希望可以有一段充足的时间写一份论文。但事实证明这两者之间并无本质上的区别，如果非要深究，也就是短痛和长痛的区别。

每时每刻都笼罩在论文提交倒计时的乌云下，只要得空，第一时间就会想起修改论文，只要休息就要承受良心的谴责，仿佛自己没尽全力一样。从任务发布第一天，就开始精读文章，先逐字逐句地读完，再逐一查出不认识的单词标注上音标和中文，再找出文章的主观点和主要假设，用明黄色的荧光笔画出来。再读第二遍，用三种不同颜色的笔标出不同级别的重点，在边角的空白处密密麻麻地写笔记。精读了三天，完全了解了文章内容，就开始动笔。五天写完内容，再用四天修改，上课之余所有时间都用来打磨这篇文章。有时候对自己写的文章没信心，写了几段之后觉得不满意，就反复修改，小到用词，大到论点，各种斟酌使得进度很慢，还担忧自己写作的质量，在陷入绝望的焦虑中几近崩溃，越陷越深。

这天，又是写到凌晨4点钟，西方的灰姑娘和东方的聂小倩都已回家休息了，我依然在反复修改论文。也不知道怎么了，头脑一片空白，面无表情，眼睛里不断有泪水溢出来。视线模糊，慌忙扯几张纸巾摁住，但也止不住，可能是心里忽然飘来了几片云彩，然后下雨了。

上学的路上，城铁缓缓驶来。心中的负担越来越重，有一瞬间想轻轻往下一跳，这样就再没烦恼了。反复修改，却怎么都写不完的文章，长期的疲惫和失望让我的头脑已经无法理性思考，整个人机械地往轨道的方向走。

或许源于求生的本能，我停在站台边缘，没再往前迈步。城铁从身边开过，一阵凉风扑面而来。风中带着草木的清新，天高云淡，站台上的人来来往往，上班族一手拿着咖啡，一手拿着手机打电话，行色匆匆；情侣牵着手，有说有笑地从我身边经过；年轻的爸爸推着双排婴儿车，回头招呼戴着墨镜喝着奶茶的孩子妈妈，顿时觉得人间有趣。

打起精神，继续回到学校修改论文，反反复复改了十多遍，几遍看论文的结构，几遍看句子的逻辑，几遍看用词是否恰当和多样化，几遍看语法，再把关参考文献的格式，最后调布局、调字体。几番挣扎，眼看着快到截止时间了，我对这篇论文仍然不完全满意。但时间已到，好在论点还算别出心裁，论证能支撑论点自圆其说，再改也没有妙笔生花的能力了，于是按照事先学过的提交方式在学校的网上教学平台中交了论文，顿时感觉耗费毕生所学，筋疲力尽却也心安。长舒一口气，等待审判。

等待第一门主修课出结果是件漫长而煎熬的事，加上结果具有较大的不确定性，已做好最坏的打算。出分的那一天，我强装镇定，登录了学校系统查分。这是进入大学第一次发成绩，在此之前，不清楚大学的评分标准和严苛程度，也不知道自己在新入学的学生中是什么排位，心里徒增忐忑。好在一切会在一分钟之内揭晓，一边暗自祈祷，一边登录系统：72分。结果不好不坏，在心理学系属于中等的位置。看到成绩的一瞬间，我紧绷许久的神经终于放松下来，之前各种恐怖的揣测，比如不通过、另谋出路、延期毕业、被劝退……幸好没有成真。

心中安稳，窗外阳光也和煦了许多。

之后的日子照常，在学校、图书馆、宿舍三点一线间折返着，周而复始。临近期末，越发感到时间有限，如何调整精力，全靠个人自主安排。主修科目的期末论文占据了我大部分时间和精力，关于选修科目，比如国际关系和亚洲历史的期中论文和考试，只能用剩下的时间完成。一来主修和选修科目远近亲疏有别，免试保送研究生或是直博做研究，都先要看主修科目的分数够不够 distinction（优秀）一档，再看总成绩是否达标，所以在主修上多花点时间和精力是理性选择；二来心理学难度非常大，范围也大，需要大量时间来学习，才能达到绩点的平衡。

按照科目是否重要和是否擅长来安排时间，会比平均分配时间的效果更好。做好了计划，执行起来却步步艰难。白天课程安排得很满，只好晚上回家熬夜写论文。熬到凌晨，总觉得自己像一只提线木偶一样机械地打字，灵魂已经被抽走，只剩下肉体在和疲劳与困意做斗争。

一开始总觉得写得不够好，写几行删几句。好不容易在删删写写中搭出了框架，开了个头，又开始紧盯着字数。从论文刚开头到一千字这个过程总是特别漫长，偶尔还用一些"延长大法"扩充字数，比如原本简单的陈述前面可以加上 as a matter of fact（事实上），这句话就会瞬间变长；再者，一句话可以正反两面说，还可以在写完一段话之后，冠冕堂皇地写上一句 in other words（换言之），就可以用另一种方式再表达一遍同样的意思，只是侧重点稍有不同，从而弥补思想上的匮乏。一旦突破了两千字，就不再为字数所累，开始随心所欲地写，结果到头来又要删去冗杂的部分。

深夜，熬得眼睛泛红、眼圈泛黑，出来倒牛奶的工夫，遇见刚下夜班回来神清气爽的 Eva，顺便给她倒一杯热牛奶，她也会把当天没卖出去的面包带回来，当作我们第二天的早餐。我们三人虽交流不多，但都是中国人，又生活在一起，开始三人相处难免有些小心和客气，每个公共区域的物品都明确划分成三个部分。后来 Eva 每天都带回来免费的面包当早餐，我自觉负责供应牛奶、果汁、蔬菜，秦雨则给大家买鸡蛋、香肠，三个人先在食材上做到了不分彼此，后来相处起来就越来越自在了。

期末考试前一个星期总是学习效率飙升直至破记录的时刻，几乎无人免俗。我充分利用各种碎片时间，往脑子里灌输各种心理学理论和案例分析，在城铁上强忍住困意，实在怕睡过头坐过站。抬头一看，对面垂着头睡得正香的小哥身上红色的卫衣印着悉尼大学的 LOGO，底下还有一行字"Please wake me up at Redfen station, thanks!"（请在 Redfen 站把我叫醒，谢谢！）。

原来是同被期末折磨的校友。看四下无人注意，思来想去，还是走过去叫醒他，告诉他到站了。那位澳洲小哥在半梦半醒间跟着我下了车，到校后各奔东西。

去心理学系的路上，听见侧后方有说中文的女生，出于本能，放缓脚步，只听其中一位长发女生压低声音说："你知道李玉琪被挂了吗？"

每个系的评分基本都有正态分布：心理系每次大约有5%的"人中龙凤"得High distinction（非常优异）；10%的人得Distinction（优秀）；大部分居中，拿credit（中等）或者是pass（通过）；5%的人挂科，当然也曾听闻前几年某学院有过40%学生被挂的惨况，听闻有人挂科不足为奇。

短发女生尖声说："不是吧！她怎么能自己写论文呢？她写那个东西不挂才怪！"

长发女生继续说："对呀，好心好意让她用代写她不用，还嘲笑我们，结果挂了，让她重修去吧，又花时间又花精力又花钱。"

西方大学里自由的氛围为代写和替考提供了温床，学校的电线杆上、厕所洗手池和隔间里经常张贴代写和替考的小广告，明码标价，公开写明取得不同等级的分数需要多少钱，有的机构居然还薄利多销，一人代写三篇以上可打九折。广告纸的下方通常被精心剪成流苏形状的纸条，每一条上都印着联系邮箱，有意者可以撕下其中一张小纸条，既不破坏广告，又可跟代写机构取得联系。通常代写的宣传与联络都是在暗中进行，请代写的学生对此讳莫如深，居然真有人不以为耻，反以为荣。

与论文代写共生的学术不端行为是替考，目前尚未证实哪个现象出现得更早。悉尼大学考场管理是建立在对于人性本善的假设之下，信任学生会遵守考试要求，不抄袭不替考，因此考场安排极其简单。考生随机被分配到不同的考场，每个考生自行找到带有自己名签的桌子，坐下答题即可，其间不需要身份核验。一经发现作弊，就即刻按规定处理，轻则取消考试成绩，重则开除，并登上高校黑名单。

但总有人铤而走险选择替考，其中最为冒险的，是直接请同性别的枪手冒充自己答卷；还有重金买通同一考场的考生成为枪手，在考场上"传递消息"，私自携带手机现场接收答案。曾有学生向校方联名提议请求增加核验机制，并且细致地建议制作带照片的准考证，考生携带学生证以供考场工作人员核验身份。许久后得到了校长第一秘书的回信，大意是这个建议不能被采纳，原因是校方工作人员不够。

期末考试安排出来后，我有两门考试分别在同一天的上下午进行，三篇期末论文在同一天截止提交，全都赶到一块了。不由感叹天意难测，连拆东墙补西墙也是需要一些时间的。

好在不只是我，多数同学都有各种各样的时间压力，不少同学写邮件或直接下课跟设置课程的老师反映论文截止日期和考试时间频繁撞车，各位老师们的回应都差不多，总结核心精神就是，没的商量。神经学不苟言笑的 Henderson 教授更是回复："我们都是同一时间开始上课，为什么不同一时间结束呢？"

外交失败，只能回归到提升行为体的实力，迎难而上。

去参加期末考试的路上秋风萧瑟，我猛然想到没有带涂答题卡的铅笔！成年人也有计划不全面的时候，遇到突发事件要积极应对。

考场很有可能会给考生提供铅笔，但数量应该不会太多。转了一圈看看四周，机智地走近一家和学校合作的眼镜店，诚恳地说明情况，还有借铅笔和橡皮的请求，并且保证考完一定归还。随后，拿着借来的铅笔、橡皮，边走路边抓紧最后一分钟背着神经心理学中大脑和神经系统的各种概念，还有法医心理学中的经典案例，这认真求学的场面如果不是临时抱佛脚，就更感人了。

或许是对屡禁不止的作弊产生了警惕，这次期末的考场布置比较严谨，考同一个科目的学生被分配到不同考场，考场内两人一个长桌，中间还竖着一个板子间隔开，用精心设计的考场环境和完善的机制把作弊扼杀在萌芽中。毕竟考心理学的学生"借鉴"旁边考数学学生的答案不会有任何意义。

考生刚陆续入坐，还没发卷子时，瞥见旁边的女生拿着计算器。我们两人的物理距离不到一米，但精神却不在一个世界里。她徜徉在数字和计算中，隔着板子能感受到她的指甲疯狂敲击计算器的频率极高，而我在社交心理学、发展心理学、法医心理学和神经学——理性和感性中疯狂地转换。50道多选题，10道简答题。遇到不会的多选题，本想翻到后面看看简答题寻找一下交叉的线索，结果发现整张卷子滴水不漏，只好翻回来老老实实答题。

第十二章 校园二三事（下）

一个学期的煎熬，心中好像多了很多伤口，好在有假期可以疗愈。考完试后，昏睡几天没有出门，全靠 Eva 带回的面包度日。直到有一天突然打破宅在家的平衡——可能是吃了过期的面包，我开始上吐下泻。悲伤之余还暗自庆幸这几天是假期，不耽误上课。秦雨雪中送炭，买来各种止泻药，可用了都不见效，只好打电话预约社区医院。

第一天，约满。

第二天，约满。

第三天，终于约到了！再约不到，不是已经自愈就是病入膏肓。

Eva 上班，秦雨搀着我艰难地往医院走，在门诊入口排起了长队。都已经是预约制了为什么门诊的队伍还排这么长？为什么没有急诊通道呢？像我这样拿着纸巾捂在嘴上妄图抑制住呕吐，屏住呼吸夹紧臀部防止腹泻当场的急症患者，排在现场的队伍里，走也不是，留也不是。排在我前面的是两位面色红润、有说有笑商量着量血压的大妈。我用全部的理智说服自己，接受这个不管重症轻症一律要无差别排队的现实。

听到医生喊自己的名字时，已没有多少力气了。好不容易见到医生真容，医生从头到尾就说了两句话，一句是："什么症状？"

另一句是："吃这药，多喝水，交完费就可以回去了。"

预约了两天半，排了三个小时的队伍，一分钟，两句话就看完了？不说说是细菌还是病毒感染？不用再排查排查有没有其他疾病的可能吗？当时我已没有提出异议的能力，付完了50澳元的门诊费和20澳元的药费，一瘸一拐地走出社区医院，边走边跟秦雨开玩笑："我终于明白为什么移民的亚洲家庭都希望孩子当医生了。"

秦雨也忍不住笑："你也是在悉尼高考的，为什么不学医呢？"

我一阵心虚："也不是没考虑过，有很多现实的原因嘛，归根结底就一句话，分不够啊。"

至今起因不明的病痊愈后，我趁着假期在家里做一些饭菜，安抚受伤的胃。平时疲于上学，回家经常写作业到深夜，没有时间体会生活中细微的美好。人间有味是清欢，身在异乡，家乡美食具有强大的疗愈功能。我跑到中国超市买了些肉末和豆腐，把豆腐横着切成几片，中间放上肉末，上下包裹上两片鲜嫩的豆腐，再用绳子绑好，防止散开。油先下锅，再放豆腐，豆腐被炸得微微泛黄，香气四溢。

这时，一阵刺耳的警报不合时宜地打破了美好的意境。秦雨被吓得花容失色，头发凌乱地从屋里跑出来，连拖鞋都没来得及穿，大喊："欣然，欣然！报警器响了！快点跑！"

我下意识地弃锅而逃，跟着跑了几步才反应过来，应该是炒菜的油烟太大引发了房间里的警报。身为"纵火犯"不能逃离现场，连忙返回厨房盖上锅盖，关了火，再打开了所有的门窗通风。

报警器终于安静了，有惊无险，我如释重负。如果火警循声而来，不论是否有火灾，引发事故的人都要付700澳元的罚款，还要接受批评教育。只好放弃做到一半的肉末豆腐，改成炖豆腐汤，如此一来，色香味就大不如前了，只能将就着吃，毕竟有胜于无。

假期正是提升自己的好机会。平时被动地按照课程表上课、写作业，日子虽过得充实，却没有太多可以自主安排的时间。我打印了心理学权威期刊最新发表的十几篇文章，一篇一篇地精读，读完后写分析和总结。没有给自己设定时间限制，导致阅读速度极慢，两天才能读完一篇文章，虽说慢工出细活，但也不可避免地对心理学的难度和自己阅读的能力这两方面产生了怀疑，当然，对后者的怀疑更深厚。

怀疑解决不了问题，这于我而言是一个不错的开始。有了假设，要采取行动验证，管他证实还是证伪。思来想去，决定改变阅读方法，规定自己在三个小时内读完一篇文章，并写好分析和总结。

假期的自由很容易让人短暂地放弃自我管理，幸好我和两个室友分别属于不同类型的自律，不会趁着假期放纵自己享受片刻欢愉，关键时刻还能互相约束。住在一个屋檐下已有半年，平时总是各自忙碌，很少有机会深入交流。到了假期，相处的时间多了，也逐渐互相了解。Eva 是我们三人之中最早实现经济独立的人，一周在面包店上五天的晚班，从下午四点到晚上十二点，赚得出房租和生活费，还能把打工和学习平衡得出神入化，两不耽误。一直好奇她什么时间写作业，经过细致观察，才发现 Eva 擅长分配精力和时间。

在认知心理学的角度，人类做一些事情需要全神贯注，如解答很难的数学题；而有些事情只需要部分注意力就够了，熟练后就可以一心二用，比如一边做菜一边说话。学习时，Eva 全神贯注，戴上耳塞，不受外界的任何干扰；在面包店打工时，她可以一心二用，一边熟练地给顾客结账，一边回忆学过的课程、读过的书及构思论文的框架。除去期末临近时不得不在听一节课时做另一节课展示的 PPT 这种应急策略之外，Eva 采用的分配法行之有效。

秦雨在外貌管理上体现了极致的自律。一起生活了半年，她的作息时间最规律，每天早上 7 点起床练半小时的塑形瑜伽，定时喝柠檬水，吃从马来西亚代购的燕窝，再化好精致的妆容，去学校健身房旁边的健身餐厅吃低脂低糖的饭菜。不论我和 Eva 吃的火锅多么诱人，炸鱼、薯条的香味飘了多远，秦雨都不为所动，最多只尝一口，立马放下筷子潇洒离去，留我二人深陷美食的诱惑中。

深夜食堂对秦雨而言是不可能的，她每天晚上11点一边泡脚一边敷面膜、手膜，11点半准时睡觉。期末，我天天熬夜，脸色蜡黄、目光呆滞，看见秦雨珍珠一般发光的皮肤和明亮清澈的双眸，由衷地欣赏，暗下决心要作息规律，可第二天作业写不完还是免不了熬夜，大概是形成了路径依赖。

假期就这样过去了，再开学已是悉尼的冬天。来留学四年了，悉尼还没有下过雪，窗外的寒风和屋内的凉意总让人格外想念北京的暖气。

大一下学期课程依旧紧张，好在经历过一个完整的学期，我对课程和作业都有了心理准备，而且心态也由入学时的满心欢喜、四处张望，过渡到了现在的心如死水、低头看地，默默准备好承受新一轮的洗礼。

我成了图书馆9楼的常客，习惯性坐在靠窗的位置低头看书，抬头就是悉尼冬天的阳光。在图书馆找书是个挑战，馆里每本图书的数量有限，有些绝版书只有一两本，大家轮换着看或复印个别章节也不耽误循环浏览。可总有个别同学拿到书后不办外借，看完后藏在别人找不到的地方，等下次再来看。这样一来，其他人无法根据索书号找到这本书。每次看到只有一本书可借时，都心怀忐忑地找到指定楼层的架子，找到了就如获至宝，找不到就慌慌张张地向管理员汇报书不在指定的位置上，等管理员整理后发现"藏书之处"，或是跨馆借阅。找不到书，上下协调又要花很多时间，导致阅读及写作纷纷滞后。反复几次后，吸取了经验教训，把所有要借的书名记下来，找个时间统一借好，批量处理，节约了不少时间。

长期久坐、低头读书导致颈椎和腰都出现不同程度的酸痛。坐两个小时，起身活动，又怕突然在桌边做广播体操吓到身边的同学，只好去洗手间做一些简单的拉伸。活动脖子时，瞥见洗手台上方墙上用英文写着两行字："Chinese，out（中国人，出去）；NO Chinese！（不欢迎中国人）"。心中一凉，所谓的多元化，所谓的包容在这一刻显得讽刺。但愿这只是个别激进分子非理性的行为，无关大局。

回到位置上，照常写作业。偶然的不被欣赏和接纳并不是值得伤心难过的事。高中时我也曾经历过一段漫长的孤独时光，独自一人坐在草地上吃完午餐，仰望天空时想明白了，不论受了什么委屈，不被接纳或是不被善待，学习和生活都要继续。

图书馆的顶楼通常是安静的，静得连翻书声和脚步声都很明显，不过也有例外。此刻，图书馆所有不安静因素仿佛集齐了。我的座位不远处，一对金发碧眼的青年男女正在激烈地争吵，原本压低了声音，吵到激烈处怎么也克制不住，开始高声辩论。本想屏蔽这嘈杂的声音，但收效甚微。

另一边又有两个人你一言我一语地商量着小组作业的选题和结构，声音越来越高，似乎在与吵架的那对青年男女一较高下。在这样一片嘈杂声中，斜后方一阵清脆的手机铃声陡然响起。

环视四周，好几次想要提醒他们降低声音，但一时间也不知道该先去跟哪一组交涉。试图用眼神提醒了几次，未果，只好强迫自己不去听，谁背叛了谁我根本不在意，小组分工也与我无关，谁跟谁通话也无所谓。我小声地读论文，尽力抵抗着周围的噪声。

最坏的打算是，这样的局面会持续到我学习结束，但显然还是太乐观了。旁边一位女生最先打破现状，她起身走来，瞪了我一眼，毫不客气地说："请你小声一点，如果你必须要说话，可以出去。"

我不可置信地指了指自己："你是在说我吗？"

这位与我年龄相仿的金发女生逐渐失去了耐心："请你记住，这是在澳大利亚！你来这里就必须遵守这里的法律。这是公共场合，我可以报警抓你的！"

我本就烦躁，这么一闹更火了，气愤地说："首先，我知道自己在哪里，我没做任何违反当地法律的事。如果你想报警，我无权干涉，你只需要为你的行为负责。如果贵国的警察真有这么高效，目击证人和监控录像都能证明我的清白。其次，我可以通过你们当地人的行为判断这个国家或者地区的规范，再推理出应该做什么，不应该做什么。在同一空间里，有两个年轻的绅士在进行小组讨论，有一位女士在打电话，还有两个人在争吵，声音都很大，而且没有任何人制止，所以我推测这个地区的图书馆不需要保持安静，才小声读论文，让自己在嘈杂中集中注意力。请问，以上的描述有任何不属实的地方吗？我的行为与你们这些人相比，有什么不合理的地方吗？"

金发女生满脸尽是惊讶与难以置信，或许没想到一个亚洲长相的人不在冲突中息事宁人，而是据理力争。

我又想起之前在洗手间看到不欢迎中国人的标语，情绪中交织的委屈和愤怒顷刻间爆发，从解释自证转变成有力还击："如果你觉得同样一件在公共区域发生的事，别人做可以，我做就不行，而我们之间最明显的差别是种族，那么我是不是可以认为这是种族歧视？你报警吧，我要跟警察反映自己遭遇的歧视和不公！"

周遭一下子安静了，小组讨论的两位男同学看向我，打电话的女士也停住了，吵架的一男一女也安静下来，又或许他们只是中场休息。一片寂静中，与我争吵的金发女生眼睛里像是要喷出火来，上前两步，指着我的脑门："你从哪儿来的，就滚回哪儿去！"

这是讲理不成要改用暴力威慑。果然，在冲突中，规则、正义都很重要，但最终的结果还是取决于双方的实力。只有被武力打败的行为体，极少有因道德谴责而致死的，如果讲道德，很多冲突根本不会发生。

我尽量把冲突限制在语言范围内，不上升到肢体冲突，语气坚定，目光直视对方："请你保持安全距离，否则我马上举报受到了种族歧视和校园暴力。"随后，又立刻补上一句，"提醒你一下，咱们学校上学期英美文学专业的一位教授就因为种族歧视，被学校开除了。"

金发女生一听，气急败坏，随手拿起我桌上的一本书，重重往地上一摔，咆哮着不堪入耳的脏话。第一次近距离看见外国人骂街，跟美剧里演得一样狗血，不过更有真实感。还好她只是骂人，没薅我头发，否则我将亲身体验自身实力强的一方是如何破坏规则，为所欲为，再将事实粉饰修改成一场所谓的"正义之战"。

争执愈演愈烈，引来不少围观群众。图书馆的保安此时姗姗来迟，却也防止了事态进一步恶化。

我表达了自己受到对方的语言暴力、威胁、种族歧视，以及对方摔书差点对我造成的暴力袭击，面部表情和肢体语言都传达着受害者的惊恐，强烈要求对方承认错误，再道歉。

我想替忍气吞声的中国人要一个公道。

那个金发女生的情绪仍然激动，不住破口大骂，保安熟练地处理着纠纷，先把我和她隔开距离，再询问她发生了什么事。

窗外，天渐渐暗了，围观的人已经散去。我等了很久，最后等来了一句——"由文化的差异导致的误会"。

果然轻描淡写。

许多年后，有人问我为什么留学九年仍然没有选择在悉尼生活，我都会回想起这一天发生的种种，骨子里的尊严令我无法忍受这样的傲慢与偏见。

许多重大事件发生的背景都是天降异象，比如第二学期的期中考试赶上了悉尼十年不遇的强台风和暴雨。别的学校纷纷停课，悉尼大学特立独行，照常上课、考试，连七点后的晚课都没有做出任何调整。我只好拿起伞，穿好黑色胶皮雨鞋，开门冲进雨里。没走几步，伞就被一股强风吹翻过去，积水深的地方，水位比雨鞋的鞋帮还高。工具出现问题时，需要体现人强大的精神力量，无论环境如何，目标始终是西行。

从车站到学校的一路，垃圾桶里外外都堆满了被台风摧残坏的伞，我的伞骨也严重损坏，但有胜于无。伞柄的伸缩弹簧已经坏了，只好一只手握住伞柄顶端挡雨，另一只手不时擦去眼镜上的雨水。从公交车下来不到十分钟，全身就被台风吹得像是刚从游泳池里爬上来一样。在台风和暴雨中，看不清前方十米外的路，只好按照印象里学校的位置跟跄前行。

一路艰难到了班里，除几个开车的同学毫发无损之外，其他坐车或步行的同学都和我差不多，头发不停地滴水，衣服和鞋子全湿透了。灵光一闪，一个箭步冲向洗手间，拿了一叠吸水性很好的擦手巾分给同学们，简单救急之后，开始照常上课。

一位同学在学校推特下留言："积水这么深，难道让我们开船来上课吗？"

学校在推特上回复："可以，但是我们没地方停船。"

学校的课程没有延后，台风已过，暴雨间歇性从天而降，期中考试如期进行。考试第一天，我在图书馆旁边的餐厅和共同经历风雨的校友兼室友 Eva 一起吃午饭。Eva 上午刚考完金融数学，整个人处于间歇性灵魂放空的状态。她工作的面包店在台风期间停业休息，正好趁机休息一下。我就没那么轻松了，下午还要考神经学，只好一边背笔记一边往嘴里塞吃的。

吃完后正要举起伞再出发，Eva 回过神来，指着我的脚说："你的鞋怎么湿成这样？"

我无奈地摇摇头："已经麻木了。"

赶去考试的路上，为了不湿鞋，我总挑地势高的地方走；后来经过一片积水的洼地，不得不蹚过去，鞋子不可避免湿了，就再无顾忌大步向前走,时间一长,鞋子都能滴出水来。

Eva当机立断拦住我:"咱们俩换鞋,你穿我的鞋去考试。反正我也考完了,在这等鞋干了再回去。"她一边说一边脱鞋,刚站起身就被我紧紧抱住。Eva面对我的感激,哭笑不得地催我赶快出发。

期待已久的大事在来临之际总会出现一些意外,草草收场。不求在关键时刻灵光一现、超常发挥,只希望一切平稳,安然度过意外的考验,足矣。

一切都在匆忙中进行,期中考试过后的一天,强台风和暴雨戛然而止。学期的后半段更加忙碌,我夜以继日地写论文之余,听说本地的学生在疯狂转发心理疏导热线电话,而且24小时"营业",大概是为了防止学生们熬夜写论文崩溃后无处诉说。

这段时间,留学生的邮箱里会莫名其妙地收到多封论文代写的广告。虽然对论文代写、考试替考这些学术不端的现象早有耳闻,但向来遵守规则的人自然对这种破坏规则的行为深恶痛绝,于是我顺手点了举报。几个月以后,一家业内知名代写机构"Go for Excellence"(通往卓越)被媒体曝光,引起了教育部的注意。查明情况后,这一机构的网站被注销,负责人在两年牢狱之灾和巨额罚款之间选择了后者,涉及代写的在校学生一经发现一律开除处理,取消学生签证,即使已经毕业也面临被吊销学位证。

临近期末,难得看见没课的秦雨和调休的Eva同时在家,三人聚在一块儿吃晚饭,我和Eva泡好方便面,秦雨吃沙拉拌千岛酱,三人各怀心事，食之无味。

秦雨神情涣散地问："欣然，你的论文写得怎么样了？"

我一边吃面一边含糊地说："还剩一篇神经学的，不好写。"

同病相怜的人还能正常交流，一经比较，秦雨瞬间如临大敌："你们论文怎么这么少？我们又要期末考试又有期末论文，简直没法活了！"

我哭笑不得地回应："秦公主，谁不是四五门考试、四五篇论文啊！我这一个月早上六点起床，凌晨两点睡，有一次写到凌晨三点半，心跳快得以为自己犯心脏病了，这样紧赶慢赶才完成四篇。"

秦雨崩溃得快哭了："我还有三篇没写呢，十天之后就是deadline了，写不完是不是就要挂了？"

我连忙打断她："呸呸呸！别说这些不吉利的，你上学期不都挺过来了吗？这学期晚上多熬几个夜，实在不行就找一个合理的理由先申请延期提交，再接着写。"

秦雨摇摇头，带着哭腔："就算延期一个礼拜也不一定能写完啊，尤其是选修的现代艺术理论，我本来学得就差，认认真真写都有可能挂掉，要不干脆找个代写吧？我前几天正好看到一封代写论文的广告邮件，质量看着还不错，反正比我写得好。"

我连忙板起脸，试图遏制这个行为："你好歹也听完了一个学期的课，代写不一定比你懂自己的专业，你就这么放心把论文交给一个从来没听过课的人？"

秦雨仰天长叹："就这一次还不行吗？江湖救急啊，下不为例！以后我一定早早开始准备。"

我坚决反对："你看没看到'Go for Excellence'那个机构被封的报道？你只要找一次代写，把学生账号和密码给了代写机构，就再也回不了头了。机构一出事，哪怕是已经毕业的人，只要有一篇是代写的，就会被吊销学位证书的。你背井离乡读的书，点灯熬油写的论文就都不算数了。"

秦雨趴在桌子上哀号，我继续劝说她不要做出学术不端的行为，等到洗碗时才留意到Eva今晚格外安静，饭也吃得很少。估计是快到期末了，又要复习又要打工，太累了。

夜渐渐深了，我一鼓作气，写完了神经学的期末论文。忽然想到Eva晚上没吃多少饭，就拿上两个秦雨买的橘子，"借花献佛"敲Eva的房门。

敲了三声，又敲三声，没人答应，但透过门的缝隙看到屋内灯还亮着。

推门一看，屋里没人。室内一切如常，被子卷在角落，几个纸团被凌乱地扔在地上，书看似无序地摊着，桌子的中心有一张纸，是Eva的字：

"活在这个世界上太累了，我不知道自己哪一天会被累死，也不知道哪里错了，可能活着本身就错了。与其在无尽的黑暗中被折磨，不如将结束这一切的权力交给自己。我不怪任何人，可能会后悔没有走一条更加轻快、更加光明的路，但也来不及了。手头上的作业还没有完成，下周面包店的排班没有我，就这样吧。终于可以休息了，终于看到了结局。优秀或是平庸已经不重要了，就这样吧。希望我的墓碑上写：一个没有辜负时光，用尽全力向前跑的人。"

我脑中一片空白，反应过来后马上夺门而出，喊醒了秦雨，两人一起跑出去找 Eva。深夜，路灯的光微弱得只能照亮脚下，远处一片漆黑。我和秦雨不敢分开，互相搀扶着在公寓附近寻找 Eva。

一无所获。

紧张与绝望交织着蔓延开，秦雨哭得睁不开眼睛，我拉着她，强作镇定扩大寻找范围。早一点找到 Eva，就多一线生机。

想起自己曾经站在学校附近的城铁站台上，也有过一跃而下的念头，连忙拍拍秦雨："快，咱们去城铁站！"

秦雨带着哭腔说："可是城铁已经关了呀！"

导致 Eva 崩溃的地方有两个，一个是学校，一个是打工的面包店。推己及人，学校给人的压力更大，我决定碰碰运气，拉着秦雨直奔城铁站。

城铁已经停运了，四下空无一人。秦雨忽然尖叫着指着远处，我循声望去，好像是一棵树。但定睛一看，树影在移动。

是人！

我和秦雨喊着 Eva 的名字，跨过闸机向人影的方向狂奔。站台上的人影越来越清晰，就是 Eva！我们俩悲喜交加，扑上去紧紧抱住 Eva，三个人哭成一团。Eva 神情恍惚，嘴里念叨着："我累了，我要完了，这样走了是最好的，走了就一身轻松，不用在这世界上苦苦煎熬了。"

秦雨泣不成声，我努力克制自己的情绪："你别寻死啊，只要活着，一切都还有办法，再坚持一下就都过去了，我们都在这一起熬，你的父母还在家里等你回去呢。"

不知道哭了多久，眼泪仿佛已经流干，嗓子也喊哑了。我们三个人相互搀扶着回到公寓，这时天已经亮了。回到房间后，Eva沉默地拿出压在书下的诊断单，中度抑郁。

我首先打破沉默："抑郁能治好的，我在诊疗心理学课上认识了一些心理医生和精神科医生，我帮你联系，你千万别想不开。"

Eva摇摇头："我集中不了注意力，打工也昏昏沉沉的，实在坚持不下去了。"

秦雨眼眶泛红："你这是病了！像你这么拼命打工还要学习太累了，谁都扛不住的！这段时间别去打工了，慢慢把作业写完就好了。你学习那么好，只要专心学，肯定没问题的。"

Eva继续摇头："我没有机会了，期末论文我找了'通往卓越'的代写，就是你们说的那个被注销彻查的机构。我的学生证号和密码都在这个机构的记录里，聊天记录和付款记录都有，应该很快就会查到我找代写的信息，被学校开除是早晚的问题。"

事情的复杂程度超过了我和秦雨的想象，我愣了片刻终于反应过来："不到最后一刻就还有机会，这是你第一次找代写吧？"

Eva点点头。

我灵光一现，连忙说："不要提交代写的文章，你自己写一篇提交上去，即使查到代写机构有你的信息，系统里的文章是你自己写的，就查不出什么问题。"

Eva 低着头，缓缓地说："可论文已经提交上去了，撤不回来了。"

思考片刻，一筹莫展。

我忽然想起有一次自己一时大意提交了错误版本的事，眼前一亮："咱们的学校系统在截止日期之前可以选择 Re-submit（重新提交），有一次我提交了错的版本，就重新交了一份对的，新的版本会覆盖之前的版本！"Eva 将信将疑，我继续说，"肯定有转机，时间紧迫，你现在就别打工了，写一篇新的论文，把代写的替换掉！"

Eva 下意识地摇了摇头："那怎么行呢？如果不打工，我就没有生活费了。我父母离婚，我爸不管我，我妈一个人很不容易，只能给我交上学费，房租和生活费都要我自己赚。"

这是我第一次听 Eva 说起她勤工俭学的原因，原来是迫不得已，别无选择。悉尼的房租确实是一笔不小的开销，物价之高估计能排进世界前十。但任何事情都有解决的办法。我想了想，说："写期末论文、准备几科考试，大约需要一个半月的时间，你先拿出之前存的钱，我和小雨先把这个月的房租垫上，生活费也简单，我们俩买菜买饭把你那份带出来。"

秦雨破涕为笑："对呀，平时吃了你那么多面包，我们也该为你做点贡献了。"

Eva 还沉浸在悲伤之中，脸上又添两行新泪："我根本集中不了注意力！我打了学校的心理咨询电话，没有用的！"

我虽没有十足的把握，但也要积极地想解决的办法："我有一些写论文的心得，很简单，主要是主观意愿和客观条件两个因素。首先，你一定要有强烈的意愿，咱们现在没有退路，只能尽全力让危机不爆发。你也不要有太大的压力，期末论文只是一个短期目标，还应该有一个至少横跨四十年的长期目标。再回头看看自己正处于长期目标的哪一个阶段，有了全局观，就不会觉得眼前的困难是天大的事了。"

屋里一片安静，我继续说："客观条件也非常重要。写论文一定要有一个适合长时间集中注意力的环境。房间里有床、茶几、零食，暗示休息的符号太多了。你先去补觉，下午一点半带上所有的书跟我一起去 Fisher 图书馆写论文。"

确认 Eva 恢复平静之后，我和秦雨轻手轻脚地离开她的房间。

下午到了图书馆，周围的同学都在赶期末论文，我和 Eva 瞬间沉浸其中，半天下来进展顺利。当个人的意愿和能力不足时，寻找目标坚定的盟友组成一支队伍，有利于完成各自的任务，实现双赢。

五天过后，Eva 在截止日期之前重新提交了原创的论文。起初，我们三人心中不安，怕学术诚信委员会调查 Eva，尤其是心理学系已经有六位在读的同学被查出论文代写，已被开除学籍。学术不端依照规则应该受到处罚，但我了解 Eva 的苦衷，在极特殊的坏境下谁都难以保证自己的行为会始终正义。于情于理，她应该有一个改正的机会。

直到专业出分，三人才真正如释重负，由于仓促赶工，Eva 这次的分数不高，但好在一切正常。

往常都是盼着高分，这是我们第一次如此渴望正常。

危机过后，Eva 又陷入了漫长的沉思，我也不便再去打扰，毕竟每个人都要为自己的选择负责。

又过几天，Eva 平静地跟我们说："我申请了休学一年，系里已经批准了，下学期我就不上课了。"

我和秦雨大吃一惊，正想着怎么劝她，可 Eva 主意已定："你们别担心，我曾经认真地想过结束自己的生命，但这不是一个好选择。这些天失眠的时候，我一直在思考怎样才能过好这一生。一边学习一边打工，长久下来人是会垮的，所以我才想到了休学一年，专心打工，赚够了一年的房租和生活费，再继续回来专心学习。虽然毕业晚一年，但应该是最稳妥的办法了。"

秦雨紧紧抱住 Eva，我跟上去抱住她们。没有人说话，在这一刻，语言是苍白的。

休学之后，Eva 每天在面包店工作，早出晚归，依旧忙碌，但没有生活和学业的双重压力，状态一天比一天轻盈舒展。

学校里的故事还在继续，大二上学期，每个学生都需要在心理学学科中选择具体的专业。我几门课的成绩都平平无奇，神经学对学术积累的要求极高，日后可能需要读博做研究才能有所建树；社交心理学和发展心理学都不是我的强项，成绩堪忧。用上排除法，眼前只剩下诊疗心理学和法医心理学两个选项。这两者都是理论与实践相结合的专业方向，经世致用，前者帮助陷入心理和精神折磨的平常人，后者帮助执法部门探寻案件的真相，当然，也能帮助犯罪分子进行心理和精神方面的疏导和治疗，否则犯罪分子刑满释放后对社会也是一个不安定因素。

斟酌再三，为了心中的正义，我选择了法医心理学。往后无穷无尽的实验和案例内容都是在黑暗中的故事。在许多扑朔迷离的案件中，通过盘问得到真实有效的信息，判断嫌疑人的口供是否属实，判断目击证人及受害者的证词是否真实、嫌疑人是否存在精神方面的问题等，都要比想象中困难得多。任何一步出现问题，都有可能让无辜的人含冤入狱，或是让真凶逍遥法外；每个看似证据确凿的案件背后，却可能出现意想不到的问题。

有一桩经典案件，至今记忆犹新。那场审判的重要证据是受害者的证词，受害者不幸遭到强奸，挣扎中牢牢记住了犯罪分子的外貌特征，警察在接到报案后锁定了一个嫌疑人。当时的法医心理学专家配合警方进行调查，分析了受害者的证词、现场证据、嫌疑人的口供等多方资料，判定这个嫌疑人有罪。许多年过后，真凶落网，而与真凶外形相似，却无辜蒙冤的人却在狱中荒废了一去不复返的青春。

还有一桩案件，一个叫麦克的未成年人涉嫌谋杀自己的亲妹妹。经过警方和法医心理学专家连续 16 个小时的审问，最开始矢口否认杀人的麦克开始精神崩溃；在法医心理学家精心设计的逼问下，改口承认了他身体内的恶魔主导了他的行动，失手误杀妹妹。结果又是一桩冤案，杀人凶手另有其人。

我把收集好的文献按照重要程度分为三类。第一类是最重要的，即写论文要直接参考的文献打印出来，先精读再写进论文里，作为文献综述或用于支撑自己的观点;第二类是次要一些的,标注出值得参考的部分,例如提出假设、变量选取方法、案例分析或是论证方法;第三类更次要,参考其中一些观点或数据即可。

阅读的文献堆在桌子上,看上去很凌乱,实则乱中有序。左手边堆砌的几摞是参考书,右手边堆着的是打印出来的文献,贴满了各种颜色的标签,电脑后面是引用过的文献。我坐在电脑前面,在这狭小逼仄的天地里用英文探索一个知之甚少的新领域,循环往复。

长期窝在这个角落里,几乎不动,坐姿也不标准,屈膝、弯腰、探颈、屈肘,整个人呈一种折叠状态;一抻直,肌肉就酸痛,却也无法避免这种窘境。

一天,我像往常一样在文献的海洋里写案例对比,三声清脆的敲门声响起,这是秦雨的习惯。果然,秦雨那张白皙的瓜子脸从门口探进来,手中拿着新榨的果汁:"欣然,你还活着吗?已经好多天没见到你了。"

我艰难地起身,腿部和腰部的肌肉发出一阵酸痛:"我这一个月基本都在椅子上,没怎么起来过。"

秦雨调皮地说:"你什么时候瘫痪的啊?康复训练不能停啊。"

我不服气地噘嘴:"你们学校不也快 final(期末)了吗?都是一条船上的人,谁笑话谁呀?"

秦雨耸了耸肩:"我已经看开了,pass(通过)和 high distinction(非常优异)都是过,有什么区别呢?"

她总是笑得那么明媚,生活应该没有烦恼吧。

时间紧迫，刚交完心理学案例分析的期末作业，争分夺秒地赶到神经学讨论课的现场。

一路匆忙，气还没喘匀，直奔一个空位坐下，幸好讨论才刚开始，没错过总结内容这一环节。

旁边是上学期曾婉拒跟我组队的Charlotte。在排他性选择中没有被选中，并不意味着我不被喜欢，而是机制因素决定了选择数量，有人被放弃是不可避免的。

果然，Charlotte略显夸张地扑上来，拉住我的手，问："欣然，你怎么还穿毛衣呢？"

我一愣，环顾四周，金发碧眼的女同学们穿上了清凉的吊带裙，男同学穿着短袖，露出蜜糖色的手臂。瞬间感觉自己被卷入夏天的热浪，呼吸艰难。

下课后，大家三三两两地走出教室，我照常最后一个离开教室，关灯关门。

走到室外，闷热有增无减，蓝花楹悄然盛开在猛烈的日光下，人与自然都被笼罩在巨大的蒸笼之中。

期末考试结束，提交了四篇论文，突然剩下留白的时间。

我陷入漫长的思考和独白，从文献综述到设计实验，再到论文写作和期末考试。

这一年间，阅尽了前二十年都没见过的犯罪案件和实验，看着嫌疑人和目击证人的证词，脑中呈现出作案的画面，有时甚至会把自己代入被害者的角度，常常觉得透不过气。

不怕前路艰难，只怕自己呕心沥血取得真经，回首一看，没能预防一场恶性事件,没能阻止一场犯罪,没能让一位受害者免于受苦。

我不愿见正义迟到,不愿见无辜的人遭难;即使犯罪分子悔改,并为之前的恶行付出代价,也无法挽回已经对被害人造成的伤害。

我不愿再关注与法医心理学有关的任何事。

第十三章 围城中的磨炼

深思熟虑后,我转到了国际关系专业,从微观的个体心理层次转到了宏观的国家间互动。

旁观者大多认为这是典型的走了弯路,不仅浪费时间而且代价惨重,并大做文章,让后生引以为戒。

但我只觉得这是一次试错,大不了及时止损,大不了从头再来。

顺利地进入喜欢的领域,并愿意为之奋斗一生固然顺遂,尝试过后发现自己不能做什么也并非没有价值。至少在现实与预期出现偏差时有勇气从头再来,对变化和波折有了心理准备和应对方式,而付出的代价也在承受范围之内。

所幸前三个学期心理学课程的学分全部转成选修，如果一切顺利，就可以照常毕业。

转专业后，前路并没有想象中顺遂，只是遇到的坎坷和之前有所不同。

国际关系理论课的资深讲师 Smith，也是这门课的 coordinator（协调人），每节课必迟到二十分钟，我们已经习以为常。

有一次，Smith 老师过了半小时还没有到，有的同学已经起身离去。我无数次怀疑自己是不是错过了课程取消或调整的信息，但看留下来的同学还有不少，只好静坐观望。

Smith 老师姗姗来迟，边喘着粗气边打开麦克风："我来迟了，并不是因为我觉得你们的时间不重要，而是我想把主要精力放在准备内容上，形式就没那么重要了。"

默默地平息长时间等待的烦躁，边听课边抄课件。

过了二十分钟，得出一个负责任的结论，课件粗制滥造。

大课上的内容通常是本周主题的概括，再配合课前课后的阅读材料，简洁明了，目的是让学生在阅读教科书和文献的基础上纠偏。而眼前的这份课件全是大段的摘抄和引用，讲师再照着课件上的内容读，有时读串行了，再找回来继续读。

一声长长的叹息，看来只能回去多读两遍文献了。

照理，应付了事的老师对学生的态度大多也是睁一只眼闭一只眼，两者互不较真，互不强求，则互不亏欠。但显然不该建立在经验的基础上妄下结论，这门每节课都延后 20 分钟、用大段文献摘抄撑起的国际关系理论课，期中考试给我的分数低到跌破个人纪录，而且没有任何评语。

我按照课程大纲中的预约时间，预约到了经常姗姗来迟的Smith老师，想问清楚原因再申请重判。

她漫不经心地翻了翻我的论文，直接跳到最后打分的那一页，看了一眼后摘下眼镜，郑重其事地说："你们班的辅导员是牛津大学的退休教授，他在这个领域里非常权威，比我有经验。他这么打分一定有他的道理，很抱歉，我不能重判。"

在来之前就做好了心理建设，对于Smith老师的任何回复我都不意外，只是本能地为自己争取："课程大纲上写着如果分数与预期相差太多就可以申请重判，取两次的平均成绩，我还是想申请。"

Smith老师微微皱眉，把我的论文放在桌上，盖棺定论："重判也是65分，你并不优秀，至少没有优秀到让我记住你的名字。你应该调整自己的预期，而不是在这里浪费彼此的时间。"说罢，她起身，请我出去。

我争辩道："Ms Smith，论文上写了我的名字，我叫Xinran Zheng。我在讨论课上积极参与讨论……"

她没有耐心地摆摆手，打断我："我不会念，也记不住你是谁，在官方语言是英语的国家，你需要取一个英文名。"

心里瞬间乱了，忘了自己是怎么出的门，应该是狼狈而逃。

无暇顾及名字的事，只想在系统里申请重判，但此刻内心的懦弱开始蔓延。

课程的coordinator不支持重判，申请重判后的所有可能出现的负面影响瞬间涌入脑中。

一出门，下一位等待与Smith老师见面的女同学上前拉住我："怎么样，老师说什么？"

"老师说不能重判。"

"过了就好了，你还担心什么？"

积累的委屈瞬间爆发，眼泪蓄满了眼眶，我大声争辩："你知道我为了写这篇理论论文看了多少书吗？连十九世纪的原稿我都找到了，让在澳洲国立大学读书的同学加急邮寄过来，反复确认引证，搭逻辑框架，一个月早上六点起，晚上十二点睡，除了上课，其余时间都在写论文，就为了得一个高分！那是我应得的！"

抱怨并没有用，既然事与愿违，只能努力把这个分数对GPA的影响降到最低。

地区与问题研究课的presentation需要二人一组共同完成，但我对小组任务心有余悸。好在这次的机制充分考虑到像我这种经常被剩下的人，每个同学先选择自己想研究的议题，选择相同议题的人将自动分为一组。我选的是中国的少数民族问题，一来想要向班里的同学展示中国少数民族最真实的情况；二来在收集一手文献和资料方面也比较有优势，此时不用更待何时？再看，已经有人在这个课题下签名了，是中文的拼音——Minghui，明慧，明艳聪慧，真是个好名字。

我压低声音呼唤明慧，许多人看向我，就是没人答应。

一定是声音太小了，又加大音量，连名带姓地喊了两遍。一个穿着黑帽衫的男生终于反应过来，朝我走过来，打了个招呼："你好，我叫袁明辉。"他的背后有一束阳光从窗边照进来，正午的阳光刺眼，我一时没想好是要遮住阳光还是抬手打招呼，手停在半空中，略显尴尬。

明辉化解尴尬的办法是交换微信，那时是 2015 年，微信已是海外留学生建立联系最便捷的聊天工具，大多数中国同学浏览微信的频率是浏览学校邮箱的 N 倍。交换完微信，明辉提议再交换一下电话和邮箱，以防联系不上。

有了这些，至少可以得出两个结论：第一，他是个认真对待小组作业的同学；第二，颜值和学习态度可以成正比。除此之外，还有一些建立在现象基础上的合理假设和预判，包括他是不是特别想和我一组，是不是早就观察到我的发言逻辑清晰观点独特，是不是想以学习为名悄悄接近我等，有待进一步考证。

我们一路并排走着，自我介绍结束后再没其他的话聊，走出学院大门后就挥手道别，各走一边。初次见面不一定要一见如故、相谈甚欢，沉默一些也没什么，以后多组织学术讨论，熟悉之后自然就有层出不穷的话题。

然而并没有然后，他在开学第三周之后就消失了。在微信、电话、学校邮件里，阶梯教室和讨论课堂里，都消失了。我一遍一遍地给他发微信和邮件，一开始是商量讨论时间和选题，后来再发我做好的文献综述和分析框架，盼望他是因为有事耽误了，或许下一周就来了，到时候再装作什么也没发生，继续小组报告就好。但我从来没收到过回复。

直到第八周，马上要以小组为单位做报告了，不得不上报成员缺席的问题。老师看着我和明辉的聊天记录,里面自始至终只有我一个人发送的消息;邮箱里发出的一封接着一封没有收到过回复的邮件,才充满同情地看着我,那种眼神让我莫名感觉自己像是被抛弃了,又要在权威者面前梳理被抛弃的事实,希望对方主持公道。

独自一人做完了小组展示,不幸之中的万幸,这些天的付出收获了 high distinction(非常优异)的回报,足可抵消组员消失、独自熬夜完成任务的辛苦。那一天,照例在图书馆自习到晚上 10 点,喜悦还没有消散,一路唱着《敢问路在何方》,回到家看到秦雨正在做蔬菜汁。

夜晚,厨房暖色的灯光衬得秦雨像一朵盛开的红玫瑰,她笑着回眸看我:"你的成绩真好!我要是像你这么有天赋,什么都能学明白,我也愿意学,拿个高分多有成就感呀。"

我苦笑:"哪有什么天赋啊,就是死乞白赖的努力和时间的堆叠吧。"

秦雨的脸上还有浅浅的笑意,可眉目之间已有浓浓的委屈,眼泪夺眶而出:"欣然,我有很多遗憾。"

在狭小的厨房里,秦雨抱着我哭了好久,讲了压抑很久却始终无法释怀的故事:"我小时候跟妈妈一起生活,妈妈工作很忙,还要带我,爸爸很少来看我们。五年级那会儿,我得了红眼病,睫毛周围有一圈厚厚的黄色的鳞屑,一直也没去医院。同学们每天都用很鄙夷的眼神打量我,说我眼屎没洗干净。我就每天早上起来用毛巾搓眼皮,把鳞屑搓下来;有时还掰开下眼皮,用毛巾搓里面，把眼睛搓得又红又肿的，同学们都叫我'红眼怪'。"

秦雨断断续续地说："再长大一点，我不知道怎么了，特别抵触吃饭，在学校从来不吃午饭，回家也不怎么吃。当时大人根本没在意，觉得吃的就在那儿，饿几顿就吃了。后来我经常恶心，吐酸水，又过了好长时间才去医院看了，已经是严重胃炎。连续吃了一年多的药，胖了30多斤，没有男孩子喜欢我，也没有朋友。你说，为什么有的父母生了孩子，又觉得被拖累？孩子为什么需要别人的照顾才能活着？"

看着秦雨哭红的双眼，我的大脑一片空白，诊疗心理学的技巧一个都想不起来了。看着她哭得渐渐声嘶力竭，我轻轻拍拍她的背："说说我眼里的你吧，你特别漂亮，是那种在美女扎堆的地方都能闪闪发光的漂亮，又那么自律，资源禀赋和后天努力都有了。眼病和胃病应该也没有留下什么病根，外人完全看不出你小时候的苦难。你早就开始新的生活了，只是心里还没有走出来而已。"

秦雨哽咽道："道理我都明白，白天装作对生活很有规划的样子，我几次都要差点相信自己走过来了。不知道为什么，一到夜深人静的时候，那些受苦的片段就特别清晰，忍不住想哭。"

我思考了很久："小雨，人总归要受一些苦的，躲过这样的苦可能会撞上另一种苦。苦难也不完全是对人的摧残，有时只是命运另有安排。我学前班就被送到寄宿学校，遇到过很多室友，你是我见过最自律、生活方式最健康的人。可能是你小时候身体出了问题，才格外重视健康。可能十岁时，你是最不健康的人。

但我敢说，二十岁的你比很多抽烟、喝酒、熬夜的同龄人都健康得多。"

秦雨渐渐安静，我对她说，又像是对自己说："人生很长，过去已经不能改变，多往前看吧。"

我也有过难以面对的痛苦和无法弥补的遗憾，也曾经在深夜里挣扎、浮沉，被困在苦难的回忆中无法自救。后来，一个偶然的契机，开始看与课程无关的小说和散文，渐渐地，单向输入变成了跟作者对话，有许多陈年的问题和困惑被一一化解，知道了是非对错、真善美，了解了事物发展、变化的规律，就不会被现象所迷惑。

隔天，秦雨的眼睛有些红肿，但眉眼间满是释然与云淡风轻。不知道痛苦在深夜里会不会再次向她袭来，但生活不就是反复治愈曾经受的伤吗？

就像我，接连被老师打低分、小组成员无故消失和在图书馆辱骂我的人伤害，那又怎样呢？短期改变不了身在异乡的弱势位置，只能自行做好心理建设，勇敢面对。

可持续发展与全球化的课堂上，讨论小组刚刚组成，一片寂静。面对这种情况，我必然要撸起袖子准备引导讨论，刚要开口，对面的日本同学 Catherine 忽然发问："你用过 Aesop（伊索）的护肤品吗？"

这个与学术风马牛不相及的问题把我的开场白猝不及防地堵住了。我自认为不是个古板严肃的学生，讨论偏离重点可以接受，但前提是要先开始讨论！用尽毕生修养忍住了翻白眼的冲动，无视 Catherine 的问题,重新开始简短有力的开场白,讨论随后回到了正轨。

大家背景不同,讨论存在分歧在所难免,尤其是相对敏感的议题,并不强求立场一致、相互认同,不同文化背景的同学能互相尊重、求同存异即可。小组讨论进行到白热化阶段,讲到《增长的极限》中关于污染的危害存在时间滞后的情况,也就是当下无法完全反映出污染造成的危害,而且污染呈指数增长的趋势,导致长期累积的危害一旦爆发将难以控制。讨论至此,Catherine 终于放弃了对 Aesop 护肤品的关注,指责道:"你们中国为了自己国家的经济发展成为世界工厂,选择了一种很不可持续的生产方式,造成的跨境污染使邻国的空气、土壤质量受到严重的危害,中国有责任带头治理污染。"

我据理力争:"成为所谓的'世界工厂',是在 80 年代全球化的发展中,西方跨国企业在全球范围内组织生产、采购和运输,降低人工和仓储成本。西方国家将污染密集型产业迁移到了中国以及东亚其他地区,现在要清算污染和排放问题,我们中国没有揪住历史责任不放,也没有专注于谴责这其中的污染转移。我们更愿意与其他国家共同应对环境污染问题和气候变化等人类共同的危机,而其他发达国家只是谴责中国的污染和排放,这种行为违背了环境正义的原则。"

Catherine 听罢,气愤地双目圆瞪:"中国是当前世界第一大温室气体排放国,你这样推诿的态度,如何开展国际合作?"

我寸步不让:"如果一定要把讨论的问题限制在国家层面,

那么20世纪八大公害事件有四件发生在日本,四日市哮喘病事件、水俣汞中毒事件、富山骨痛病事件、米糠油事件,危害了多少人的健康和生命安全。这些事件并没有过去多久,为何不见贵国在国际社会上进行反省和自我批判?"

来自美国的交换生Joshua加入讨论:"追究历史责任将会衍生出无穷无尽的话题,我们就看当前,其他国家没有理由为中国的发展和高排放埋单。"

Joshua话音刚落,我忍不住继续反击:"美国的人均碳排放一直居高不下,我们就看当前,美国的人均碳排放比中国高了两倍多。是全世界的人民都在为美国由过度消费产生的奢侈排放埋单!"

Joshua笑着摆摆手:"欣然,你何必这么认真?不过是立场不同,不可能彼此说服。"

看着Joshua天真的笑容,我一时语塞。事后想出了两种回应的方式,也没法回到讨论现场说给所有人听了。

盛放的蓝花楹轰然倒下的那一年,我刚好大四,正夜以继日地准备毕业论文,同时备考牛津大学国际关系专业的研究生,两件对前程至关重要的事就像两座山一样,压得人喘不过气。

好在小组讨论已经不用耗费精力提前准备了,上必修课也可以轻装上阵,见缝插针加入讨论和辩论,还可以回答一些其他同学的问题。一开始我硬着头皮加入讨论,坚持四年后的收获远远不只是在讨论课拿到的分数。讨论的意义不仅仅是表达,还有通过回答别人的问题引发自己的思考。很多时候，人们不由自主地延续着固化的思维，建构出一套完整的逻辑自圆其说，但总有一些在盲区的角度会在讨论和辩论中被激发。

我把大量时间用在写毕业论文、准备申请牛津大学的个人陈述，以及两篇学术论文的撰写上。这些目标都是相互关联的，毕业论文对 GPA（绩点）和申请研究生而言非常重要。如果论文得到优秀，GPA 分数过线，就能保送本校的研究生作为保底方案。不过，近年来澳洲的研究生常被戏称为"水硕"，而澳洲又涵盖悉尼。为了避免辛苦拿到的学位被污名化，重心还是放在申请牛津大学上，把个人陈述和代表研究能力的学术论文翻来覆去改了十几遍，总算在截止日期之前提交了。

在 Fisher 图书馆提交完电子版的毕业论文，已是强弩之末，昏昏沉沉之际感觉有人慢慢靠近，轻轻地拍了拍我的肩膀，原来不是幻觉。转头一看，是个浓眉厚唇、肤色偏深的女孩，她小声地说："抱歉打扰了，你可以教我怎么在选课系统里调整课程的时间吗？"

看看她的笑脸，仿佛穿过时空看到了曾经的自己，不知道那位教我操作选课系统的学姐现在身在何处。我打起精神，招呼她坐下，示范了烂熟于心的选课步骤。

纵使课业繁重，纵使前途未卜，校园里的温暖与善意也会代代相传，"校友"成为一种温暖人心的关系。

完成了大学期间最后一项任务——毕业论文之后，我平静地去图书馆还书。借书的数量太多，没法全装进包里，只能拉着买菜的小车把几摞书拖到图书馆,再一本一本地放在传送带上,盯着书被机器一一识别,传送进大箱子里。就这样,送别了自己最后的大学时光。

Eva 在我大三那年赚够了房租和生活费,顺利复学,跟我同一年毕业。秦雨毕业后,凭借着惊艳的外貌、对社会热点预判和分析能力,成功进入成都一家传媒公司做公众号运营,业余时间也在社交媒体上做生活和美妆博主,精致的外表和自律、真诚的生活态度让她在一众博主中突出重围,颇受欢迎。

而我被迫接受了生活中的不圆满,没能如愿考上牛津大学的国际关系专业,最终还是采用保底方案,保送了本校的研究生。心有不甘,但那又怎样呢?用尽全力却求而不得,原来夸父逐日的悲壮是真实存在的。

蓝花楹树被植物学家重新栽好,还在 The Quadrangle 院内,我也在同一栋楼里按部就班地读研。不断安慰自己,留校读研有许多优点,这里景色独好,常年花木掩映,日暖风轻;已经熟悉了这里的环境,不需要重新适应,可以把更多的时间用在学习上。

久而久之,终于与自己内心的不甘和解,摒除了杂念,专注在学习本身。

当然,就算在熟悉的环境里也有意料之外的艰难。多数学院研究生选导师的机制都是双向选择,学生按照研究方向选择导师,等待导师回复是否有名额,是否愿意接受学生。最终,跟我互选的研究生导师是东北亚地区研究专家 McCarthy 教授,跟我同时入学的同学分别是 Amanda 和 Eric,都是悉尼本地的同学,

Amanda 的父亲还是 McCarthy 教授的好朋友。他们二人背景相同，一见如故，相谈甚欢。好在，他们对我十分友善，去档案馆查资料或者去图书馆自习，十有八九都会叫我同去。但越是频繁地出现在同一空间，越能体会到他们长期浸润在同一种文化里建构的默契和认同，以及不同文化之间难以打破的无形壁垒。

McCarthy 教授热衷于参加各种国际论坛和会议，把撰稿、论坛记录、布置会场、订票订餐等各种繁杂、耗时且与研究无关的活都交给了我，Amanda 和 Eric 则免于这些事务，这样分配任务的具体原因不得而知。

有一回，我去找 McCarthy 教授请教研究计划，在门口时有意无意听到她跟 Amanda 的对话，大意是说来自不同地区的学生特点不同：中国学生勤劳、认真、小心、谨慎，适合处理一些琐碎的事；而澳洲当地的学生更具创新性，对于自己的研究领域更有热情，能提出新的理论和分析框架，推动学科进步。

我曾多次试图改变这种根深蒂固的偏见，却因偏见过于深厚，不知从何开口。偶尔在想，在这里读研的本意是研究清楚一两个现实存在的问题，却不得不把大量时间花在这些无关学术的琐事上，值得吗？McCarthy 教授吩咐的杂事多到没时间休息也就罢了，就当是一场同时处理多个任务的修行，但后续连写作业的时间都不够了。为了兼顾所有，我逐渐形成了一种固定模式，每天凌晨两三点才能做完事，静静地吃下一粒安眠药，躺在宿舍一米宽的小铁床上。躺下后，眼泪止不住地掉，面部抽搐，嘴巴扭曲。

累到无法承受时，先是会行为失控。好几次深夜，我的头脑

239

已经无法控制身体,穿着睡衣在公共洗漱台边,面目狰狞、又哭又笑。再从失控到麻木,发现个体再努力也无法改变被支配的现状,于是渐渐失去了最初的热情,只会机械性地完成一件件事。论文的开题报告、给本科生当助教和做导师交代的永远做不完的活,这几项任务同时进行时,我像个和平年代的英雄,没有一点点休息的时间,一个下午,哪怕是一个晚上都没有。开始害怕朋友的邀约,因为去不了;更害怕在原本就紧赶慢赶才能完成的任务中再加上新任务。有时候因为好久没休息了,哪怕是看到助教班上学生发了一句客套的"Hope you have a good weekend"(希望你周末过得愉快),心里的防线都会瞬间崩塌。读研究生明明是个不错的选择,我也很努力,目标和过程都没有错,可为什么会如此痛苦?

在痛苦与煎熬中过了一年,又过半载,再次踏进 The Great Hall 是出席自己的毕业典礼。

这十米红毯走了九年,悉尼大学的故事迎来终章。

回想起来,灭顶之灾或是皆大欢喜都是生活中少数的时刻,多数还是不好不坏、平淡的日子。在平淡的日子里,保持内心安稳,可如果能有绵长的喜悦就更好了。

第十四章 九曲回肠

回忆起从前繁杂的事和形形色色的人，生活就像按了快进键一样。

当时觉得漫长的大课，写不完的论文，过不去的坎，忘不了的人，今天再回想起来，就像是在读别人的故事了。

此时在北京，我的名字已经列在人力资源部的裁员名单上。

按照公司流程，人力专员陈欣怡需要先向我的直属领导沈玫姐报告，征得她的同意和签字，公司将会和我解除劳动合同。

从去年开始，公司大幅度"优化"员工，只要是非盈利部门就承担一定的优化比例，今年也是如此。

在优化名单里的员工大多可替代性强，把

名单报告给直属领导只是走个过场，没人会不同意，除了沈玫姐。

她没有多说什么，直接带我找到陈欣怡的领导，也就是上回抓到我上班刷公考题、侮辱我是"水硕"的"灭绝师太"。

沈玫姐开门见山："我是郑欣然的直属领导，想就优化的问题和你做进一步沟通。欣然刚进来时反应确实慢，情商也一般，但她处理事情很认真尽责，工作这几个月也有很大的长进。比起裁员，我认为她更适合到教师岗锻炼锻炼。我来公司十二年了，在她的身上看到了很多名师年轻时的样子。欣然很有想法、英语好、不怕苦，我的意见是她可以从上市办公室转岗到雅思或者托福的教师岗。"

这一番话不卑不亢，与站在后面不自觉地低着头、畏畏缩缩的我形成了鲜明的反差。

"灭绝师太"阴晴不定，她内心的挣扎很好理解。

沈玫姐的职级比她高，但她们又不属于同一部门，没有直接的上下级关系，况且眼下上市办公室风雨飘摇，不确定沈玫姐的推荐能起多大的作用。

无论如何，在听到沈玫姐对我的评价时，心中释然，这么长时间的努力和付出原来不只是感动自己，也能够被他者看见和肯定，剩下的就是等待公司的安排。

终于等到了审判之日，不是离职，而是转到了雅思教师岗。

虽和初心渐行渐远，但已是能争取到的最好结果了。

结果无法改变，目前也没有更好的选择，只能先被动接受，在适应的过程中寻找如此安排的意义。

在教师培训报名截止当天，我递交了电子报名表，心情极其复杂地收拾好行李，略显悲壮地拖着 20 寸的登机箱，背着商务双肩包，登上了从北京到天津培训基地的高铁。

"中国速度"越来越快，还没来得及消化离家的悲壮，就到站了。

凭着本能拖着箱子，背上背包，出车门的时候被台阶绊了一下，跟跄地出现在天津的大地上。

车站外的阳光快要把人晒化了，我拖着行李，按着导航规划的路线，走了一公里，来到了培训基地四人一间的宿舍。

我第一个报到，选了一张离空调距离远一点的床，再把行李箱里的衣物整理好，分别放到桌子、柜子里。

这里和大学宿舍一样，上床下桌，简简单单，让人除了睡觉就不想待在寝室里。

其余三个女生陆续也到了，妆容精致、看不出年龄的是赵欣欣，一时间让人分不清性别的是季小川，最后进来的居然是我在悉尼律所实习时遇见过的访客 Lisa Liu！

Lisa Liu 让我产生了时间或空间错位的幻觉，她的五官没有变化，还是一头黑色短发，只是整个人的精气神完全不一样了，之前涣散无光，如今神采奕奕。

我们的目光相遇的一瞬间，恍如隔世，两人面面相觑。

我正要开口，Lisa 抢先一步握住我的手："好久不见！我叫 Monica，你还记得我吗？"

我一脸疑惑，看着自称"Monica"的 Lisa 热情地与欣欣和小川打招呼"你们好，我叫 Monica"，随后指了指我，略显夸张地说："这是我在澳洲留学时的同学，such a small world（世界真小）！真的好巧！"说罢，亲切地挽住我的胳膊："老同学，咱们先收拾东西，再找个时间好好聊聊！真的有好多话想要对你说。"

于是 Monica 收拾行李，欣欣把带来的一小箱护肤品分门别类，小川去阳台抽电子烟，我一人留在原地不明所以。

晚上，Monica 一再盛情邀请我共进晚餐，说是要叙叙旧。

一见面的反常让人本能地想跟她保持距离，但一再推脱又显得不礼貌，正好带上刚认识的欣欣和小川，四人一起聚餐。

我们四人围着热气腾腾的火锅，客气又拘谨地先用公筷涮菜加菜，再换成自己的筷子吃。

Monica 率先打破安静："很开心在这里遇见大家，尤其是跟欣然在北京重聚，真的是很奇妙的缘分。我还记得硕士毕业时跟欣然最后一次见面，我们一起探讨古希腊哲学，没想到毕业这么快就能再遇见。来，敬缘分！期待咱们以后一起学习，一起工作！"

我在一片茫然中跟大家碰杯，心中疑团越聚越多——Lisa，也就是现在的 Monica 大学毕业时签证过期，非法滞留在悉尼，不过是一年前的事情，这么短时间内怎么能读完硕士并找到工作呢？

整场晚饭的氛围极其微妙，Monica 一直在分享她在悉尼读商科硕士的经历，欣欣和小川默契地交换了眼神，仿佛对于人群中热衷于展示自我的人心照不宣。

我透过火锅的雾气看着Monica，一时间虚虚实实，真真假假。

这段插曲就像扔进湖里的小石头，一时间激起一阵波澜，但很快沉入水里，湖面恢复平静，生活也是如此。

我们宿舍里四个人都是北京校区未来的雅思老师，集体重返大学时光。

大学里，只要学习认真、态度诚恳、出勤率高、全力以赴地准备考试和毕业论义，顺利毕业是大概率事件，即便是宽进严出的西方大学也是如此。

工作后不太一样，像这一次培训，无论多少人认真学习，最终只有一半的人能拿到结业考试的合格证，另一半同事需要继续参加下一轮培训，重新考试。拿到合格证的又分成ABC三个等级，等级越高，排课越多。

原本和谐、纯粹的学习氛围一旦引入零和博弈就容易变得面目全非，看着周围一个又一个同事，内心产生了复杂的情绪，他们是并肩奋斗熬过无数日夜的朋友，也是随时和自己陷入你赢即我输局面的对手。

每一天的培训都非常有规律。

早上六点半起床整理内务，出早操；上午上四个小时的课，分别是听力、阅读理解、写作和口语四个经典模块，培训师一边讲解内容一边提醒我们授课的技巧，包括互动和问答的设计、遇到提问的处理方式、根据授课时间调整讲练搭配的比例，以及应对教学事故的补救；下午练习讲课，直到凌晨一点。周而复始的规律，周而复始的累。

第一天上午，听完四个小时的大课后，我没有急于试讲，而是用了很长的时间修改基础课件，在授课内容中穿插了很多笑话、例子、暗喻，希望最大限度抓取学生的注意力。

这个时代的老师面对的受众是被电子产品影响多年的青少年，培训师示范的传统讲授方式已经过时了，而是要融入相声和脱口秀，提升课程的趣味性，才能长时间吸引学生的注意力。

同时，同行业的竞争压力很大，大中小英语培训机构层出不穷，只有守正创新，找到自己独特的风格，才能有机会成为名师。

本是信心满满，直到晚上抽查试讲时，才暴露出意想不到的问题。

站在台上，才发现自己的整体逻辑框架很模糊。

不知道如何在上下观点之间建立联系，面对着观众，不看PPT就记不住下一部分要讲什么，只好翻页时回头看一眼，再转过身继续讲。

整个试讲过程断断续续，我的精神也越来越紧绷，连事先准备好的笑话也讲得很僵硬，全场安静得连掉在地上一根针都能听见。

忘记自己是怎么下台的，只记得同寝室的室友纷纷过来安慰我。

我淡然笑笑，一副云淡风轻的样子，反正在公众场合失误也不是第一次了。

出了问题不要紧，需要立刻进行战略性的调整。

我采用抓大放小的策略，抓大的框架和逻辑、观点之间的关联，暂时放弃别出心裁的例子和笑话。

毕竟学习时间有限，面面俱到不现实，要先保证核心部分不出错，再慢慢完善细节。

这样的尝试，果然有效。

出国时，我年龄太小，不需要雅思成绩。

考大学时，参加的是新南威尔士州统一的英语科目考试，成绩不错。

本科和研究生累计写了十二三万字的英文作业，虽明白雅思是典型的学术英语能力测试，但完全不了解考情和考题。

才刚刚熟悉了阅读理解部分，在文章和问题来回跳读节约时间的方式，培训师就已经讲解到写作如何在短短几百字内向考官展示自己优秀的词汇量和语法。

我写论文惯用的简单、清晰的写作方式，经常被用作反面典型在班里展示，说是过于简单平庸，不够复杂华丽，显示不出语言的积累和功底。

资深培训师的批判经常令我在深夜陷入自我怀疑，自己是不是一个一无所长的"水硕"？

留学九年，没能靠着本科和研究生学习的国际关系专业找到稳定的工作，如今连教英语都步步艰辛。

自我怀疑过后，自信心所剩无几。

为了避免在自我否定的沼泽里沉沦，换一个思路，开始比较客观中立地自我分析。

英语虽是强项，可教学是一个陌生的领域，一再突破自己的舒适区，选择新的领域从头积累，本身就是冒险又艰难的选择，起初平庸也是正常，再给自己一点时间吧。

封闭培训整整三十天，没有休息。一开始都在掰着手指头数日子，等到第六七天时，这群被严格管理的人早已习惯休息日不会如期而至，心态上先后濒临崩溃，挺过来之后就麻木了。

熬夜起早的课程安排并不符合人性，早上的理论课经常有同事悄悄闭上眼睛补觉，也有人光明正大地睡。

培训师对于我们的劳累十分理解，但绝不姑息。我每天都拿着"防瞌睡套装"——眼药水、面部喷雾、风油精、咖啡等提神必备产品去上课。有时候只用一个，有时候要多管齐下，具体的使用取决于困意的强烈与否。

睡眠严重不足时，午觉等于续命。

进培训营之前，我曾大言不惭地说年轻人的世界里没有睡午觉。入营后，无比想收回之前的豪言壮语。晚上练课练到后半夜，回宿舍后哪怕轻手轻脚地洗澡洗漱也会打扰到室友，可天气热又不能不洗。

几天之后，摸索出一条生存之道：中午洗澡、洗衣服，再午休；晚上十点回来洗漱，再回到自习室练课；半夜悄悄潜回宿舍，直接睡觉。

当然，无论再怎么小心，还是难免有一阵窸窸窣窣的声音。待我日后成为名师，一定报答三位室友的不杀之恩和包容之情！

也有想放弃的时候。

有一天早上出奇地热，整个晨跑被烈日包围，耗尽了体力。我勉强打起精神上理论课，中途偷偷出来上洗手间，脑子里想着怎么调整课件、怎么顺畅地衔接上下论点。猛然发现自己的腰带扣错位了，怎么也合不上，费尽力气把金属的腰带扣来回抻拉，终于扳回原位。抬手看到中指上的血一点一点地渗出来，指头上连皮带肉被夹开一条深深的"V"形口子。后知后觉，疼痛慢慢从手指传递到脑子里，越来越真实、强烈，让人没法忽视。我下意识打开腰带扣，看到衔接的内侧是铁，而且是生锈的铁，不会得破伤风吧？

在训练营里连续两周早上六点半起，晚上练习到凌晨一点，身体状态已经濒临崩溃，又偏偏在这个不能休息的时候出现意外。

慌乱中，掏出手机给妈妈打电话，拨通后又马上挂断。

现在的情绪一定会让妈妈担心，不如不说。

往下滑，拨通了爸爸的电话，刚喊了声"爸"，眼泪就疯狂地往下掉，我努力地平复自己的状态："爸，我手划破了，我想回家。"

电话那一端，爸爸严肃地回复："你现在放弃，以后这个坎就过不了了。"

没有预料之中的安慰，那一刻，在国外浮沉九年、求职屡屡碰壁的委屈像放电影一般历历在目："我曾经为了学习连健康都不要了，现在我只想把健康放在第一位！"

爸爸依旧不起波澜，平静得好像在应答一个陌生人："鲁迅当年看到那么多身体健康的中国人像行尸走肉一样活着，有什么意义？"

醍醐灌顶般清醒，斗志瞬间被点燃。我擦擦眼泪，冷静地回复几句，果断挂掉电话，先把接触过铁锈的血尽量挤出来，再打车去医院给伤口消毒，打破伤风疫苗，看情况再做其他的打算。一只手攥着身份证、手机、钱包，锁门、叫车一气呵成，上了车用左手打字跟培训师请假。

急诊也需要排队，我在队伍中再次检查自己的伤口，割得比较深，可能需要拨开两边的肉才能看得见伤口的根。

急诊室的医生先处理了伤口，如我所料用两根蘸着碘伏的棉签扒开伤口，360°无死角地消毒。我疼得面部表情极其扭曲，几度忍受不了想起身中止消毒，都被站在一旁的护士摁了回去。

原来在医疗团队里，配合如此重要。

伤口消毒后，接着排队做破伤风皮试，二十分钟后结果显示过敏。

我不知所措，瘫坐在椅子上，左手攥着一堆需要保管好的贵重物品，眼泪不停地往下掉，好像已经预知自己会因为破伤风而死，却没有任何办法阻止这个悲剧。

用手背擦擦眼泪，深吸一口气，新鲜的空气连同理性慢慢进入我的身体。

直奔急诊室，找医生商量解决的办法，医生见过那么多病例，一定会有办法的。

这时，急诊室门口已有不少人。

有一个男子，看不清年纪，头上缠着厚厚的纱布，隐约看得到纱布下面大片血迹；他前方是一个跟我年龄相仿的男生，高举着一只淌血的胳膊，血肉模糊得连伤口在哪儿都看不清。

最前面是一个躺在急救床上的人，给我清洗伤口的医生和护士正在围着他忙前忙后。

我这点不足道的伤简直不配浪费急诊的资源，默默走出医院，差点忘了拿纱布和约。

宿舍里四下无人，极致的静让伤口的疼越发难以忍受。

以往磕磕碰碰的经验表明，做点事转移注意力比静养对身心恢复更有效。

回到培训基地，闲来无事开始练习今天的内容，忙碌之中慢慢忽略了伤口的疼。

手被划伤只是想退出的一个冠冕堂皇的理由。

配合公司转岗的要求，在工作期间遇到意外而退出，看似正当合理，可追根究底还是想逃避，不愿面对后续的考核和竞争上岗，生怕考核不通过影响自己职业生涯，干脆就找个理由躲开。

逃避是一种选择，但这件事会成为心中过不去的坎。

与其日后每每想起懊悔万分，不如竭尽全力不留遗憾，看结果如何，再做打算。

一件坏事的发生可能存在两个层次的影响：一是这件事本身带给人的客观影响，二是人们主观认为这件事带来的影响。

我尽量淡化右手划伤在心理层面的影响，毕竟一年前在悉尼的律所实习时右手也打着石膏。一只手也能洗衣服、吃饭、工作，除影响打字速度之外，没有太大差别。

疲惫日渐积累，渐渐忘了身边的人都是潜在的竞争对手。

在这仿佛漫无边际的培训中，有一群人相互陪着，一起上课、练习、熬夜，熬到双眼呆滞，布满红血丝，抬头一看，对桌的人还在，相视苦笑，心里就生出暖暖的安慰。

封闭的日子久了，同事之间有了默契。

练习时间晚了买夜宵带上同桌的一份，给晚归的室友留门。

一开始，大家客气地互称"老师"，后来熟悉了，就开始肆无忌惮地调侃别人的痛点，常见的有 Monica 的身高，欣欣的年龄和小川的性别。

Monica 神神秘秘地召集大家在宿舍开会，清清嗓子："最近听到好几个人在讨论我的身高，咱们统一口径，对外宣称我一米五六。"

小川没多想，立刻回应道："你前些天入职体检写的不是一米五吗？"

Monica 飞身扑过去捂住小川的嘴，已经于事无补了，只好反复给大家洗脑，为了她的美好形象，大家务必统一口径，忘记入职体检的事。

谎言才需要重复千万遍，真相从不需要。

鉴于维护 Monica 的形象是一桩好事，暂且算是美丽的谎言吧。

夕阳西下，大家一边练习试讲一边瞄着时间，等晚上开饭。

突然,身旁的赵欣欣情绪爆发："我忍不了了！你这个死胖子！

平时叫我赵姐也就算了，我没跟你计较，但你居然叫我赵大姐！你不知道大姐等于大妈吗？咱俩都是八九年的人，我就比你大几个月，你就一直叫我姐，叫个没完没了！"

教室里瞬间安静了。

欣欣这才意识到在呐喊中暴露了自己一直隐藏的年纪，从此，小于八九年的同事们纷纷称她为赵姐，这一群体偏偏人数很多，赵姐本人欲哭无泪，只恨自己沉不住气，没有隐藏到底。

好巧不巧，被赵欣欣声讨的男同事在某一次饭后和我同路回教室。

如果是两个陌生人偶然并肩同行大可不必开口；关系密切的人相遇则有聊不完的话题，还盼着路可以再长些，像我们二人这样面熟却没有深度交流，暂且称为熟悉的陌生人，同行一路最为尴尬，打完招呼后再没有别的话可聊。

或许是为了缓解气氛，他随意开启了一个话题："小川老师到底是男是女呀？我一直很好奇，也没敢问。"

幸亏他没敢问，否则将一举迎来我们宿舍两位女生的讨伐。

每天学习、练课、吃饭，日复一日。

转眼间，培训已经过半，多数人因休息时间不足而筋疲力尽。

金牌培训师张龙空降综合演练模块，看着台下一片昏昏欲睡的同事，哀其不幸，怒其不争。

他把话筒搁在讲台，大喝一声："你们应该知道自己在做什么！"

台下的同事慌忙从自己的小世界里惊醒，抬头看着年近半百依旧慷慨激昂的张老师仍然像个少年，他愤愤而言："现在名校的本科生研究生一抓一大把，面试十个人有八个都是留学回来的！我们为什么派你出去上课？学员为什么报你的班？一定要让你自己变得不可替代！"

我的不可代替性体现在哪里？

英语这门外语，所有参加培训的人都精通；我的听力和口语，小考时经常名列前茅；但阅读和写作并不是最出色的，在这个特殊环境中，英语已经不能成为特长。国际关系专业的学科背景对雅思培训也没有太大帮助，翻译比我专业的也大有人在。

成年人的时间不宽裕，不像读书时能静坐沉思、思考透彻后再行动。无论思绪再混乱，手头上的工作也不敢有丝毫耽搁，只能边做边想。

等待着悟道的那一天，明白自己的珍贵，明白自己为何而活，该怎样活。

如果那一天没有到来，至少走在悟道的路上。

下午是自习课，张老师亲自监督指导，压力倍增。

我尽量屏蔽外界的干扰，集中注意力试讲，屋里有二十多个人同时练习，张老师应该不会注意到我。

试讲到一半，忘记了后面的内容，低头看课件。一抬头，张老师正好踱步到我面前，刚记住的内容一紧张又忘记了。

张老师叹了口气，说："你这样不行，学员自己也能看课件，为什么还要听你讲呢？你必须要 internalise（内化）自己讲的内容。"

我略显局促不安，连连点头称是。

张老师继续问："你发音挺好的，本科在哪里读的？"

我如实回答："悉尼大学。"

张老师露出一丝意味深长的笑："幸亏是在澳洲呀，如果在中国高考，你可能就上个二本。"

我瞠目结舌，愣了几秒，才缓缓回应："张老师，您为什么这么说我呀？"

张老师不屑的神情和犀利的语言达到了高度统一："澳洲氛围多轻松呀。你没经过中国的高考，根本不知道什么是辛苦。中国人口基数大，不学习没有出路，从小学就开始peer pressure（同辈压力）。高考的时候，我们根本没有生活，只有没完没了地做题。每天能睡5个小时就知足了，多少人都是高度近视、颈椎病、腰痛啊！熬到上大学才能看见一点希望，毕业后考研、考公务员、找工作，竞争更加激烈。你完美地避开了这一切，真的很幸运呀！"

我忍无可忍，也顾不得他是前辈，只想要个公道："我不知道您的偏见从何而来，我不认为众生皆苦，只有留学生清闲。

"高中您上了一天课回家，有人给您洗衣服做饭，关心您累不累；我回到出租房，还得自己做饭、洗衣服、刷碗。早上出门前要焖米饭，回来筋疲力尽做不动菜就直接啃白饭。所有的科目都用英语学，听不懂，老师也不会为了一个人再讲一遍，我只能回家一点一点学。考澳洲的大学，本地学生和留学生同等评分，没有任何双轨制的评分和优待。

"到了大学，还得用外语跟native speakers（说母语者）

竞争前 10% 的位置，才有机会读本校的研究生。

"研究生毕业还得跟当地毕业生一起找本来就不多的工作。多少雇主愿意节外生枝担保一个外国人？

"我们在国外被当地人歧视，千辛万苦回来了，还要被像您这样心存偏见的同胞指指点点！"

张老师愣住了，大约没想到看似温顺胆小、不敢跟他对视的我会公开挑战他的权威。

他眨眨眼睛，回过神来，指着我说："你跟我说这些苦难的成长故事没用，有能耐你就把课讲好！成年人的世界没有同情，只有实力。我们这儿不要一个矫情的小女孩，收起你的脆弱和自尊心，不行就滚蛋！"

时间仿佛静止了，周围的人看热闹似的旁观，等待后续的故事。我并没有因为委屈夺门而出，张老师也没有。

比起别人的认同或否定，自己内心对过往经历的分析、反思与和解更重要。

在这之后，除有不少人听说了我的名字和事迹之外，一切如常。出于维护成年人的自尊，大家都假装考核是件不值一提的小事，轻松自然地就可以通过，我一度误以为内心焦灼的人只有自己。

直到一天晚饭后回自习室的路上，有一人率先坦白自己的崩溃，没想到那个人是欣欣。

我和欣欣并排走着，Monica 和小川在后面一个忙着打电话，一个全神贯注打游戏，凭直觉跟着我们。

忽然，欣欣蹲在地上，双手掩面，泪水从指缝里不断涌出。

我和Monica不知所措，小川紧盯着屏幕，没有意识到前方的突发状况，还在匀速前进，紧接着被蹲下的欣欣绊了一个跟头。

我和Monica一个安慰欣欣，一个扶起小川，一时间手忙脚乱。我们四人在路边蹲了很久，直到欣欣抬起头，精致的眼妆花了一片，隐形眼镜也哭掉了一个，美好的事物被毁坏后总是更显荒凉。

她哽咽着说："我已经三十岁了，如果这次的考核过不了，我连份稳定的工作都没有了。"

我安慰她："不要为还没发生的事情担心，有可能结果皆大欢喜呢，现在的担心是多余的。"

欣欣的回应让我印象深刻："我很重视结果，这件事情没落地，我真的没有办法不担心。"

以前我也这样，后来慢慢看开了。

有时候我们太在意结果，往往会错过很多细微的幸福。只有拿到想要的成果那一刻是开心的，中途充满了焦虑不安：吃饭不知滋味，没时间也没兴趣关心家人和朋友的需要，白白浪费了很多可以幸福的时间。

如果能重来一次，我不会整天盯着结果是否如意，多看看这条路上沿途的故事，有苦有乐，有纠结也有欢喜。

竭尽全力去争取，不辜负时光，不辜负自己，结局圆满固然美好，即使留点遗憾在青春里，也没有想象中那么糟。

虽然无法体会到年龄和职场的双重压力，但人人都有难处。对于别人的难处，即使从头到尾旁观，也很难感同身受。

但至少能理解自己的难处，把他者想象成另一个自己，就自然从心底里生出理解与包容。

所有人都有意无意淡化的结业考核并不会因为我们的主观意志而转移。考试的残酷就在于只看结果，没人在意过程是怎样艰难。好在不分白昼的努力导向了皆大欢喜的结果。

我和Monica、小川顺利通过考核，欣欣大概因为考前情绪波动太大，没有通过，不过也在一周后的补考中拿到了合格证。

考核结束后，正好赶上培训高峰期，我们四人先后被安排讲课，行程满满。

我讲课的地方是新中关大厦，楼下恰好是初中时学新概念英语的培训机构。

而我总能从学生的身上看到自己当年的影子。

口语考试容易大放异彩，或是横生枝节。

有的学生平时成绩非常好，但一到考试就特别紧张，一旦出现几个口误，就如同面临世界末日，严重影响后续作答的质量，我十分惋惜，想到了自己发挥失误的情况，感同身受。

有一些同学属于现场发挥型，平时表现中等，考试时双目炯炯有神，答案的逻辑性、表达的流畅度和清晰度都比练习时好很多，堪称完美的临场发挥。

培训的茶余饭后，总有各种广为流传的教学事故再度传播。

场景大多都是学生用各种理由闹事以更换老师，或者提出各种各样刁钻的问题气走老师，我猜想这类故事每次传播都经过了讲述者浓墨重彩的再加工，早已与真相相差甚远。

但在第一次面对学生时，还是不免产生了强大的警惕。

与他们朝夕相处了几十天，逐渐发现与其把学生当作假想敌，不如把他们当作朋友，他们的喜怒哀乐是那么真实，会为未来的考试不安，也会因为学到新知识和应试技巧欢喜，他们只是年少时的我们。

本以为忙碌的课程没有尽头，可培训高峰期一过，雅思老师们就开始坐班。

我比Monica、欣欣和小川先一步上完最后一堂课，独自一人来到教师办公室，默默坐在一个角落里。

环视一圈，大家不是在做题就是做课件，一片静寂，没人注意到一个新人的出现。

我不是活跃的人，自然地加入了沉默中。

打破沉默的是一个身穿蓝色衬衫的青年男子——他失手打翻了自己的茶杯，茶水画出一道优美的弧线，浇在了他的电脑键盘和屏幕上。他似乎没回过神来，目瞪口呆地维持着原来的姿势。

说时迟那时快，我一个箭步冲上前，抬起笔记本电脑，火速翻过来控水，水顺着键盘一点一点滴了出来。

本场事故的主人公也从惊吓中缓过来，迅速拿纸巾擦桌子上的水，冲我笑了笑："你反应真快啊！"

我谦虚地摇摇头，这个男子抬头看我："以前没见过你呀，是新来的老师吗？"

感谢在上市组锻炼出处变不惊、灵活反应的能力，我一边轻擦电脑上的水，一边笑着回话，简单地介绍了自己。

蓝衣男子拧着茶杯盖，对我微微一笑："你好啊，刚刚真是太感谢你了。我叫周浩然，讲考研政治。"

周老师年龄不大，却格外沉稳儒雅，或许是常常读书养成的气质。

他的工位上有一个三层书架，本就有限的空间更显逼仄，周老师在方寸之地，怡然自得。

走近一看，第一层是国际关系的理论、历史和各国政界名人的回忆录；第二层是中国古代诗歌，有诗经、楚辞、汉赋、唐诗、宋词；第三层是中国古代和现当代小说，都有明显的阅读痕迹。

他见我很感兴趣，连忙推荐："欣然，这本《国际关系史》对理解国际格局的发展和变迁很有帮助，只要68元就能买到同款。这本《政治学概论》已经绝版了，买不到同款了，不过我的可以借你看。"罢了又认真补上一句，"要有借有还哦！"

在周老师期待的目光中，我接过一本书，看了一眼目录，威斯特伐利亚和约、克里米亚战争、俄土战争……昔日专业课上需要死记硬背应付考试的内容在眼前忽然清晰而生动。

跟周老师的主动阅读和思考相比，自觉惭愧。

虽然我本科和硕士的专业都是国际关系，但不得不承认自己对这一学科的研究非常有限，有几次被见识广博的公园遛弯老大爷和出租车司机大哥问到知识盲区，几度不知所措，正好借这个机会继续学习。

看完一本《国际关系史》，半个月倏忽而过，Monica、欣欣和小川都结课了，纷纷回归。

我们四人久别重逢，经常在工位上窃窃私语。

很快，她们三人的关系变得更密切，显得我像个外人。

过了几天才知道，她们正商量着在北京合租房子，既可分摊房租压力，也可延续培训时的室友情谊。

我家在北京，自然被排除在合租对象之外。

三个姑娘合租，各自有自己的喜好和坚持。

Monica喜欢距离地铁近，通勤方便；欣欣想租偏远又安静的地方，一来利于休息，二来房租便宜；小川本着节约时间的原则想租离公司近的房子，尽量缩短通勤时间，几次讨论，分歧越来越大。

"三"是一个神奇的数字，不多不少，没有多到需要选一个领导组织大家进行讨论和决策，也没有少到可以轻易达成共识。

好巧不巧这三个人都是老师，非常擅长表达自己的观点并试图将其植入到对方的脑子里，以达到沟通背后的目的——说服。

很快，场面演变成了谁也说服不了谁的僵局，三人不欢而散，租房也迟迟没有进展。

半个月后，三人各自作出妥协，租下了离地铁站不远不近，离公司八站远，但不用换乘的一套两室一厅的房子。

三个人分别从不同的角度在私下跟我叙述选房子的过程，以及自己的退让和委屈。

这一刻，我也才意识到原来有些共同达成的决策竟让所有人都不满意，奈何眼下也没有更好的办法。

趁着大部分老师都赋闲在总部办公室，教研部群发了一封教师资质评审的邮件，综合考察教师的能力，目的是选拔各个科目的组长，便于分组管理。

我按照要求填完申请表，坦然地把剩下的交给命运。

一周过后，在下班的电梯门口偶遇了教研组的张琳老师，她一脸神秘地向我道喜。

我满脸诧异，不知道喜从何来。

张琳亲口告诉我，雅思组的组长是我。

起初难以置信，渐渐回味，又觉得一切都有迹可循。

在专业水平方面，我的阅读和写作相对薄弱，但努力迎头赶上后的成绩也不错，而且听力和口语一直是亮眼之处。

在为人处事方面，虽不是八面玲珑、长袖善舞，但好在个性低调，没有威胁性，没得罪过人，在同事互评阶段，打分也许比较高。

转岗时的不安在此刻被一扫而空，阴霾散尽，柳暗花明。

按捺不住欢喜，网购了好几套秋冬季的正装，又熬夜修改了PPT，熟悉几遍老师的名单，做好充足的准备，期待着不久后的任命。

几天后，人力资源部又来找我谈话。

历经一连串的起伏波折后，我已经麻木了，可推门见到"灭绝师太"和陈欣怡这组以老带新的熟悉阵容，心中的不安又开始蔓延。

"灭绝师太"脸上满是无须掩饰的轻蔑，她的双眼下垂，微微撇嘴："近期在选拔各个科目组长的时候，我们收到了关于你的举报，说你已经在计划辞职。我想跟你本人确认，这件事是真的吗？"

我的脑中一片空白，慌慌张张地反驳："没有，我没有计划辞职。"

"灭绝师太"盯着我，眼中的寒光直射，像是在审问通敌卖国的汉奸："雅思组的 Monica 实名举报你，说你亲口告诉她有计划辞职另谋出路，出去别有一番天地。这话你说没说过？"

我拼命搜索跟 Monica 对话的场景和内容。

培训期间，我们在一个寝室，同吃同住，撑不下去时相互诉苦，分享万一考核不过的 B 计划，可那不过是片刻的牢骚，没想到竟成了她举报我的关键证据。

我如实解释："说过，可那时候的情况特殊，我们互相……"

没等我说完，"灭绝师太"就不耐烦地摆摆手："行了，你不用说了。没什么好解释的，你走吧。"

过了几天，公司官网发出任命公告，急忙找到雅思组组长一栏，不是我，是 Monica。

几天前刚来道喜，表示相见恨晚、以后并肩作战的张琳反应冷淡，即使与我擦肩而过也毫无交流。更艰难的是，我不知道怎么面对 Monica。

在同一个办公室，同一个教学小组里，完全不来往是不现实的，她现在是我名义上的直属上级。

经过举报事件后，我们两人无法找到彼此都舒适的交流方式了。

面对她，很难不把自己带入到一个在职场斗争中的失败者或受害者的角色中，可在不明真相的其他人眼里，我近期对Monica的疏远是自己心胸狭隘，见不得别人好。

人不知而不愠是门学问。

欣欣见我情绪低落，推掉相亲约我吃烤鱼。

或许是因果循环，不久前我在马路上抱着她哭，现在她特意来宽慰我，有时不经意间的善意会以一个意想不到的方式回到自己身上。

我们约在一家云南烤鱼餐厅见面。

在昏暗的灯光下，欣欣神情复杂地看着我，欲言又止，最终下定决心："欣然，我和Monica住在一起，听到她举报你。我完全没想到，也不知道怎么跟你说。咱们同吃同住了这么长时间，谁从来没说过不干了走人？她怎么能昧着良心陷害别人呢？"

我的眼角渐渐湿润，本想装作满不在乎的，可遇到一个了然真相，还能与我共情的人，之前累积的委屈到达顶点。

欣欣边喝酒边跟我吐露心声："人一定要强大，能应付工作和生活上各种复杂多变的事。如果你一直是一个天真的小女孩，那你只能祈祷遇到的都是善良的人。一旦遇到通过牺牲别人来争取个人利益的人，你打算怎么应对呢？"

问题的根源，从个体层次看是Monica的人品问题；可从整个系统层次分析，是零和博弈导致的冲突。

我和她都想当组长，只能有一个组长，我赢即她输，反之亦然。

人性的复杂程度不可低估。

Monica或许不是坏人，我们在悉尼的律所里有过一面之缘，我曾善意地建议她不要非法滞留在悉尼，一般情况下她不会害我；不过到了重要关头，她可能会毫不犹豫地选择把自己的利益最大化，不惜伤害别人。

我能做的不多，尽量不让自己陷入困境，如果真的到了零和博弈那一刻，在不伤害别人的情况下尽力争取，只要自己知行合一，问心无愧就好，剩下的交给命运吧。

如果当下的结果不尽如人意，又无力回天，不妨把眼光放长远些，当时认为最好的选择，过后看来可能不过如此；而从前觉得走不出的困境，或许是意料之外的馈赠。

雅思培训的高峰期跟学校的课程正好错开，每年的寒假暑假是我们最忙的时候，周末加班也是习以为常的事，非高峰期雅思老师们就在教研办公室坐班。

领导鼓励我们在备课之余多加交流，资深老师可以借此机会分享授课经验，年轻老师也可以跟资深老师普及一些新的教学方法和教学工具。

一般而言，观点的分享和碰撞会导向两种结果，积极的结果是互相促进、共同完善，消极的结果是放大了分歧和隔阂。

新、老教师的教育背景、教育理念相差很大，且存在竞争的压力，交流难免会引发争论。

我遇到过两种类型的前辈，一种是鼓励型，代表人物周浩然；一种是打压型，代表人物张龙。

鼓励型的前辈想到自己曾经走过和我们一样的路，会格外理解年轻人对未知的不安，对犯错的恐惧，因而会用理解和包容的姿态温暖前行的我们。即使后辈犯错，他们也会用一种欲抑先扬的方式先盛赞对方的优点，再提出哪里需要改进。

而打压型的前辈截然相反，不论你说什么，甚至还未开口表达观点，就已经皱着眉头给出讽刺挖苦的回应，仿佛刚刚听到了一种十分荒谬的观点。

你跟他谈理论，他跟你谈资历；你跟他谈案例分析，他跟你谈年轻人应该注意态度，谈着谈着就会陷入僵局当中。

这一类仅仅通过时间差打压新人、新观点和新假设的前辈，让人难以尊敬。

虽说存在矛盾，但备课之余仍要保持友好的氛围，维持办公室的和谐也是工作任务的一部分。

刚工作时，我总把自己情商低当成是耿直，还特别引以为豪。

那时刚从学校出来，带着理想主义的光环，大事小事都想遵从自己内心的声音，不想去应酬就实话实说，实在推脱不掉就一脸麻木地出现，安安静静地吃饭，不寒暄也不敬酒，吃饱了就低头看桌布的花纹，有人在室内的饭桌上抽烟就假装咳嗽，一场饭局结束都记不全饭桌上有什么人；没事儿绝不在领导附近出现，连接水、拿外卖都绕开领导办公室；逢年过节就在家里休养生息，三径就荒，松菊犹存，完全不想去领导家拜访……

那时，我一直觉得自己简单纯粹、淡泊名利。

后来，渐渐在一些同事的晋升和自己的曲折中意识到了许多问题，次要事情可以灵活处理，但关乎原则的问题一定要坚持。

在一些时刻，人们不得不迫于现实稍作妥协，但理想主义不能破灭。

人最怕的是活成自己最看不上的那种人，更怕连自己看不上的人都不如。

领导总是想当然地认为教师在办公室备课、做课件、练习题、研讨的工作量不饱和，所以经常增加任务。

有一段时间，领导热衷开会，冗长的会议经常要持续一个上午，内容很简单，几个领导轮流回忆过去，分析现在，展望未来。

会议结束后，领导们收到无数真诚或客套的溢美之词，成为别人口中勤奋敬业、爱岗奉献的社会楷模。

散场后，我一个人留下整理会议纪要，Monica说这样安排的原因是我之前当过秘书，有这方面的经验。

YF教育的管理层成员多数是英语名师出身，谈起话来如长江开闸泄洪一般滔滔不绝。

其中的典型代表——教师事业部总监赵刚说着一口带着东北口音的普通话，语气高亢激昂，语速极快，讲过无数次他创业初期作为一名老师的艰辛、中期作为一名中层管理者的突破和创新，以及分享给年轻教师如何复制自己的成功之路的若干建议，再自由发挥，随心所欲地畅谈他自己眼中的国际大事件。

这次例会上，赵总监踱来踱去，侃侃而谈："现在中美关系紧张，美国万一要打咱们，咱们怎么办呢？咱们的武器比人家落后，实力存在差距。战争、安全、粮价这些问题都是相关联的，我预测接下来粮食一定紧缺，价格一定飙升，你们多在家储存点粮食，免得打起来没粮吃。"

我深呼吸几次,控制住翻白眼的冲动,这已经是赵总监第一百零一次灌输漏洞百出、逻辑也一塌糊涂的言论。

没有理论分析,没有案例支撑,连从现象层面讨论问题都没有做到,仅仅是强势输出根据传言支撑的观点,他居然能如此自信地拿到几百位员工的面前反复讲,这种毫无来由的自信让人惊讶。

深知在职场上反驳上级是大忌,但更怕有人故意迎合上级的想法,附和这个漏洞百出的推理,怕有人被所谓的"成功人士"洗脑,对目前政治、经济、社会现象有扭曲的认识,怕这样偏激片面的言论被传播出去,影响沉默的大多数人对于和平与发展信心,那一刻勇气战胜了明哲保身的生存法则.

我在冲动之下选择开口:"赵总监,我有一些和您不同的看法。首先,冲突是国际体系无政府性的产物,冲突是可以抑制的,比如促进在无政府状态下的国际合作。新自由主义理论家罗伯特·基欧汉、约瑟夫·奈、斯坦、鲁杰,都在著作里从不同角度论证了国际合作的可行性,国家是理性行为体,不会轻易选择战争。

"其次,《联合国宪章》的原则是各会员国主权平等、不侵害他国领土完整或政治独立,美国挑起冲突常见的手段是贸易战、舆论战,还有近期发生的各种领域的脱钩,不会首先选择军事冲突。

"再说说中国的武器,中国的武器确实和美国存在差距,但是构成核威慑之后就不会轻易引发战争,毕竟敌方毁灭我们十次和我们毁灭敌方一次没有本质上的区别。美苏争霸的时候实力也有差别，但为什么没有打起来？

"原因有很多，主要是双方的核武器形成了威慑，两方都不能承担战争的风险和损失，因此选择通过冷战和代理人战争的方式尽量将军事冲突降低。同样的道理，中国的军事力量到了能形成威慑的程度，因此短期内出现第三次世界大战或者中美战争的可能性微乎其微。我们与其在这儿杞人忧天，不如做好企业能做的，创造出我们的价值，通过缴税、自愿捐款还有促进教育公平化等方式支持政府，保护人民。"

赵总监的愤怒程度呈指数增长，眼睛好像在喷火。

"你这个小兵，有什么资格跟我说话？你是清华还是北大毕业的吗？你敢在这狂？你再升两级才有资格跟我对话，你知道吗？人事部找的都是什么人？啥也不是还不虚心学习！"

在场的同事齐刷刷地看向我，一瞬间我如芒刺背，不是在讨论中美关系、和平与冲突吗？怎么忽然变成了背景、地位和态度呢？

这么傲慢且无知的人，就像是春天的虫虫，合起来正好一个"蠢"字。

一个"小兵"顶撞名师赵刚总监的故事一石激起千层浪。

我怀着上坟的心情上班，把每一天都当成自己在YF教育的最后一天来珍惜。

几天过去，一切如常，没有任何处分以公开或非公开的形式落在我身上。

悬在头上的剑终于移开了，暗笑自己小人之心，成大事者果然不拘小节。

在一个温暖的冬日里，公司的公告栏发布了支援西藏分校教学的名单，要求去西藏分校教学半年，春节后出发。

起初不以为意，直到发现名单里有我的名字。

欣欣、小川和周浩然纷纷调侃我能沉得住气，这么多天朝夕相处硬是没有透露一点风声。

我的惊讶程度丝毫不亚于他们，没有事先通知，没有征求意见，在公布名单的那一刻我才知道这件事。

奈何办公室里人多嘴杂，不方便说明真相，否则再被举报，处境就更加雪上加霜了。

茫然不知所措，在茶水间与教研组的张琳偶遇几次，她有些神神秘秘，欲言又止。

直到茶水间只剩我们两人，她快速地靠过来，挽住我的胳膊，轻声说："郑老师，上次的事情我一直觉得对不起你。"

这段时间我自认为历经坎坷，最近期的处罚是被发配到西藏，之前的波折犹如过眼云烟。

我摆摆手，笑着说："没关系，不是你的问题。"

张琳神神秘秘地把我拉到一个角落，仿佛在这里交换情报可以躲过监控和监听："举报你要离职的 Monica 和你是大学同学还是研究生同学呀？"

我如实回答："我们不是同学，我在澳洲实习时见过她。"

张琳狡黠一笑："那就对了，Monica 的硕士毕业证书是伪造的。"

见我一脸不可置信，张琳略显急促地说："哎呀，Monica说自己是悉尼大学硕士，入职时也提交了英文学位证书的复印件和教育部留学服务中心的学位学历认证。当时核验的人说没问题，就让她入职了。后来有个人力的同事在留学服务中心的系统里查她的学位认证编号，居然查不到！"

这时，我忽然想起一则查获贩卖假毕业证的新闻。

有一家非法营业的机构找到了澳洲一些学校毕业证的原版羊皮纸，1:1定制毕业证，只需要20澳元，加10澳元还能写"优秀毕业"。

当时起早贪黑改论文的毕业生互相调侃，用尽全力奋斗居然用20澳元就能买到。

不是没想过Monica伪造学历的可能。

但我始终觉得信息时代有多种证实、证伪的渠道，应该不至于像《围城》中的方鸿渐一样，利用信息不对称，铤而走险去买假文凭。

心情复杂，在教师培训时暗自欣慰Monica听了我的劝告，主动回中国重新开始生活，失望于她不顾曾经的情分，颠倒是非举报我，再取而代之获得升职机会。

并未因个人恩怨而泯灭的良知使我担心她是否还有改过的机会，纠结之下挤出一句话："你们打算怎么处理？"

张琳摇摇头："学历造假完全是她自己的责任，公司肯定要辞退她。伪造的文凭，去哪儿都会被查，不知道能不能在教培行业混下去。"

Monica 在一个平常的晚上收拾好工位上的东西，把书、教学大纲、习题都带走了，只留下"雅思组组长"的工牌悄然离开。

或许，她想把建立在沙子上的大厦留在这里，再重新开始真实的生活吧。

成年人的世界里，黑白交织本就是常态。

一念之差走错一步，如果知错能改，还可以重新来过。

第十五章 被动之中寻求主动

十二月,北京出现了重度雾霾。从办公室窗前望去,能见度已经低到根本看不见远处的山。惊讶之余,怀疑自己的眼睛是否因长期熬夜出了问题,向其他同事求证。

周浩然从书堆里抬起头,故作深沉:"你已经到了见山不是山的年纪了。"

没过几天,我开始发烧,吃了好几天药还不见好转,温度不减反增,烧到将近40摄氏度,只好等下班后去医院化验。

医院里排着长长的队伍,一排就是三个小时起,身上关节酸痛,脑子有些神志不清。

诊断结果是肺炎。

深夜,我拿着诊断证明和开好的药去传染病输液室里,等候被扎针。

室内的灯亮得刺眼，换了好几个姿势都睡不着，单手翻看着《万历十五年》，如果不是妈妈在一旁啧啧称羡我生病了比平时还用功，都差点被自己的身残志坚感动了。

看完用职业生涯践行中庸二字的申时行，眼睛酸涩，不得不合上书休息片刻。再一抬头，环顾四周，输液室里尽是同病相怜却境况不同的人。三个年轻女生先后进门，都是简单朴素的学生打扮，其中一个子娇小的女生撑着门，另一个搀扶着已经直不起腰的朋友，从门口到座位上，十几步的距离走得十分艰难。得知输液的药物对胃有刺激，所以不能空腹，那位刚才撑着门的女生匆匆跑去买饭，另一位给患者拿着输液的瓶子。

输液室的门又一次被推开，一位中等身材的年轻男生快速环视四周，一路直奔到一个穿粉色毛衣的女生面前，他的手中拎着外卖餐盒和水果，一边给女生喂面条，一边听她讲着当初有多少人诚心地追求过她，有的被婉拒后奋发图强进入联合国工作，有的成功地感动了她，但也成为过去时。粉毛衣女生只吃了几口就不吃了，斜靠着椅背，半闭着眼，男生毫不嫌弃地用同一双筷子吃完剩下的大半碗面。有一瞬间，很想提醒他，和传染病患者共用一个餐具风险很高，可看着男生温暖而专注的眼神，到嘴边的话又咽下去了，这个时候确实不该破坏气氛。

角落里有一个全身穿着黑衣服的姑娘，即使生了病还化着精致的妆容，眉峰凌厉、眼线上扬，头发一丝不乱。她从头到尾都是一个人，一只手拿着病例和手机，一只手输液。就快输完了，她拜托邻座刚吃完面的男生，喊护士拔针，那位男生面露难色，视线不愿离开他喜欢的姑娘。黑衣女生见状，不耐烦地用另一只手快速拔了针，也没按着针眼就立刻打电话问她的男朋友现在在哪儿、还来吗，反复问着这两个简单又关键的问题，手机那边貌似传来一大段的解释。这位姑娘显然不满意，反复抱怨对方听不懂自己说的话。旁观者清，这么简单的问题，不是不懂，而是不想懂吧。

看着急诊室的各种故事，输了一个星期的液，肺炎完全康复，回到办公室时，公司已经开始紧锣密鼓地准备年会。

年会的日期定在明年的一月二十号。有一个月左右的准备时间，一楼大厅已经被布置成拍摄现场，专业的摄像、补光都用上了。陆亦舟站在灯光前做拍摄 MV 的准备，他正好抬头，我和他的目光仿佛有相遇的一瞬间，也可能只是我的错觉。

冬天昼短夜长，下班后天色渐暗，到家后悠夜如墨，环境暗示着需要休息，此刻再想读书、健身相当于反抗环境的影响和人类的惰性。我强打起精神，翻开《中国大历史》，忽然看到手机屏幕上闪烁着熟悉的黑色背影头像。

陆亦舟问："周末有什么安排吗？"

我还没回过神来，聊天框里又多了一条信息："听说南锣鼓巷很热闹，一直没去。有时间一起走走吗？"我以迅雷不及掩耳之势答应了，速度之快足可媲美当初接受 YF 教育的 otter 时。

初雪过后，阳光正盛，我看见了巷子口的陆亦舟。客气地寒暄过后，两人漫无目的地向前走着。我经常沉思许久，话到嘴边又不知道如何开口，或者应不应该开口，幸好陆亦舟的话也不多，在沉默中从南锣鼓巷并肩走到后海，我更愿意将这段沉默看作留白。

走着走着，他忽然摘下黑色的棒球帽："这是我上大学的时候，代表学校参加全国比赛戴的帽子，得了亚军，上了学校那一年的招生主页，送给你当作新年礼物吧。"我一片茫然，本能地接过帽子，戴在自己的头上，尴尬的是没能戴上，我的头居然比他的还大！

后海微波粼粼，和五月时一样的黄昏，一样的灯影闪烁。多了心照不宣。

年会现场，大红色的海报写着"YF 教育——致敬每一个奋斗者"，我和许多同事素未谋面，但属于同一个共同体，因此分外亲切。同事们先后走过鲜花点缀的红毯，见到了很久未见的沈玫姐和贺老师；和陆亦舟的目光相遇，难得见他微微一笑，比平时生动许多；不远处，领导的领导——财务总监张雪松依然意气风发，回忆起在上市组工作的日子，好像已经过去很久了。

年会开场时，宣传处播放了公司专门请团队制作的先导片，核心内容不外乎总结过去，展望未来，老生常谈。只因其中的人和事都是我们亲身经历的，显得格外美好。

公司将原本为上市准备的宣传和造势都搬到了年会上，或许是因为外界对 YF 教育坎坷的上市之路和后续在资本市场的发展抱有怀疑态度，才更要精心地布置年会，以壮声势。

董事长的致辞环节，舞台的背景渐渐分开，陈胜强董事长在一片灯光的烘托下，迈着沉稳有力的步伐走向舞台中央。一开口，还是记忆中带着浓重温州口音的普通话。致辞的内容每年都大同小异，为了印证 YF 教育正在走国际化路线，这次的年会在全员都是中国人的情况下，依旧采取交替传译，站在陈董事长斜后方，亭亭玉立的翻译是和我在香港同吃同住、阔别已久的雨堂。

据说公司计划新开设一个口译培训班，主营业务是同声、交替传译的实战训练，组长是雨堂，二十出头的她带领十多个教师在武汉集训基地完成培训，光荣凯旋。

这场交替传译可以列入口译经典案例教学之中，其难度在于场下观众的挑战。这一场观众的英语水平在业界创下新高，80%以上的人都是英语老师，分别有中小学英语老师、高考冲刺班英语老师、托福、雅思老师、四六级和考研英语老师。

大家饶有兴味地盯着雨堂的翻译，纷纷评价翻译的质量。好在雨堂业务能力强，心理素质过关，这场极其容易被挑错的口译进行得四平八稳。

意外的是，演讲者陈董事长出现了严重口误，将"莘莘学子"错读成"xin xin 学子"，台下一片唏嘘，交头接耳，纷纷觉得陈董事长平日里的精英人设垮了。

现实中的人和脑海中固化的形象是有偏差的。当知识工作者出现失误时，急着口诛笔伐没有多少积极意义。人本就很难把所有事都做到尽善尽美，他不是德不配位，只是和大家心目中的精英企业家的完美形象有一点点偏差而已。

年会落幕，大家纷纷踏上返乡的路。我十年远渡重洋修得免受春运之苦，留在北京家中过年。喜悦之余，也不得不准备去西藏支援的行李，不知不觉就收拾了两大箱，艰难之处在于如何平衡旅途的轻装上阵和长期在外的舒适程度，每次收拾都免不了一番取舍挣扎。

2020年1月23日，新冠疫情暴发，武汉封城。新冠疫情就此成为新中国成立以来，发生的传播速度最快、感染范围最广、管控难度最大的一次公共卫生事件。新冠病毒的特点是传染能力强、传播速度快、传代间隙短、潜伏期长，无症状感染者难以被发现。新冠对健康的影响是暂时的，但它所引发的政治和经济领域的不确定性目前难以预判，可能加速逆全球化的发展趋势，导致大国之间的战略竞争、意识形态竞争加剧，再度冲击欧盟一体化，国际合作更加难以达成。

个体在这场浩劫中受到不同程度的影响。对许多人而言，这是一场超出想象的难关，尤其是身在武汉的同事。事发前刚从武汉归来的雨堂也因疑似密接被隔离在家中，每天上报两次体温，每两天做一次核酸检测，直到一个月后一切指标没有任何异常，才结束隔离。

劫难背后也蕴藏着机遇。我因新冠暴发免于去西藏，开始居家办公。疫情反复，培训班迟迟不能开课，YF教育大力推广线上教学，我也开始在线上讲课。省去了两三个小时的通勤时间，配合防疫又不能频繁出门，一下子多出了好多时间，于是主动采取行动，在哔哩哔哩上开通账号，拍中英双语Vlog（视频日志），分享英语学习经验、国际热点话题和留学经历，误打误撞，关注的人数飙升到二十多万。出乎意料，最先关注的人，除亲朋好友之外，居然是陆亦舟。

疫情仍未退散，不论如何，我总相信老舍先生在《四世同堂》中传递的观点。北京城经历过这么多风雨，现在的坎不算是天大的事，只要准备好三个月的粮，闯过难关就平安无事了。

跋

ChatGPT来了，人类除了情感的丰满和自由的追求，还有出路吗

——关于长篇小说《水硕》的前传回忆和人生感悟

《水硕》是女儿创作的首部长篇小说！《〈水硕〉前传》是父母撰写的回忆录！

女儿想写小说的念头是高中时告诉我们的，作为父母，我们和天下所有的爸妈一样，一般情况下都特别支持孩子的想法，并尽力帮助其实现。但是，鉴于当时的紧张状况，我们还是让她先抓好学习。她没有同意，也没有反对，只是说，知道怎么做。因此当她拿出初稿的时候，我们很意外，但也能理解。

原来，她始终没有停下手中的笔，而是分步实施，先小后大，先短后长，先把所见所闻、内在感受写下来，然后再逐步抽象具体，艺术加工。差不多六七年时间，特别是在工作了一年之后，她拿出了12万字的初稿。

作为第一、二读者，我们充满惊喜，也很好奇，愉快地读了一遍，庆幸女儿当初的决定是正确的。

《水硕》的主要素材取自女儿在海外求学、生活的经历以及回到国内求职、工作的故事。很多情节虚构不失真实，真实烘托艺术。

作为初稿，《水硕》虽有稚嫩之处，但让我们"欣然"地看到了一个的孩子成长，远离父母的呵护，经受挫折、痛苦，不断成长、收获喜悦的过程，特别是小说引文：献给被动地来到这个世界，主动奋斗的我们。一针穿透，看破不说破。每个人都是被动地来到这个世界，但是被动地随波逐流，还是主动地寻找幸福，决定了人们的方向、努力、方法，甚至结果，这也是芸芸众生之所以成功失败的内在原因。

那时她就请我们写点东西评价一下小说。

到底写什么呢？

评价主题，太空；评说技法，我们不专业。

索性写个"前传"。让读者不仅知道现在，还知道过去，相当于读了两本小说。

没想到，文章写好以后放了三年，因为小说又修改了三年，出了四个版本。

针对小说的不断修改，我们的"前传"如何切入呢？ChatGPT 来了。

其全名：Chat Generative Pre-trained Transformer，是由美国 OpenAI 研发的聊天机器人程序，于 2022 年 11 月 30 日发布。这款由人工智能技术驱动的自然语言处理工具，版本快速迭代，瞬间引爆全球。因为它能够通过理解和学习人类的语言来进行对话，还能根据聊天的上下文进行互动，真正像人类，带着情绪和伦理来聊天交流，甚至能完成撰写邮件、视频脚本、文案、翻译、代码，写论文等任务。对此，人类感到了巨大的威胁，许多专家预测，一些行业甚至很快消失。

著名学者陈嘉映教授在他的《感知·理知·自我认知》一书中提出了一个重要判断，人类理性的工具化发展招致了"理知时代的终结"。

他写道："理知走得越远，感知的切身性或丰富性就越稀薄，乃至最后完全失去感性内容，变成了纯粹理知、无感的理知。"

面对"理知时代的终结"，人类该怎么办？

芸芸众生莫衷一是，对此我们认为：应该由外向内，聚焦人类自身，不断丰满情感，追求自由而全面地发展。其中，学习、创作小说和艺术，可以让生命的情感更丰富，人生的内容更充实。也许有人不同意这个观点，因为ChatGPT不仅会对话，还会编程，更会写小说，据说其人物刻画、情节设计、故事想象和角色对话等方面的精彩，对普通人来说，有过之而无不及。

我不反对，它可以写小说，但是对于人类而言，人工智能写出来的小说，只是一种"文字游戏"，不是情感的交流。

正如借来的灯可以照亮，但点不亮你的心灵。

过去写小说是为国家、民族和社会传承使命、传递价值、进化文明，今天依然如此，同时作为现代化进程中的我们，仅仅为自己，也应该写部小说，或其他东西，比如，自传、人生感悟、管理经验等。

女儿的这部小说正好为转型期的人们如何选择做出了自己的回答。

1996年，女儿出生于"北国江城"——吉林省吉林市。那是一个以雾凇闻名，因省市同名的国家历史文化名城。城市四面环山、三面环水，支撑着丰满水电站的第二松花江呈"倒S"形穿城而过，滋养着300多万江城人民，孕育着四季分明的美丽景观；原化工部重点企业，现中国石油石林石化公司向人们述说着现代工业的变迁，为国内外用户输送着发展的能量。

人常说，吉林市历史悠久，地灵人杰。那是我们结婚一年后，在亲戚、朋友们期盼的祝福中，女儿诞生了。从这一点而言，她是幸福的。而且，她也确实与其他孩子有些不一样。首先，她没有哭，护士拍也不哭；接着妈妈跟她喊"宝宝，妈妈在这里"，她竟然瞬间把头转了过来，笑了。

后来人们发现这个孩子漂亮得像个娃娃，特别爱笑，即使哭闹，也只有一两声，转眼又笑了。一双大眼睛，总是笑成一条缝。

小时候，女儿跟姥姥姥爷在一起，享受着无微不至的照顾。姥爷是高级工程师、20世纪60年代的大学本科生，虽出身高干家庭，但一心专业，工作严谨，不图名利；姥姥性情温和、真诚善良，文化不高但充满生活智慧。他们无论遇到什么困难和不公，从未抱怨，反而是以德报怨，口碑极好。

我们夫妇分别在当时化工部重点企业吉化公司主体厂和工业部重点企业一汽集团吉林轻型车部件三厂工作，岗位稳定，待遇不错，并陆续提干，处于良性发展当中，所以一到星期天、节假日，甚至平时下班以后，我们都会赶过去陪她一起玩，那些日子无疑是最幸福的日子，天天都能看到女儿如花的笑脸，听到银铃般的笑声。

刚刚一岁，女儿开始冒话，特别喜欢听故事、哼儿歌。现在回想，可能在孕期时，我们就买来很多儿童读物，郑渊洁的《童话大王》、《安徒生童话》《白雪公主》等等，爱人一边工作，一边有空就给女儿讲故事、听录音、音乐，在那个还没有多少人相信胎教的年代，大家都觉得我们这对夫妇有些另类。也许是注入基因的胎教，也许是命中注定的遗传，反正孩子喜欢，我们就要满足。由于我们工作在岗，讲故事、唱儿歌的任务就落到老人家身上。女儿依然听得非常专注，有时还听话学话，看图说话，说完看着大人的反应，仿佛懂得交流。

一岁半，有一天姥姥在客厅里，突然听到童声童气的儿歌传过来：铃儿响叮当，铃儿响叮当……几乎是完整的一首歌，一气唱完，歌词完整，富有节奏。

从那以后女儿就仿佛掌握了对话的钥匙，在日常的场景当中，你有来言，她有去语，几乎从不出错，而且屡屡冒出"金句"，令人捧腹大笑。

用姥姥的话说，这孩子以后肯定能说，你看现在谁也说不断她的话。至此，我们才明白什么是所谓的天赋。

其实，作为成年人，我们在孩子面前充满了强势地位，然而忽略了很重要的一点，我们并不记得自己的成长经历，更不知道什么是人的天赋和潜力，可是只要我们注意观察孩子，在他们身上呈现出来的"不一样"可能就是天赋。著名心理学家马斯洛正是详细地观察和研究自己的孩子从出生到成长的过程，才最终推导出：人的"需求层次"理论。

为了记录这些美好的瞬间，我们先借后买，拥有了一台当时家庭的奢侈品——摄像机，从此美好可以持续，瞬间变为永恒。

三岁开始，她从天天要听故事，上升为必须听新故事，搞得大人都快崩溃了，忽然间，我们有意识地换了一个思路，引导她在听故事的同时编自己的故事。

起初，她很生气，质问我们："你怎么能编故事呢，这不是瞎说吗？"

这时，她胸脯一起一伏：故事都是故事书里才有，都是在书店买的呀！

我们耐心地解释："是的。故事是在故事书里，也是在书店里买的，但故事书必须有人写，也就是有人编的。"

"你喜欢的《卖火柴的小女孩》《拇指姑娘》，都叫安徒生童话，什么意思呢？这是一个丹麦人——安徒生给你们儿童编的故事。还有《白雪公主和七个小矮人》是德国人，一对叫格林的兄弟编的，还有《皮皮鲁和鲁西西》是郑渊洁编的。"

"他们会编，那你们会编吗？你们给我编一个故事听听。"

于是，我们把她和幼儿园的一些熟悉的小朋友晶晶、毛毛放到一起，模仿《大头儿子和小头爸爸》的情节编了一段故事。接着，我以评书的语气和节奏讲完这个故事。

她变得愤怒了，大声说道："你为什么要骗我，故事里怎么会有我，还有晶晶和毛毛？"

"我没有骗你呀，刚才讲的是我自己编的故事。不仅爸爸可以编故事，你也可以编故事呀。"

"我怎么能编，我是小孩！"

"编故事的人不分大小，就像吃饭一样，不论大人还是小孩，都可以编。"

"那怎么编？"

"很简单。就是把你看到、听到的事情说出来，就是故事。比如，昨天下午，你说晶晶胆子特别大，一个人就敢从高高的滑梯上滑下来。这就是一个小故事。"

"骗人！一句话怎么是故事，故事都是好长好长的。"

"好长好长的故事都是从一句话开始编的，今天编一句，明天编一句，慢慢就编长了。"

虽然，上边的对话我需要查过日记才能回忆起来，但是女儿当时的神情，我们现在还记得——她不再说话了，整个人呆呆的，但满眼都是惊奇……

不久以后，周末再聚会，姥姥反馈说，幼儿园老师提醒了，别再让孩子自己编故事了，她自编自讲，绘声绘色，搞得小朋友一围就是一圈，都不好好吃饭，更别提睡觉了。

我们知道，对女儿来说，周围的环境太小，应该去看看外边的世界了。没想到，喜悦混着麻烦接踵而来。

20世纪90年代末，交通还不似今天这般发达，长假也不多，去外地走亲访友的主要交通工具都是绿皮火车，即使距离不远，时间也会很长，人在车上坐，烦闷时时生。可是，自从带女儿出门，从不担心烦闷。

每次春节回吉林省通化市，探望爷爷奶奶，十多个小时的旅程，她除睡觉以外，只要睁开眼睛就开始聊天，遇到小朋友，开始编故事，小朋友几乎都没听过，时时争吵起来，她全无惧色，口若悬河；没有小朋友就跟大人聊，一个问题接着一个问题，边听回答边质疑，从不停止思考，从不放弃交流。

到了爷爷奶奶家，更是一刻也不停歇。

爷爷只身一人闯关东而来，凡事靠自己，万事不求人；奶奶意气风发，敢想敢干。两个人先后因工受伤，经历九死一生之后，非但不认命，反而斗志昂扬，盖房子、建车库，成为当地一景；做买卖、开饭店，故事被到处传扬，随便一段都是传奇，女儿每次回来，必定听个昏天黑地。后来，姑姑姑父生了小表妹，女儿更是异常欢喜，自告奋勇地教小表妹唱儿歌、说英文，俨然是小老师。

四岁那年，正是世纪之交的2000年，吉林市动物园引进了许多珍奇动物，五一节开始参观。在女儿生日那天，我们专程来到动物园看这些可爱的动物。

女儿特别兴奋，多半天时间转瞬即逝，大人感觉疲惫，她却一边看一边说，把老虎、猴子、孔雀等等动物都编到了一起，怪兽杀手，眉飞色舞。

突然之间，她回头问道："爸爸妈妈，动物园里为什么没有猪啊？"

我想都没想，直接回复："动物园里都是珍奇动物，怎么能有猪呢，你这个傻孩子。"

她可能听到"傻孩子"，马上就不高兴了，直接追问："什么是珍奇动物？"

"珍奇动物，就是，平时看不见的动物，你真是个傻孩子。"

她马上激动起来："猪，我没见过；鸡，我也没见过。猪就是珍奇动物，鸡也是珍奇动物，你才是傻爸爸呢！"

我当场确实傻了！！！

女儿自从出生到长大，一直在城市里，小区、幼儿园、游乐场、公园、动物园，除了在电视、图画之外，孩子几乎没有面对面见到过真实的牲畜和家禽。

那是我们第一次真正感受到——世界变了，更领悟到孩子眼中充满未来世界！

我们平常总是在谈论唯一不变的是变化，可是真正遇到事情却习惯性地用原有的认识去分析和解决。如何才能真正跟上时代的变化，我从女儿身上找到信息。把她对问题的认识和事物的看法作为线索，认真分析背后的原因，从而找到新的方向。

自从动物园之后好长一段时间，我们都在想，过去的人们生活在与自然联结很紧的环境中，孩子们对家禽、牲畜等司空见惯，因此去动物园的目的，是见识珍奇动物，增长见闻。然而,时代变了，现在的孩子们不仅需要看珍奇动物，也需要看家禽牲畜，五谷杂粮，这样一来，以体验为主的亲子乐园、家庭田园应该成为需求。这是我本世纪初的想法，在北京见到第一个这样的项目是在2005

年,比我所想的整整晚了五年。

当时,我们突然发现养育孩子不是单向地付出,而是双向地启发。大人通过孩子眼睛可以看到世界的变化,通过孩子的问题可以找到社会的需求。不是我们教育孩子,而是与孩子一起成长,他们用自己的问题引导我们打开新世界的大门,走向远方。

从那以后,我们不再高高在上地教导孩子,而是互相沟通地引导。我们不再单纯地问她在幼儿园、在学校的情况怎么样,而是先跟她分享我们的工作、我们的单位,介绍我们的领导和同事,身高、模样、着装、语言特点等。有一次带她参加妈妈单位的聚会,她直接认出领导,还主动跟人打招呼。如此循环往复,爱笑爱玩,会讲故事,成了女儿的标签,也强化了她的交流能力。

更令我们没有想到的是,因为她讲故事的能力越来越强,激发了她对文字的兴趣,家里一套又一套的识字卡片,增加了她的识字量,更有效地促进她的书写。

不知不觉到了 6 岁,开始上小学了。这时她已经可以写差不多几十字的小短文了。

当时小学的班主任是语文老师,比较和善,又很负责,生字练习,组词、造句,要求的基本功很扎实,二、三年级就会留小小作文练习,其他同学大都努力再努力地 30~50 字这样凑字数,女儿轻松就写了 100~200 字,而且每次几乎都是范文。如果按照这个趋势,加上系统的培育,中国可能会增加一个小镇作文家。

可惜,人生如戏,但剧本不由人写。

20 世纪末,21 世纪初国企一浪高过一浪的下岗分流中,我和爱人双双离开了东北。

2002年我辞职到北京创业，2004考上研究生开始新的学习，毕业后又投身教育行业，创业维艰；2003年爱人被人才引进到宁波市工作，在宁波长城公司从技术科长到技术、生产副总经理，再到总经理，乘全球化的东风，借华东崛起之势，团结带领一群人不断创造佳绩。

唯有女儿被留在吉林市，由退休的姥姥姥爷照顾抚养。从那一刻起，女儿就成了——留守儿童。

这是我们当时没有意识到，或者不愿意承认。到今天，中国的留守儿童已经成为一个社会问题。

《人性的枷锁》和《患难之交》的作者——英国２０世纪著名作家威廉·萨默赛特·毛姆(William Somerset Maugham, 1874–1965)，在他不满10岁时，父母先后去世，由伯父抚养。

孤寂凄凉的童年生活在他幼稚的心灵上投下了极其痛苦的阴影，用他自己的话说："我独自徘徊。总是不停地自问同样的问题：生活的意义是什么？它有目标吗？是否有道德这样的东西？一个人怎样生活？有什么准则吗？是不是一条路比另一条路更好？……"

幸运的是姥姥姥爷对女儿视若珍宝，一心一意，竭尽全力。

尽管如此，年幼的女儿，还是想念自己的父母。后来，她说，一想到父母都不在身边，就有一种被抛弃的痛苦，总想哭，又怕姥姥姥爷着急上火，就自己躲在卫生间偷偷地哭泣。

一个天生爱笑的孩子越来越沉闷了，所有人看在眼里，急在心里。经过商量，我们把女儿从东北接了出来。从此，女儿跟着妈妈在宁波生活、学习，我还是在北京打拼。

尽管我们还在爬坡，没有什么好条件，由于妈妈在身边温馨的照料，女儿又恢复了一些过去的笑容。但毕竟换了城市，社会环境、教育条件、教学内容和方式都有很大的不同，女儿开始上学慢慢腾腾，放学后闷在家里，每天都在艰难地适应当中。

教育的关键在于发现潜力，发展能力，完善人格。只是许多时候孩子并不清楚自己的潜力，甚至不知道自己擅长什么。这时家长的作用至关重要。

于是，我们开始商量要发挥女儿的长项，找到用武之地，以此打开局面。

我们找来了宁波当地的报纸、杂志、图书，专门阅读和研究上面的小学生作文，很快发现，创刊不久的宁波市《现代金报》，有专门刊登中小学学生作文的版面。只要是内容优美、角度新颖、经老师推荐，都有登上报纸的机会。

再仔细研究，又发现中小学生作文的内容有一定的规律，比如，9月份写新生，十一写爱国，元旦写新年，三八妇女节都写女性，奶奶、姥姥、妈妈或者女老师，五一劳动节写先进人物，七一写优秀党员，八一写军人的故事等等。

当时，刚刚转入德培小学四年级的女儿正好加入一个新班级。于是，策划了一篇作文，以她在新班级受到的照顾，同学的友好和对新环境的认识并与原来的班级进行对比，题目就叫"我和我的新班级"，经过构思，材料选取，半天时间她就一气呵成，经过语文老师的批改和完善，作文被选送到《现代金报》。

永远记得那天。

当我来到学校门口准备接女儿放学的时候，她一手举着一张报纸，一手护着书包，一边跑一边大声呼喊，只是听不清喊的是什么。

到了眼前，我才听清楚，她喊的是："爸爸，告诉你一个天大的好消息！！！"

然后，兴奋得满脸通红，急急地说："你知道吗？我的作文发表了，上报纸了。中午学校广播站广播，下午老师又专门到班级给同学们读了一遍。同学们都跑过来围着我跳，大声喊，我太高兴了。"

我们也特别高兴。

老师又专门请家长到学校交流了一次，表扬了女儿的作文，角度新颖，感情真挚，为班级和学校赢得了荣誉。

以往学校的作文，大都是六年级的学生才有发表的水平，而且整个学校全年只发表了两篇。这次，编辑特别给学校电话说，这篇作文是在20多篇同类作文中选出来的，希望学校多总结，多选送好作品。

我们知道，女儿在学校站住脚了。

后来，女儿接连在报纸上发表了四篇作文，以一己之力把学校的发表量提高了一倍，这些作文都收录到《中国中小学生作文选》当中，女儿也被推选为学校广播站站长，成为三道杠的"学生干部"。

经过不断的努力，女儿本以为可以松口气了。

不料，两年后，我们再次决定搬家，到北京重新开始，女儿也不得不再次跟随我们的脚步，艰难地跋涉、沉重地漂泊，并在三年以后，出国留学，开始了八年的求学之路！

我们的前传回忆到这里就告一段落。

关于国外的经历和回国的工作请大家欣赏《水硕》。

当然，关于前传的感悟，我们确是与日俱增。我们知道对于每一位熟悉女儿的人，包括祖父母和外祖父母来说，他们看到女儿展现出来的都是快乐的一面，那是因为她知道不能让亲人担心。

其实，在女儿或者说每个人的成长过程都有着生命的眷顾、人生的幸运，但也充满了许许多多的害怕、委屈和迷惘，有些是亲人、老师、朋友的帮助能够解决的，但有些却只能靠自己努力、拼搏和挣扎去克服。可能自我成长是每个人必须承担的宿命，无人可以免责，也无人可以替代。

第一次做父母，又不由自主地融入中国社会百年不遇的重大转型之中，要思考和实践自身的前途，要奋力地抓住发展的机会，时间成为稀缺的资源，要照顾老人，又要教育孩子，难免不尽如人意。特别是面对日益长大的孩子，总是在遇到问题的时候，才发现又错过了教育的时机。

当然，孩子也有自己的角度。

他们是被动地来到这个世界，没有人征求他们的意见，遇到什么家庭全凭命运的安排。

进入21世纪以后，经济全球化、社会多元化的影响日益扩大，孩子们也仿佛进入到不同的世界。有的把世界当作地球村，自己好像小超人；有的上不完的补习班，没有生病疲劳的权利；有的天天等候爸爸妈妈的归来，盼望不再分开。等到长大，发现生理健康不易，但心理更重要。如果没有反思的能力，矛盾无法调和。其实，无论什么境遇、条件，家人都是立在下面，顶着上面，撑开了一段空间，竭尽全力，无怨无悔。

人生是一场只有单程票的旅行，但历史充满似曾相识的反复。为何工作，因何成家，如何相处，怎么教育，需要借鉴历史智慧，不能单凭旅行的必然。

在女儿回国以后的第一次家庭会议，也就是我们看完小说，一起交流分享的会议。

看到我们高兴，她自己也很高兴，全面分享了她的想法。最初是出于兴趣爱好，后来遇到了很多事情，快乐的，过后就忘了，但很多苦恼，不宜散去，令她烦闷，甚至痛苦，写小说就成了"救心丸""镇脑宁"和"止痛散"，不断能够把她自己观察思考总结提炼成文，还特别享受将这些思考在电脑键盘上敲击文字的那种声音和节奏，仿佛在弹钢琴。

她尤其谈到养成了一个习惯，就是会把自己遇到所有问题和不解都记录下来，然后通过学习和实践一个个去回答，那本《反思录》密密地写满了人生感想和思考。

最后，她说了一句：要是有来生，我还选你俩做父母。

我和太太一下子被击中了，我们原本以为她从小经历的种种坎坷、挫折需要用更长的时间来消化，但是我们实在没有想到，我们的担心竟然被一部小说治愈了。或者说，因小说牵引的心灵旅程日益丰满。

对生命尊重，对自己负责，对家人关心，让我们时时记录自己的经历。正如余秋雨《写作的奥秘》谈道："评价一本回忆录写得好不好，有没有文学质素，首先就看它保留了多少耳目感觉。可惜很多回忆录只剩下了大事记，以及自己对这些大事的参与程度和内心评判。"

鉴于此，我们没有大事，倒是有记忆、有耳目、有细节。

是为跋，我们记录的一段回忆，也为小说的明天鼓与呼！

于洪泽、吴丽萍

2023年4月23日于圆明园花园